桃花岛那一夜

光 盘／著

中国书籍出版社

图书在版编目（CIP）数据

桃花岛那一夜/光盘著.—北京：中国书籍出版社，2013.12
（中国书籍文学馆·小说林）
ISBN 978-7-5068-3879-5

Ⅰ.①桃… Ⅱ.①光… Ⅲ.①中篇小说—小说集—中国—当代
②短篇小说—小说集—中国—当代 Ⅳ.①I247.7

中国版本图书馆CIP数据核字（2013）第288921号

桃花岛那一夜

光盘　著

图书策划	武　斌　崔付建
特约编辑	陈　武
责任编辑	赵丽君
责任印制	孙马飞　张智勇
出版发行	中国书籍出版社
地　　址	北京市丰台区三路居路97号（邮编：100073）
电　　话	（010）52257143（总编室）（010）52257153（发行部）
电子邮箱	chinabp@vip.sina.com
经　　销	全国新华书店
印　　刷	北京富达印务有限公司
开　　本	650毫米×940毫米　1/16
字　　数	142千字
印　　张	15
版　　次	2014年8月第1版　2014年8月第1次印刷
书　　号	ISBN 978-7-5068-3879-5
定　　价	30.00元

版权所有　翻印必究

序

李敬泽

"中国书籍文学馆",这听上去像一个场所,在我的想象中,这个场所向所有爱书、爱文学的人开放,不管是白天还是夜晚,人们都可以在这里无所顾忌地读书——"文革"时有一论断叫做"读书无用论",说的是,上学读书皆于人生无益,有那工夫不如做工种地闹革命,这当然是坑死人的谬论。但说到读文学书,我也是主张"读书无用"的,读一本小说、一本诗,肯定是无法经世致用,若先存了一个要有用的心思,那不如不读,免得耽误了自己工夫,还把人家好好的小说、诗给读歪了。怀无用之心,方能读出文学之真趣,文学并不应许任何可以落实的利益,它所能予人的,不过是此心的宽敞、丰富。

实则,"中国书籍文学馆"并非一个场所,它是一套中国当代文学、当代小说的大型丛书。按照规划,这套丛书将主要收录当代名家和一批不那么著名,但颇具实力的作家的长篇小说、中短篇小说集和散文集等。"中国书籍文学馆"收入这批名家和实力作家的作品,就好比一座厅堂架起四梁八柱，这套丛书因此有了规模气象。

现在要说的是"中国书籍文学馆"这批实力派作家，这些人我大多熟悉，有的还是多年朋友。从前他们是各不相干的人，现在，"中国书籍文学馆"把他们放在一起，看到这个名单我忽然觉得，放在一起是有道理的，而且这道理中也显出了编者的眼光和见识。

当代文学，特别是纯文学的传播生态，大抵集中在两端：一端是赫赫有名的名家，十几人而已；另一端则是"新锐"青年。评论界和媒体对这两端都有热情，很舍得言辞和篇幅。而两端之间就颇为寂寞，一批作家不青年了，离庞然大物也还有距离，他们写了很多年，还在继续写下去，处在最难将息的文学中年，他们未能充分地进入公众视野。

但此中确有高手。如果一个作家在青年时期未能引起注意，那么原因大抵有这么几条：

一、他确实没有才华。

二、他的才华需要较长时间凝聚成形，他真正重要的作品尚待写出。

三、他的才华还没有被充分领会。

四、他的运气不佳，或者，由于种种原因，他的写作生涯不够专注不够持续，以至于我们未能看见他、记住他。

也许还能列出几条，仅就这几条而言，除了第一条令人无话可说之外，其他三条都使我们有足够的理由对这些作家深怀期待。实际上，中国当代文学的丰富性、可能性和创造契机，相当程度上就沉着地蕴藏在这些作家的笔下。

这里的每一位作者都是值得关注、值得期待的。"中国书籍文学馆"收录展示这样一批作家，正体现了这套丛书的特色——它可能真的构成一个场所，在这个场所中，我们不仅鉴赏当代文学中那些最为引人注目的成果，而且，我们还怀着发现的惊喜，去寻访当代文学中那相对安静的区域，那里或许是曲径幽处，或许是别有洞天，或许是，众里寻他千百度，蓦然回首，那人却在，灯火阑珊处……

目 录

挖 宝
001 ◀

信 号
034 ◀

桃花岛那一夜
064 ◀

他的名字叫白
097 ◀

渐行渐远的阳光
129 ◀

目录

空房子
▶ 166

穿过半月谷
▶ 180

楼上的
▶ 199

意外婚礼
▶ 215

挖 宝

父亲在那边等着。穿过白毛谷,就能见到父亲了。

小木船拐过几道弯在一个码头靠岸,这已经是白毛谷地界。火娃随着同船人下船,他是坐在船头的,后面的几个人急猴猴地往前挤,火娃被挤成最后一个。几十里水路,火娃没和船上人说过一句话。同行者似乎都不是健谈之人,话语很少,要不是船老大不时唱些山野民谣,整条船就成了一条死船。那人挤过火娃时,身上的包袱重重地擦着了火娃。包袱里的东西很硬,像石头。那人一直坐在火娃对面,他老是盯着对面的山峦发呆。火娃对他的包袱感兴趣,多次趁他不注意用脚试探,但是包里的东西硬硬的,辨不出是什么。

岸上三三两两地坐着一些人,见到小木船也不急于上船。他们都知道船老大不会立即返程,他要进白毛谷里喝上几盅,或者办点男人的事。他们要等的船老大可能就要从白毛谷出来了。

船老大系好小船,三步并作两步地往前走,不多时赶上火娃。船老大身上有股鱼腥味烟草味汗臭混合成的味道,这点火娃在船上没有注意到。船是移动的，有风，这些味道被吹散了。要是在河面上闻到，火娃定会昏倒。

第一次来？船老大问火娃。

火娃点点头。

船老大神秘地笑笑，一阵风似的超前而去。

石板路向山上延伸，有时平缓有时陡峭，但总的来说还算平缓。火娃不急于赶路，天色还早，他估计会在天黑前穿越白毛谷见到父亲。既然不着急，对路两旁风景就多了些关注。回头看时，河对岸是连绵的山，太阳阴影下黑黑的一大片，沱巴河也变成细细一条，甚至因为转弯像是被大山斩断。此时来路已无一个行人，几只白色大鸟反复横切石板路。不多久，白色大鸟就成了一群，一群。在家时，每到深秋或者暖春，就有各色鸟飞过村庄。晚上，村里人在屋前屋后点上柴堆，鸟儿们见火就扑。人们用这种方法捕鸟，每晚收获都很大。有人将两只锅架在柴堆上，一只烧开水用来脱鸟毛，一只烧着油用来黄焖或者爆炒鸟肉。一边喝酒吃鸟肉，一边捕鸟是非常痛快的。火娃向鸟群冲去，可是这些鸟不是笨鸟，他还没拢边，白鸟们就大叫着展翅高飞。这些鸟叫声与飞经家乡的候鸟不一样，这些鸟叫让人内心有撕裂的感觉，不痛，却令人恐惧。

继续赶路时，火娃注意到山上的碉楼，白白的，瘦瘦的，有几个脑袋从碉楼窗口探出来。他们似乎在怪笑。后来他觉得，这个怪笑似乎就是背着"石头"的那个同船人发出的。那人果真在不远处的石头上坐着，包袱就在脚边。火娃目光向包袱射去，那人警觉地把包袱搂到怀里。包袱发出声响，像金子银子，或者石子碰撞。那人一直怒目望着火娃打身边走过。

到了山顶，原来碉楼离得还很远，白晃晃刺眼，再走几步，一股白光从碉楼射来。火娃用袖子挡住眼睛。他已与碉楼、太阳形成一条直线。脚下是一条狭长的山谷，有低矮的建筑，在太阳和青山映照下呈灰白色。不用打听，这就是白毛谷了。这白毛谷东西走向，父亲应该就在白毛谷西边的某个地方等他。

前面有茶庄，伙计肩上搭着脏兮兮的毛巾，点头哈腰地为客人端茶送水，或者收钱。火娃一坐下伙计便迎上来，说，先生喝什么茶？火娃说，随便。伙计笑呵呵说，有，什么茶都有，"随便"也有。不多时，伙计提来一壶"随便"茶和一只大花碗。火娃闻到伙计身上有一股墓室的味道。周边茶客都在轻轻喝茶轻轻说话，交头接耳，神神秘秘。火娃竖起耳朵听最近那两个茶客的话语，却像身处岩洞里往尿壶尿尿，叮叮咚咚，含混不清，回声四起。那两人发现火娃偷听，一怒之下向火娃泼来滚烫的茶水。火娃躲开了。那两人继续低声而神秘地说话。伙计借上来续水悄声告诉火娃，来到白毛谷，最重要的是不要打听别人的秘密，否则，轻则掉耳朵，重则掉脑袋。火娃说，他们有什么秘密？伙计说，人人都有秘密，都是些发财的快活的秘密。伙计说着从怀里掏出一团白纸，说，你见过吗？火娃将纸展开来。是一张地图。火娃说，这地图有什么用？

伙计笑了，说，你果真是新来的，果真涉世不深。你对白毛谷的历史太不了解！这是张藏宝图。有了它，你就能找到宝藏，富可敌国的宝藏。

火娃想仔细看看，伙计却把它抢回，说看看也是要钱的。你是想看看，还是购买？

火娃说，让我想想。

伙计说，想吧，再想黄花菜都凉了。既然不知道白毛谷的历史，那你干吗来了？伙计把地图收回怀里离开。

火娃想说点什么，伙计不见了人影。伙计一走，火娃身边坐下来一个大脑袋男人。大脑袋端起火娃的茶一仰脖喝掉，说，别信伙计的，他有藏宝图还用得着当伙计，早挖宝去了。他是假的！火娃说，你讲得有道理，你脑袋大，一定很聪明。大脑袋点点头，说，我原来脑袋不大的，自从进了白毛谷，挖得宝藏，天天开心笑，脑袋就撑大了。火娃说，你爱吃鸟肉吗？在火堆边一边喝酒一边捕鸟好惬意的。大脑袋摇着头，说，你脑子有问题。本来想卖你藏宝图的，看来很难和你成交。大脑袋失望地离开。

不知何时，不远处的茶桌上坐着同船那个背包袱的人。他的包袱搁在桌上，太阳下发出白光。火娃心里说，那人脑子里藏着秘密，包袱里放着秘密。一壶茶工夫，有三个人靠近那人的桌子并且坐下，他们开始轻声说话。一会儿后，那人拉开包袱，火娃赶紧伸长脖子，一股强光从包袱里窜出，刺得火娃什么也看不见。然后，那人收起包袱跟三个来人一起离开。伙计不在，那人把钞票压在茶壶下。火娃很羡慕这些神秘的人。他们是白毛谷通，是江湖老油条。

这壶"随便"茶味道不错，火娃越喝越想喝，都上了瘾了。他招手叫伙计再添一壶。伙计说，没有人像你这么喝茶的，你一个人干坐着喝茶多耽误事，喝茶能喝出金银财宝吗？

我想听白毛谷历史。火娃手里捏着一张钞票。

这个不能要。伙计说。

这个可以要。火娃说。

伙计收下钞票，说我说的历史比这个值钱。想到听完历史你会买藏宝图，我就贱卖了。

白毛谷原本叫白银谷，许多许多年前，全山谷都是黄金白银，不管黄金还是白银，闪光都是白的，远看这些白光，就像厚厚的白毛。这是她改名的原因之一。之二，主人为了藏富，有意改名。黄金白银怎么来的？那一年，太子爱上一个宫女，他宁要美人不要江山。一天深夜私奔出宫，越逃越远，最后逃到白毛谷。皇帝派人搜寻了三年才在这偏野之地找到太子。但太子决意已定，谁也没办法。皇帝只好大骂一通默许了太子。但是儿子是父亲身上的肉，皇帝每每想到远在天边的太子就心疼，于是派人送来金银财宝无数下人一批又一批。不到一年，这里就成了皇宫。但是，这里也是一个秘密之地。十几年后，该朝代气数已尽，被新的朝代取代。但皇帝早有预见，亡国前，他就遣人把皇宫中所有金银财宝秘密运到白毛谷。小小的白毛谷集中了那个朝代百分之九十的财宝。也怪，前朝灭亡不到三年，白毛谷的人突然神秘死光。风吹雨打，山崩地裂，白毛谷城被埋进了历史的深处。

这是哪个朝代呢？火娃问。

哪个朝代不重要，重要的是这里财宝遍布。伙计说，我只能跟你说这么多了，因为你那点钱只能值这点历史。白毛谷流传一本手抄本，叫《白毛谷藏着大宝藏》，里面比较详细地记载着白毛谷历史，从这些历史里可以寻到所有宝藏的踪迹。

你有卖吗？

没有，我也只是听说，从没见过。但可以肯定，那书一定在白毛谷某个人手上。地图你还买吗？

火娃说，买。

伙计说，这就对了，我承认我这地图标明的不是所有的财宝，但如果你能挖到地图上的这些，也够你几辈子花的了。

喝完壶里的茶，火娃离开茶庄。他一口气爬上碉楼。碉楼分好几层，它像宝塔一样矗立在山顶。碉楼上人满为患，他们每人都手拿着藏宝地图，目光远眺。他们都想站在白毛谷的最高处将地图与实际地理重合。有人手上有好几张不同的地图，他们脸上的表情不清不楚，他们不敢痛苦或者欢笑，因为怎么做都是危险的。你暴露秘密就意味着把脖子送到人家刀下。碉楼有八个角，每个角开着一扇窗，供人们观察风景对照地图之用。火娃走了一圈，走了四面八方，也没有找到与地图吻合的地理位置。他突然想起前面见到过的大脑袋，他就变聪明了。他挤下碉楼，沿着山路寻找吻合的方位。山路早已成为大道，寻宝人所到之处，寸草不生。

火娃在白宝旅馆住下。杉树皮搭建的旅馆阴暗潮湿,蚊子比平常见到的大,而且是白色的。白色蚊子趴在涂成白色的杉树皮墙壁上,极富隐蔽性,极具杀伤力。当他靠近白墙壁,几只白色蚊子扑杀而来,一叮一管血。红血液进入白色蚊子肚子,红色竟然不见了。火娃向旅馆老板娘要捕杀蚊子的工具,老板娘拿来一根灰白色的蚊香。点上后,白色的烟雾弥漫在屋子,火娃听到自己的呛咳声和白蚊子"扑扑"的落地声。有几只落在他的地图上。火娃不禁笑了。他将白蚊子捏碎,却没找到红色的血液。

有火光从墙壁的细缝里溜来,夹杂着含混不清的声音。火娃恶作剧地拍拍墙壁,那边声音没了,灯火也灭了。火娃怕曝光,也急忙吹灭了灯火。隔壁无声无息,人蒸发掉一般。火娃不敢大声喘气,一动不动地坐在原地。良久后,隔壁有了动静,灯也亮了。火娃眼睛贴到杉树墙壁上,缝太小,看不清隔壁。火娃将缝掰成一个小洞,在一只眼睛的工作下,那边风景一览无余。隔壁住的是那个背包袱的人。另外两人坐在他对面。那人把包袱打开了,露出几件怪东西,它们相互碰撞时发出金属声。火娃认定,这声音与上午在石板路上听到的一模一样,证明这一天包袱里背的是同样的东西。那边的声音仍然不清晰,火娃只听到"宝贝""古董"这些词。他们边说边打手语,然后三个人每人出一只手握在一起。完了,对面人给了背包袱的那人一把钞票。最后,来人背着包袱离开。留下来的那人关上门,无声地笑着点钞票。见到钞票,火娃就流口水了,他想变成一只蚊子飞过去,把那沓钞票叼进自己的口袋。想归想,毕竟钞票是别人的,口水流干也没用。火娃一气之下,把那个小洞堵上。

老板娘来敲门,杉树皮大门响起来与众不同。她掌着灯火,连拍几次。睡了吗,先生?老板娘说。她声音像一只怪鸟。火娃拉开门,强迫自己张开大嘴打哈欠,说,老板娘有何吩咐?老板娘挤进来,点上房里的灯,说,你体格不错,睡过女人吗?火娃摇头,说,父亲不让。老板娘很为他惋惜,说,你前面的日子白活了。不过,从今晚你就可以开荤了。姑娘都不错，随你挑。火娃说，要钱吗？老板娘长笑起来，一笑，声音就像母猪了。火娃发现，她笑时，两个乳房并没有颤动。火娃按住口袋，说，我没带钱，不，我根本没有钱。老板娘失望地想离开，但她又转过身，说，藏宝图要吗？姑娘、藏宝图你总得选一样。火娃说，我都不要，我没钱。老板娘说，没钱，你上白毛谷来干吗呢？既然来了，就要想办法弄钱。说话间，一个姑娘进屋来。老板娘说，小艾叶，把衣服脱了，让先生看看你是不是很值钱！小艾叶褪掉衣服。火娃就傻眼了，说，我能欠着吗？老板娘说，不能。小艾叶动作神速地穿上衣服，随老板娘出去。

隔壁的门被推开了，火娃耳朵贴上去，听不太清楚，他又将那小洞捅开。老板娘带着小艾叶站在灯光中。小艾叶再次脱掉衣服。背包袱那老兄急忙把小艾叶扛起来丢到床上。老板娘吹灭灯火退出去。

隔壁声音像柴火烤着火娃的心窝，火娃受不了了。他猛踢一脚，白色杉树皮墙被破开。他急忙逃进黑夜。

火娃一头撞进老板娘怀里，老板娘笑骂说，被鬼撵了吗？

我要出去，到白毛谷西边去，父亲在那里等我。

天这么黑，你能出得去吗？

我能。请告诉我路线。

老板娘说，好吧。从这里往前走50米，左拐300米，再右转200米，那里有个亭子。然后向北，沿路弯向西，就到出口了。

火娃谢了老板娘。他踏上西去之路。白毛谷的街道高低不平，没一盏路灯，火娃摸索着前进。走了50米，就是一个路口，按照老板娘指引的，他向左拐，走了300米，他头有些晕。这里有多个路口，他记不得右边是哪一边了。他选其中一条，往前走，走了好长一段也没看到亭子。他折回来，走第二条路，走下去很远，仍然没有见到亭子。他再回头，走第三条路，结果走到尽头也没见到亭子。再折回来时，他就失去了方向。眼前有山摇地动之感。他坐下来休息。他很渴，想喝"随便"茶。白毛谷里闪着零星的灯光，但它们都很远，而且有灯光并不等于有"随便"茶。想起茶，他就想到伙计，想起身上的藏宝图。经过几十次的阅读，地图已经印在他头脑里了。地图没有标明东西南北，也非完整的白毛谷地型图，这是寻找宝藏的最大障碍。

有一个人出现。火娃急忙向他打听去亭子的路线。那人说，往东走60米，再往北100米，再往西走140米，就能见到亭子。火娃谢了这个好心人，继续赶路。结果他是徒劳的，他走得精疲力竭也没见到一个亭子。天就亮了。他就地躺着睡去。一觉醒来，他发现原来自己就躺在亭子下方。他站在亭子的长凳上，眺望西去的路。那条弧形之路非常清晰，它不折不扣地与西边出口相连。火娃笑了。出路找到了，就不用急了。在亭子这个方位按图索冀也许有意想不到的收获。

他把藏宝图摊开。纸质量不好，才摸不到一昼夜就快磨穿。亭子的位置不高不低，视线还不错，能够分辨白毛谷高高低低错落有致的街道房舍。天刚亮不久，可是已经到处是人了，他们拿着地图或者铁锹或者背着包袱，带着自己的秘密走向目的地，有的已经在目的地上干了。火娃让地图一点点旋转，寻找地图与实景的吻合点。此时，亭子来了一些人，他们同样在寻找地理路线。各人干着各人的，互不搭理。火娃仔细研究地图，分析远远近近的山水。他不明白此地图是何时留下来的，时间越早寻宝的难度就越大。白毛谷属于沱巴河流域，刮巨风下暴雨地裂山崩等地质灾害时有发生，古代的甚至早先的地图就失去了地标。火娃不断地抓脑袋扯头发，他认为这样能使聪明细胞活跃，有助于分析研究。身边的人来了又走了，接着又来一批，轻风一样，悄悄地来悄悄地去。火娃缓慢地将地图旋转了360度，脑子里有无数个疑问和无数个肯定。

有铁锤铁锹劳作声传来，有人在亭子的附近开挖宝藏。火娃望着他们。发现火娃后，他们停下手中的活儿，怒目而视；有人就大喊，看什么，滚呀！火娃想起来了，伙计告诫过他不要探寻别人的秘密，那样是最危险的。火娃想，挖坑谁不会，等我挖坑时我也会对所有人大喊"滚呀！"

前面有挖宝工具出售，除了传统的铁镐铁锹，还有宝藏探测仪。但宝藏探测仪很贵，火娃买不起。

有了自己的工具，火娃心里踏实多了。他的眼前显现出一堆堆的金银财宝，还有比小艾叶漂亮几倍的美女向他招手。一路上是掘宝之人，掘宝之声传向四方又从四方传来。白毛谷的道路百孔千疮，大坑小坑星罗棋布。火娃庆幸昨晚在黑夜里行走没有掉进坑里。火娃找不到一块可以掘坑的地方，每寸土地都让人掘过了，有的还近期被掘过无数次。

那一年啊，白毛谷的奶子山崩了。从别处传来一句话。

这句话意味深长。奶子山一定埋藏了许多金银财宝旷世古董。奶子山在哪里？它倾倒的方向朝哪边？所有人都细细地咀嚼着传说，分析判断着埋在地下几千年也许上万年的宝藏。

再往前走就得下台阶了。台阶下是一大块凹地。上有散开来的房舍，都是那种涂成白色的树皮建筑。"招挖宝工"，火娃看到一块高挂的招牌，白底红字，风吹过，招牌一动不动。火娃刚站在招牌下，一个女人就出来了。这个女人皮肤黝黑，马尾一样的长发披在肩上。

来吧，我家有无数的宝藏。女人说。

在哪里？我能参观吗？火娃说。

可以。它们都埋在地下。只要你努力工作，很快就能参观到它；你天天可以参观不同的它们。女人说。

火娃说，你几十岁了？

女人说，记不得了。

火娃说，你有男人吗？

女人摇头，说，男人不是宝藏，拿来没用。

火娃说，你这里地势最低，是挖出来的吗？

女人说，是的。在白毛谷我家挖了好几辈了。

火娃说，挖出多少财宝？挖了几辈还不够吗？你们家太贪心啦。

火娃走进屋子，屋子低矮阴暗。地铺上躺着两个咳嗽男人，他们都很老了。他们是兄弟。两个老男人的咳嗽使火娃喉咙发痒，他向女人讨茶喝。女人叫他过另一间屋子去，火娃跟在她身后。她指着一个地方说，喝吧，喝完你就可以下地挖宝了。火娃为自己倒了茶，茶凉丝丝的，很解渴。就在火娃喝茶时刻，女人脱掉上衣，露出上身。女人上身很黑，火娃知道，那是太阳晒的。女人的两只乳房虽然小，却坚挺，通常这样的女人是没有育过儿的。女人要换衣服。火娃产生了摸一把的冲动。他向女人招手，女人走过来。火娃就握住了女人的乳房。火娃用力不小，女人说，放开，你把我弄疼了！女人挣开火娃，换上衣服。女人走出屋子，抄起搁在外墙上的铁镐往前去。

女人跳下一个一米深的坑。这个坑有一二十个平方，坑里露出生根石。火娃站在坑上观望。女人挖得卖力，不久，挥汗如雨。女人脱掉上衣，她那黑色的上身暴在上午的阳光下，还有那对黝黑而坚挺的乳房在光天化日之下上下跳动。

这是一个长着大乳房的男人。火娃下结论说。

喝水呀。火娃提醒说。火娃回屋弄来水壶，递给女人。女人接过来牛饮。火娃又提来一壶，他希望她尽快撒尿，以确定自己的关于她是男是女的判断。可是她的汗太多，喝下去的水都化成汗水了。

来吧，挖吧。女人说。

火娃跳下坑，开始挖宝。他干得十分卖力，他相信只要心诚，宝藏很快就会显现的。女人很满意，她以递给他水壶作为奖励。火娃喝水后说，你是女人吗？女人说，我是女人。火娃说，我不信，你的行为动作都像男人。女人丢开铁镐，把外裤内裤都脱掉。火娃终于相信她是女人。

我看到宝藏了，它们在西边！最老那个男人惊叫起来。

女人跑过来按住老男人的嘴巴。小声点，爷爷！她说。

女人拿来笔和纸，爷爷画出一个藏宝图。对于白毛谷，女人了如指掌。爷爷的地图她一看就明白，挖宝几十年来，爷爷说的这个地点，她是没有染指过的。她兴奋起来，然后对身边的火娃抡了一耳光，说，谁让你偷看？滚！女人急忙把地图收入怀中，想想不妥，又抽出来揉成一团丢进嘴里吞下去。

我是你招的挖宝工。火娃说。

滚！女人说。

火娃悄悄地尾随其后。女人在西边一个地方开挖。这个地方不远就是白毛谷的出口。那是一条石板路，羊肠一般钻进丛林。

女人挖得叮叮当当，不多久，挖出一个十来平方米二十厘米深的长坑。火娃在不远的地方停下，那地方土质紧，说明还是一块处女地。火娃站在原地眺望白毛谷时，竟然发现与怀里的藏宝图十分吻合！火娃信心大增，他与女人竞赛着挖宝。连续不停地挖下去，他的头还在地面上，而女人身子随着地坑的加深不见了。火娃承认挖不过女人。女人生长在白毛谷，她挖宝挖了几十年，极富经验，极富体力。火娃抹掉一把汗。他渴。他看到女人搁在地面上的水壶。他偷偷靠近，把水壶拿在手上，一口气将茶水喝干了。女人的头在晃动，挖宝声响个不停。不远处有人靠过来，火娃把竖起的手掌伸出去大喝一声，别过来，滚一边去！来人听到声音后改了道。火娃心里十分舒畅。

终于，火娃的身子低于地面。越往下挖出的东西就越多，比如碎瓷片、破罐子、人的尸骨等等。挖着挖着，天完全黑下来。头上没有星星，月亮也没有。火娃细听，女人那边已没有声音。火娃费很大劲爬出坑。

道路上有人行走，他们手里点着火把。他们都不说话，也许挖到宝了也许没有。只有少说话，才能守住秘密。

白宝旅馆那盏灯亮着,那是火娃的目标。昨晚踢坏的杉树墙壁补好了,老板娘没有为难火娃。

你没有离开白毛谷,你还是留下了。老板娘说。你,你们快点挖到宝藏吧。你们没钱,我旅馆生意快支撑不下去了。

昨天那个背包人出现在眼前。他手里扬着钞票。老板娘飞奔而去。背包人搂住老板娘亲了几大口,说,上最好的酒菜,要最好的姑娘。

背包人将包袱搁在桌上,他对火娃视而不见。他的包袱看上去很沉,一定又装满了宝贝。他为什么有这么多宝贝?火娃恨不得过去掐死他。

火娃的酒菜上来了。他叫老板娘再拿一个酒杯。火娃倒上酒,对背包人说,老哥,过来,喝一杯。背包人闻声急忙过来,说我就好酒好色。

两人拼成一桌。老板娘说,姑娘算谁的?背包人说,再叫一个来给这位兄弟。火娃摇手,说,我没钱。背包人说,我最看不起没钱又好酒色的男人!

背包人回到他的桌上,他和姑娘调情喝酒。背包男人包袱还放在火娃的桌上,火娃念头跳出来,他想背起男人的包袱逃跑。可是,他身子没动。他对白毛谷地形还不熟,就算跑掉也逃不出背包男人的手掌。恰好一阵风吹来,先是吹灭了火娃桌上的灯,紧接着吹灭掉背包男人的。背包男人哈哈大笑,他对姑娘的动作更加放肆,姑娘嗲嗲地骂他。火娃的手碰到包袱,那一刻他胆子突然长大。火娃解开包袱,手伸进去。他碰到硬硬的东西,手一抓,就抓住一样东西,他用力抽出来,搁到桌下,然后再抽出一串东西。老板娘掌灯过来,她说,黑灯瞎火的怎么喝酒哟。她为两桌客人点上灯。

背包男人继续和姑娘调情喝酒后,火娃悄悄带上桌下的东西离开。那两样东西都不大,一串是珍珠,一个是小铜器。他很容易就藏到身上。最安全的不是放在身上或者旅馆。火娃想起那个大脑袋后,智慧就来了。他摸到白天挖宝的地方，跳下坑，将宝贝埋了。

女人那边有声音。原来女人还在挖宝。

挖到宝了吗？火娃说。

总会挖到的。只要挖到一件宝贝，就会挖到一大窝。女人说。

你爷爷怎么知道这里有宝？他挖了一辈子宝，为什么现在才知道？

爷爷挖宝行动感天动地，仙逝的主人托梦来了。你是怎么知道白毛谷有宝的？

我不知道，我是路过，我父亲在外面等我。你知道出去的路吗？

知道呀，你往前走300米，再向东拐向西，有一条通往外面的石板路。

火娃说，不打扰了，你继续挖吧。挖到宝藏别忘请我喝酒。

女人说，你明天上我家吧，明天你就可以喝到酒了。爷爷说了，我们要用宝藏买一座城，建一个皇宫。

火娃说，光说你爷爷，你爸爸呢？

女人说，爸爸废了，他挖断了自己的脚和下身。有了宝藏，我要嫁个男人，为他生一群孩子。到时候，我们住在自己的城里，自由自在。

火娃说，太让人羡慕啦。

女人说，爸爸的意思是把白毛谷买下来，一边建城市一边继续挖宝藏。可我的意思是想把沱巴镇买下来。20年前，那里有一个喜欢过我的男人。他也是来挖宝的。他说，挖到宝后就讨我做老婆。可是他没挖到宝，就回沱巴去了。他说，他仍然喜欢我。

火娃说，太可惜了。他应该留下来，和你一起挖宝。

女人说，那是个没用的东西。但我就是喜欢他。

火娃说，20年了，他早讨老婆生孩子了。

女人说，讨就讨吧，有了宝藏，我还怕嫁不了男人？再说，我有了宝藏，他会丢下老婆孩子回来娶我的。

按照女人指引的路线，火娃往白毛谷外走。天上月亮出来了，路面比较清晰，虽然行走不便，可还是很顺利。走了许久，他看到了灯火。他想，那就是白毛谷外了。他有些后悔，出了白毛谷，他就能见到父亲，就不能回到白毛谷了。他停下脚步，一抬头，竟然看到"白宝旅馆"几个字。他欣喜若狂。

背包男人回到了房间，他仍住火娃隔壁。那边灯火灭了，只有一阵阵如雷的鼾声。火娃想，背包男人完成了所有的交易，现在他身上只有钞票了。杉树皮墙壁不隔音不防盗，火娃说，我能不能撕开杉树皮夺走背包男人身上的钞票呢？

火娃想了想，说不能。比起白毛谷的宝藏，背包男人那点钞票只不过是九牛一毛。

第二天一早，隔壁就响起声音。起床了，该去收购假古董了。背包男人自言自语地说。火娃眼睛贴在缝上，那边阴暗无光，除了闻到从那边钻过来的一丝烟酒味，什么也没闻到。不多时，脚步声离开房间。火娃尾随背包男人。背包男人在白毛谷口茶庄吃了几碗茶，然后沿石板路向上，然后下山。清晨的沱巴河白雾蒸腾，码头上停着几只随波荡漾的小船。

伙计招呼火娃喝茶。伙计认出了火娃。伙计问火娃挖到宝藏了没有？火娃不置可否。伙计说，我这里还有许多藏宝图，你挑吧，每一张的价钱不同。伙计从怀里掏出一沓藏宝图。火娃说，都没有参照，挖宝难度太大。伙计说，有参照还用着你来寻？几辈子前宝藏就挖光啦！火娃一张张看，其中还有一张未画完的。伙计说着不好意思，把未完成的地图收回去。

大脑袋在前面晃动，火娃脑子中的智慧活跃无比。他对伙计说，我的来头不小，你可能不知道。我爷爷辈开始就在研究白毛谷，我们家收集到堆积如山的白毛谷资料，我家最懂藏宝图。伙计将信将疑。火娃说，我家是先皇的后代，关于白毛谷家谱里也有大量的记载。我们坐的这个地方，原来是堆放金银财宝的地方。左前方是炼金厂，右前方是炼银厂，正前方300米，是太子的书房……伙计认真地听着。火娃不说了，他说，你的藏宝图是假的，你每天都在伪造藏宝图！伙计脸铁青，他压低声音说，请爷爷放我一条生路！

火娃说，拿纸和墨来。

火娃在白纸上绘图，伙计看得目瞪口呆。

想要吗？火娃说。

想。

价很高的。

我愿意。

伙计以不回价的价格买下了火娃的藏宝图。临走前，火娃说，图是真的，但是宝藏却不容易挖到。

火娃去到西边，继续挖宝。女人已经在那里了。火娃说，你要藏宝图吗？我可以卖给你。女人说，我家从来不信，谁有了藏宝图还会出卖呢？！火娃觉得这女人很聪明，除了不知羞耻地在男人面前随意脱衣服，一切都很正常。

火娃跳下坑。

许多年前，白毛谷的人为什么突然神秘死亡？火娃边挖边想这个问题。是宝藏太多，被人毒死了吗？是宝藏太多，玉皇大帝也嫉妒了吗？空想当然没用，实实在在挖才是正事。

谁在下面？有人来了。

滚！火娃大声地呵斥。

别生气，神秘的挖宝人！上面人说。

你想干什么？

上来，我有藏宝图，你要吗？图是先皇后人绘的，准确无误。

火娃停下铁镐，说，真的吗？

当然！

那你为什么不留着，自己挖宝不是更好吗？

我不缺钱,我家除了钱什么都没有。上面人说。看看吧,别错过。

坑有些深,上面的人把火娃拉上来。那人说,想好了,要不要?光看也是要钱的。火娃说,看一眼多少钱,看两眼多少钱?那人说了两个价。火娃说价太高了。看一眼其实什么也看不明白。

那人说,可以打折。

那人掏出藏宝图。

火娃高声叫起来:滚,滚,滚!你再不滚,我的铁镐不认人!

那人吓得逃跑。

那人卖的正是火娃画的那张。伙计把它转手了。

火娃气得发抖,居然骗到自己头上来了。他就地坐下来休息。他看不见女人,也听不清楚那边的声音,但他能感觉到女人在不停地劳作。可怜的女人,她家挖了几辈子也没挖到宝藏,太可怜啦。

对了,现在可以欣赏昨晚偷得的古董了。火娃刨出来。一串珍珠,一个小铜器。珍珠闪闪发光,铜器锈渍斑斑。珍珠火娃喜欢,铜器火娃不喜欢。他反复地把玩。他看不出这铜器有什么好。

挖到宝啦,下面这个人挖到宝啦!

不知什么时候,地面上来了两三个人,他们轻声地尖叫起来。

声音令人恐惧。但火娃故作镇定,并且生气地说,滚!

上面人说话了,说我们是古董商,专门在沱巴河一带收古董,重点在白毛谷。谁都知道白毛谷地下宝藏无数。我们专做古董生意,你叫我们滚干什么呢?难道你不卖?难道你另有买主?

火娃心想财运来了。他越是暗自高兴不说话,上面的古董商越是着急。古董商说,生意是谈出来的,就算你有买主,但是如果我们价钱高呢?你不会见钱眼不开吧。

三个古董商跳下坑来。

他们接过珍珠和铜器。他们嘴里发出啧啧之声。他们说这两件宝埋在地下至少四千年了!价值不菲,不菲!

开个价，宝贝我们要了。古董商说。

火娃不知道如何开价。正当他在思考时，古董商开出一个火娃心目中的天价，火娃吓得说不出话。着急的古董商又把价格往上提了一大截。

好吧。火娃说。

古董商从包袱里掏出钞票，一沓沓地点着。然后就兴奋地离开了。火娃拍拍脑袋，觉得天昏地暗。当他脑中闪出那个大脑袋时，他头脑立即清醒过来。这一切都是真的，手中的钞票也是真的。

火娃听得坑外有响动，立即把钞票埋进泥土里。可是他没来得及全埋上，女人就跳进他的坑里。

宝贝是我的，我爷爷发现的！女人扑过来抢夺火娃的钞票。女人力气很大，火娃根本不是对手。被夺走的钞票火娃夺不回来。

宝藏是我挖到的，不是你的，更不是你爷爷的。你的宝藏在你的坑里！

我爷爷指引的方向，他画了地图，你的坑也在圈内。你是我招来的挖宝工，你挖的宝要全交给我！

女人因为着急，而忽略了火娃埋在泥土里的钞票。女人带着夺得的钞票狂笑而去。女人因为狂笑而暴露了秘密，一些人就知道她挖到宝了。其实这也是个好消息，传说是真的，白毛谷有宝，有很多。神神秘秘的背包男人暗地里做着假古董生意，消息虽然也在暗中流传，但没有人亲眼见到出土的时刻，现在有了现场，人们就更有理由相信传说，也更加坚定了心中的信心。

火娃数了一下，女人只夺走了总数的四分之一。这也不少了。女人满意是可以理解的。火娃也满足无比。这一天他财运滚滚。

也许背包男人并没有发现他少了"宝贝"，火娃的这一天过得安全而火爆。可是，火娃不再敢去白宝旅馆。他住到女人家里，和两个老男人一起睡在地铺上。两个男人反复地数着钞票，笑着。然后就骂火娃。两个老男人认为火娃不应该急于出手，价钱是一方面，但总得让他俩看看宝贝呀。挖了一辈子宝，却从来没见过宝，这是心灵深处的痛。火娃表示，明天挖到宝一定带回来让老人们过目欣赏。

明天可能不会挖出宝贝，也可能挖出来。火娃心中没底。他希望背包男人再次来到白毛谷，偷不成，哪怕买也愿意。火娃走出屋子。没想他被女人喝住。

我要去找姑娘。火娃说。

姑娘重要还是休息重要？没有体力怎么挖宝？

那我现在去挖宝。

女人拦住火娃的去路，说，给我回去！只要你挖到宝，挖多多的宝，我会考虑嫁给你，我可以不要沱巴那个不中用的东西。

火娃说，你太老了，我不要。

女人说，你可以不要我，但你必须挖宝。女人力气很大，她把他拽回屋子。

两个老男人还在说着话，他们计划明天到挖宝现场去，要亲眼见证宝贝的出土。火娃翻来覆去睡不着，他在想着背包男人。夜很深后，火娃悄然出门。

白宝旅馆还亮着灯，老板娘在灯下打瞌睡。听到响声，她惊醒过来。一见是火娃，她泄了气。说，你来干什么？你又没钱。火娃说，这么晚了你不睡，是在等人？她说，是呀。他说，背包男人呢？她说，该死的，今天没来。今天生意一单没做成。

火娃来了兴趣，说，叫最好的姑娘来！

老板娘一动不动。

火娃从怀里掏出钞票，说，快去呀！

老板娘跳将起来，说，好，好，你等着！

不多时，老板娘牵着一个姑娘的耳朵出来。姑娘睡眼蒙眬，一边说，还让不让人活啦！老板娘给了姑娘一耳光，说，快给我接客！老板娘把姑娘推到火娃怀里，说，先生你想怎么样都行，千万别客气。

火娃选了背包男人常住的那间。姑娘还在睡梦中，她倒在床上继续睡。不一会鼾声如雷。火娃按照自己的理解第一次做了男人之事。他觉得这件事并不好玩。这么不好玩的事情，背包男人为什么乐此不疲呢！

火娃反复地察看姑娘的身子，他想，原来女人就是这样的。这和那个女人没什么两样。觉得无滋无味后，火娃掌着灯在屋里四下寻找，也许粗心的背包男人落下了什么宝贝。

杉树皮门吱呀响了一声，老板娘挤进来。她说，怎么样，还满意吗？火娃说，不好玩，像死猪。老板娘抽了姑娘一巴掌，说，死猪！火娃为找不到背包男人落下的古董而发愁，脸上就阴云密布。老板娘误会了，说，要不我陪陪你？我经验丰富，包你满意。老板娘脱开衣服，露出洁白的裸体。她很风骚，一下就让火娃不能自已。

刚回到女人的家，火娃冷不丁被当头一棒。火娃还是被发现了。今晚火娃过得快活，就不在乎那一棒。他捂着脑袋钻进地铺。两个老男人父子还在热烈地讨论宝藏的事，猜测明天将出土一堆金子。火娃回来，两个男人才想起火娃离开时间很长了，便一句接一句审问。

挖宝去了？

没有。

干什么去了？

去白宝旅馆了。

两个男人干笑起来，说，去那里有什么意思，世界上最有意思的事是挖宝藏。

火娃不想理这两个老东西，把头紧紧地包裹。头有些微微的痛，但因为疲惫，很快就睡着。

第二天，大家起得很早，火娃和女人带上铁镐竹筐等挖宝工具走出家门。两个老男人走路摇摇晃晃，行动非常缓慢，火娃和女人挖了许久两个老男人才赶到现场。一到现场就急切地问，挖到宝没有？女人回答说，没有，不过快了。我听到金子的声音了。两个老男人就激动地干咳起来。两坑紧紧相连，他们的对话火娃听得一清二楚，但他不想理地面上的老男人。火娃讨厌这两个老男人，挖一辈子宝藏连一根铁条都没挖到，火娃看不起他们。而且，挖宝是一个体力活加技术活。相对女人，火娃这两样都显然远远不如。挖宝不是锄地，得掘，得出土。一个人既要深掘又要出土，是非常繁重的。越往下掘，离开地面就越远，出土就越困难。连挖十几天火娃身子快要散架。两个老男人嘀咕一阵，就分了工，一个站在女人坑的地面，一个站在火娃坑的地面。

啊！女人叫了两声。老男人的心紧缩，说，看到宝藏了？

听到宝藏二字，火娃坑上的男人向女人坑奔去。可是他心有余而力不足，刚迈步子就摔倒在地。他就爬，嘴里叫道，先别动，让我看一眼！

是一根棕绳，两尺来长。女人左看右看看不出棕绳的价值，她把棕绳抛上去。两个老男人急忙捡来细看，兴奋之情溢于言表。

这是一根捆扎包袱的棕绳，装金子的包袱就在附近了。老男人说。使劲啊，我的好孙女！

火娃爬上来，他不像女人的坑坡度舒缓，他的坑陡峭，这就是挖坑经验不足造成的。火娃爬上坑费了不少劲。他捡起棕绳放在鼻子边嗅，闻到一股墓地的味道。对于两个老男人的分析，火娃同意。这棕绳不粗不细，用来扎包袱口正合适。由此推断，装金子的包袱一定很大。

两坑继续响起挖宝之声。

太阳偏西，一天就快要过去。除了棕绳，女人什么也没挖着。女人喘着粗气爬上坑，她的失望让两个老男人痛苦不堪。

这不可能。老男人说。扎金子的棕绳都挖到了，能挖不到金子吗！

他一定挖到了。他们步子移到火娃的坑上方。这才发现，两个坑相距已不到一米。两人都在下意识地向对方靠近。棕绳在女人坑里，金子在火娃坑里。他们想。

把金子交出来！女人大喝一声。

火娃说，你们挖到金子了，我没有。

把金子交出来！女人又吼了一声，她还将一块泥团投到火娃身上。火娃下意识地去护身，却捂住昨晚女人敲出的疱。这一捂，他全身就痛起来。

女人跳下坑，说，把金子藏哪里了？！女人边呵斥边寻找。她的铁镐扒开坑底的松土，一层层一点点地查找。

我没挖到金子。火娃说。

不可能！两个老男人在地面喊叫。说一定是他藏在什么地方了。女人找遍坑底也没找到一粒金子，便一把将火娃衣服扒掉。火娃黑白分明的身子暴露在夕阳之下。女人抖抖火娃的衣服，仍然没有发现。

可能藏在地面上的泥土里了。老男人深入地分析说。

女人爬上来，用铁镐仔细扒那些来自坑里的新土。火娃心想可能真是自己粗心大意而连金子带土抛撒了出去。他也上坑来寻找，扒着扒着泥土，天就黑了。

女人用出土的棕绳把火娃双手捆绑押回家。到家后，她换成别的绳子。火娃被绑得更结实了。

说，把金子藏哪里了？女人手里拿着木棒，一下接一下地敲击火娃。

我没挖到金子，打死我也拿不出金子。火娃痛哭流涕。

前几天你挖到了珍珠，说明那地方就藏着宝藏，如果今天不交出来，我们要让你求生不成求死不得。女人在炉火里放置的铁条越来越通红。

不要用铁条捅我，求你们！我赔你们钞票，行吗？

不行，钞票比不上金子，我们只要金子。

……………

数天后，火娃身上的伤势好了些。女人忙于挖宝藏，对火娃的看管也松了许多。这天女人下坑后，火娃逃出两个老男人的视线走出屋子。他去到白宝旅馆。老板娘对他爱搭不理。看到了吗，我受伤了。火娃说，我并不是不想来，可是我带伤的身子没用啊。老板娘哼哼地发出几声闷响，说背包男人隔不了两天就来一次，你倒好，都好几天了，不来朝堂，你把我们当什么了，把我们白宝旅馆当什么了？

背包男人呢？我要见他。

老板娘择完青菜，向厨房走去。火娃抽出一张钞票撩拨她的后脖颈，见到钱，老板娘脸就变好看了。笑骂说，跟着我干什么？

我只想见背包男人。火娃说。

他刚刚离开，你还能追得上。

火娃拔腿冲出白宝旅馆。

背包男人还没离开白毛谷，他悠闲地坐在茶庄喝茶。火娃选择一个不显眼位置坐下。伙计点头哈腰地走过来，说先生今天喝点什么？对了，你爱喝"随便"。火娃假装看别处，心思却在背包男人那里。背包男人的包袱瘪瘪地搁在桌上，火娃猜想，背包男人贩卖假古董的钞票一定放在身上。火娃立即按了按自己身上的钞票，硬硬的还在。

伙计提着茶壶上来。他说，白毛谷的宝藏永远也挖不尽。每天都有人挖到宝藏，每天都有收宝的人来到白毛谷。

他是干什么的？火娃用眼神指着背包男人问伙计。伙计说，不知道，他在白毛谷混了两三年了吧。来到白毛谷还能干什么，不是挖宝就是买宝。这是他的秘密，我们不应该打听他的秘密。

火娃和背包男人坐在一条木船上。沱巴河水清清悠悠，平平缓缓。船老大有节奏地划着小船，他的沱巴山歌削过江面飘向四野。白毛谷快离开视野时，火娃回望高高的碉楼，他看到碉楼晃晃悠悠，一群白鸟飞过之后，碉楼变成了金子，接着所有的山变成了金山，沱巴水变成了银水。

背包男人一言不发。他好像已不认识火娃，也许根本对火娃视而不见。假装不认识可能是保守个人秘密的一种。

船在一个码头停下，船走得慢，花了好些时间。背包男人第一个挤下船，上了岸又急匆匆赶路。火娃在安全的距离内尾随背包男人而去。走过一条车水马龙的街道，就到郊外了。田野中有不太团结的屋舍分布，而在这个开阔之地火娃就没了胆量跟踪背包男人。也许这就是背包男人的家。火娃背靠在一棵大树下远眺背包男人的身影，一直到背包男人钻入那个村庄。

良久，背包男人出现。与进去不同，他的包袱鼓起来了，步履也变得缓慢。躲过背包男人，火娃走向村庄。村口有两只狗，凶狠狠地叫着。不多时，出来一个人，他先是喝住狗，接着打量火娃。

有古董卖吗？火娃说。

来人说，没有。

火娃往村里走。那人跟在后面说，镇上铁封街有卖，你上那里去。火娃脑中显出在白毛谷见过的那个大脑袋，每到这个时候他脑子就特别好使。火娃说，去过了，没有中意的。有人告诉我，你们村有卖。来人说，谁说的？火娃说，背包男人。来人摇摇头，说，我们不认识这个人。你是古董商吗？火娃说，我是挖宝商。来人继续摇头，说我听不懂你的话。

火娃走过了村子，到尽头，他看到前方有一株大乌桕树和一条小河。这地方有些像自己的村庄。他离开村庄时，母亲就站在河边的乌桕树下。火娃说，你们有卖，刚才还卖给了背包男人。来人说，他背的是尸骨，你也想背吗！火娃脑子懵了，这个时候就是那个大脑袋也帮不了他了。

火娃出了村庄，去热闹的镇上去。他来到铁封街，这里果真有许多古董。各种各样的古董摆满了整条街，人来人往，看的多，买的少。上次火娃偷的那种铜器，这里也有卖。火娃问了价，主人开价是火娃那天卖的三倍。

是真的吗？火娃说。

能假吗？从白毛谷出土的。买不买？不买就走开。主人说。实话说吧，我大哥直接从挖宝人手上买的，它刚刚被挖到就让我大哥撞上了。

火娃再次拿过铜器来看，他记不得过他手的那件铜器了，那铜器在他手上停留时间太短。火娃放回铜器。主人不满地说，你小心点呀，不买你看什么呀！主人很凶，火娃赶紧离开。走到下家，火娃回头看时，一个眼熟之人从门洞出来。哦，就是他，那天在坑外买他铜器的那个！

这里东西真假难辨，要买真货得去白毛谷。火娃听到了旁人的议论声。

天快黑时，火娃被人跟踪了。一回头，竟然是下午在郊村碰上的那个。那人把火娃拦下，说，你是诚心买古董吗？火娃说真的我买不起，我要买假的。那人说，铁封街全是假货你为什么不买？火娃说，他们开价太高。那人说，实不相瞒，我有假货，但价格并不便宜。你说对了，背包男人久不久上我这里来要货，他一出手价钱就翻好几倍。那狗日的不知道有什么出售门道。

火娃随那人去到村里。在一个阴暗的屋子，火娃见到了几件古董。火娃说，这也太难看了。那人说，难看才显古显真，你是行家，你不要讽刺我。火娃说，就这点货？那人说，做假也不容易，做旧都是要时间的，牵涉到许多时间和工艺。背包男人老是嫌我做得慢、货少，我冤死了，我做得不古董，你们能要吗？

买好货，火娃住到镇上的旅馆。包袱与他形影不离。第二天一大早，火娃就来到码头，坐上第一班船回到白毛谷。

火娃在一个显眼地方开辟挖宝战场，他把假货放进坑里，然后假模假样地挖着。虽然是假挖，他还是挖得十分卖力。

这一天就过去了，遗憾的是没有古董商从他坑前走过。他不得不把假宝挖出来装回包袱。这几件古董几乎花光了他的钞票。这也是他押的一个宝。他得十分珍惜和小心。女人那里是不能去了，火娃仍住到白宝旅馆去。背包男人也在，他左右搂着姑娘喝酒调情。

　　这可是背包男人人生最后一次在白毛谷喝酒调情，第三天，他就被打死在白毛谷码头。打死他的是几个古董商。这些年来这几个古董商把白毛谷作为收购重点，他们的货大部分从背包男人身上买的。双方已经形成良好的合作关系。可是，这天，撞鬼了。背包男人一上船就与古董商碰上了。这么多年来，背包男人摸清了古董商的规律，总能避开与之相遇，偏偏这天撞枪口上了。一路上大家都不说话，古董商们一直盯着背包男人的包袱。到了白毛谷码头，古董商便撕开背包男人的包袱。

　　货从哪里来？古董商说。

　　白毛谷。背包男人说。

　　哪个白毛谷？

　　这个。

　　白毛谷的古董长脚吗？

　　没有，我长脚了。

　　好，先打断你的腿。

　　背包男人的腿就断了。

　　你骗人了吗？

　　骗了。

　　好，割掉你的舌头。

　　背包男人的舌头掉了。

　　然后，背包男人就死了。

　　没有古董商的进进出出，白毛谷清静多了。少了客人消费，白宝旅馆撑不下去，一怒之下老板娘带着姑娘回了老家。现在白毛谷只有挖宝的人，而且挖宝人数量一天天减少。老板娘一走，整个白宝旅馆就是火娃的了。火娃把假古董分别埋进白宝旅馆的秘密处。火娃绘制了藏宝图，好几张。有总图，有单件假宝图。他把这些藏宝图装在不同的口袋里。

茶庄处在高处，能够眺望白毛谷，也能够眺望沱巴河。茶庄腹背都人影稀少，往日叮叮当当的挖宝场面少了，码头上来来往往的小客船少了。所有人都知道，这些"少"均源于背包男人的被杀。火娃坐在茶庄喝茶，那面书写着"茶"字的大旗有气无力地在风中飘扬；白色碉楼有如鬼脸，惨白而恐怖。每想起背包男人，火娃就心惊胆战，他碰上那帮古董商，他也会惨死。他在白宝旅馆藏身几日才敢出来喝茶。当然，好在没人知道他搞假古董。

伙计在火娃不远处收拾茶桌，不时与三个陌生茶客耳语。陌生茶客向火娃走来。他们分别端来自己的茶碗，与火娃拼成一桌。火娃见来者不善，急忙起身，但屁股还未抬起就被大个子陌生茶客镇压了。

我们要藏宝图。为首的陌生茶客说。

火娃摇头。

你是先皇后人，有藏宝图。

我没有藏宝图，所有的藏宝图都卖掉了。

你撒谎！我们只要藏宝图，不想要你的命。大个子把匕首放在茶桌上，刀锋在太阳下发出一道道刺眼的白光。

火娃从口袋里掏出一张，说，这是最后一张了。

陌生茶客看了藏宝图，都点点头认可，然后付了钞票。火娃不接，陌生茶客便把钞票放在桌上拂袖而去。

经过半天研究，陌生茶客测出了藏宝的准确方位，而且不太费力地挖出了火娃埋藏的假铜器。陌生茶客大喜过望，他们想大吃大喝，与姑娘调情，因为白宝旅馆老板娘的撤退而无法实现，他们用踢白色杉树皮墙来泄愤，旅馆的多间房被踢破。火娃站在白宝旅馆最高处，看着他们研究和挖宝以及发泄。火娃的心情十分复杂，他最希望陌生茶客们挖到"宝"，又希望他们挖不到"宝"。挖得到，陌生茶客就不会找他算账，但挖到了，他们会没完没了。

果真，他们冷静下来后，就看到了火娃。

藏宝图，快点拿出来！

没了。

敢说没了！

真没了。

大个子抽出亮晃晃的匕首顶住火娃的肾，说，你想见血吗？

火娃吓是吓住了，可是他的脑子还清醒。他手伸进口袋里掏藏宝图。陌生茶客看了地图后狂笑。他们确定，这新的宝贝就在白宝旅馆范围内。他们凶是凶，但还很讲江湖规矩，藏宝图不白要，仍然给钞票。趁陌生茶客分析研究具体位置，火娃逃离现场。他一路狂奔，一次又一次掉入挖宝人留下的坑里。最后一次，他掉进一个比较深的坑里，索性就不爬起来了。他清楚陌生茶客还不会这么快来算账。但这一天是迟早的，玩得游刃有余的背包男人不是最后败露而惨死了吗？

天黑下来，白毛谷安静得有些凄惨。躺到第二天早上，女人发现了他。女人从坑边走过，她手头什么工具也没带，倒是披麻戴孝。

这个坑里没有宝，我挖过三回，他们也挖过多次。女人说。

拉我上来吧，我没力气了。火娃说。

为我两个爷爷戴孝吧。他们昨天仙逝了。爷爷临终前对我说，挖宝的事全指望你了。女人说。

有人把白麻布披到火娃头上。火娃推辞不掉，后来想也许为挖了一辈子的老人戴孝会得好报。火娃走在队伍里。火娃不解地说，他们都是谁？女人说，我的兄弟姐妹们，我的侄儿们。他们住在沱巴河下游的岩口村，他们种田种地，为我挖宝提供保障。火娃说，一个人挖宝力量太单薄，应该叫他们全都来挖。女人说，来过的，农闲时，都会来，我挖累了挖病了，他们当中有人会来顶我。但是，多少年了，我从来没累过从来没病过，见不到金银财宝我是不会累倒病倒的。

两个老男人同一天去世，这两兄弟相差一岁半，他俩携手挖宝，继承和构建起女人家里挖宝的强大精神支柱。老男人的后人们把他俩搁在担架上，盖着白布。后人们要把老人运回老家岩口村去，落叶要归根。但在老人离开白毛谷的最后时间，后人们担着他俩行走在白毛谷的大小街道，一圈又一圈，不放过老人曾到过的每一个角落。最后，后人们担着他俩上碉楼，让他俩站在高处最后看白毛谷一眼。别的挖宝人都停下手中的活，肃立着为老男人送行。他们还向经过的老男人抛撒细土，以示祝愿。

火娃行进在队伍中，他不时观察路边的站立者。他数次看到了陌生的茶客，而对方似乎没有认出他来。

码头上早有几只木船等候，老男人的后人们担着他俩上了船，船轻轻向下游漂去。而女人却没上船，她留下了。爷爷说过，她挖不到宝藏一辈子也不得回家。船队渐渐远去，女人回身对火娃说，跟我去挖宝吧！

女人还是在挖到棕绳的坑里挖宝。她的坑早已与火娃的连成一片。这个大坑长了许多，宽了许多，深了许多。女人为上下坑方便，专门挖出了台阶。火娃发现，在坑口有两个轱辘和一大堆绳索。一看就明白，这是用来吊竹筐出土的。下到坑里，光线暗了许多，但是火娃感到踏实安全。女人带头挖土，她非常卖力，不像寻宝，倒像挖坑埋藏敌人。

坑的长宽深都在一天天增加，火娃脑子里除了金银财宝没有别的。有时，他想，等挖到金银财宝，女人会怎么分配。也许分得合理，也许分得不合理，只要不合理，双方就得有冲突，有冲突就有可能有流血牺牲。现在他还打不过女人，不过他相信等挖到金银财宝的那天，他的体力绝对不在女人之下，一旦发生摩擦，他定会占上风。

有人在坑上呼喊——

卖藏宝图的，快出来，我们还要！

是陌生茶客，他们挖到第二件"宝"了。火娃料想得没错，他们会不断地索要藏宝图的。这样一步比一步危险。

火娃在坑下示意女人不要吱声。那三个陌生茶客一路呼喊找寻而来。他们伸出头探望坑下。火娃蹲在暗处，将竹筐扣在头上。

卖藏宝图的人在吗？

不在。

见过他吗？

没有。

他去哪里了？

不知道。也许离开白毛谷了。

三个陌生茶客咿咿呀呀地叫着，把手中的凶器碰得叮当响。

我们要杀了你！

呼喊声越去越远，火娃的心才慢慢放下来。

女人挖坑很有方法，她先是挖一阵，然后把这一层的土运出去。运土的时候，火娃总是在坑下，他认为坑下最为安全。他已经完全适应了坑下的生活。火娃把竹筐装满土，然后喊一声"起！"，得到信息的女人就拉绳索，通过滑轮将土运到地面。新土越堆越多，越堆越远，倒一筐土得费很多时间和精力。

干累了，他们就在坑底躺一会。坑底没有生根石，挖出的土里只有小瓦碴，小木片，所有这些都显现着人类生活的痕迹。曾经的繁华和财宝被时间和泥土埋藏在深处。女人身板很不错，从后面看，她的肌肉非常健壮。火娃不喜欢她的前面，特别是在挥汗如雨脱掉上衣时，火娃觉得她身上两只乳房非常多余，劳动起来很碍事。火娃也时常自卑，他站起来没女人高，躺下去没女人长，力气没女人大，宝没女人挖得好。火娃后来发现，除却她多余的乳房，自己很崇拜她。

这个坑挖了许久，也是史上白毛谷最大最深的坑。火娃建议换个地方开挖。女人不同意，她从小就在白毛谷挖宝，已经挖了无数个坑。她总结出来了，挖不到宝的原因正是不够深入；而且先皇都托梦给爷爷了，白毛谷最大的金银财宝就埋在这附近。火娃同意了女人的分析。白毛谷地下有的是金银财宝，就看你心诚不诚，看你和它们的缘分到了没有。

好消息在这天下午突然到来。

铁镐下去时带出来一片黄绸子，火娃蹲下身去拉黄绸子，很紧，拉不动。他连忙小心地刨旁边的泥土，刨着刨着，见到一个瓷缸的一角。他忍不住惊叫，金子！女人奔过来，瓷缸跳进她眼里，她说，金子，这是装金子的瓷缸。沿着瓷缸周边，他俩刨开土。经过一番努力，女人取出了瓷缸。瓷缸不大，黄绸布封口，红丝带紧扎缸口。揭开黄绸布，里面却是空的。女人用手在里面摸索一阵，摸出一块白绢。展开来看，是一幅藏宝图。上书：

从埋缸处东去 5 丈纵深 10 丈，乃藏宝处也。

黄绸布散发出一股地心气味，而白绢却馨香无限。女人站在瓷缸出土处面朝东边，东边正是她的家乡，她很多年没回家乡了。不过，就快要回家乡了。继续往东挖 5 丈、向下掘 10 丈还是从地面开始往下掘？女人和火娃讨论。算了一下，继续在坑底挖掘才是最佳路线。

为了这 5 丈和 10 丈，你得挖 6 丈 11 丈，范围广深度不保守，才能掘到宝藏。他们换了新的铁锹，预备了新的竹筐。

现在白毛谷只剩下女人和火娃，别的挖宝人都相继离开，茶庄老板也不辞而别。这样的效果不错，少了竞争对手，白毛谷地盘全是你的，你就可以选择任何地点掘宝。女人知道，这种现象只是暂时的。从小到大，她经历了多少次挖宝浪潮起伏。人多的时候几乎每一寸土地都是挖宝人，每一个角落都响彻着挖宝声；人少的时候就只有她和两个爷爷。

当然，现在最少，整个白毛谷就他们俩。多少年来自始至终的只有女人一家，只有女人一家信心百倍地坚守。

女人和火娃没日没夜地挖着。先是东去5丈，接着就是纵深的10丈。完成东去的5丈费时不多，十几天吧。而要完成纵深的10丈时间就不好说了。为了方便出土，为了纵深挖掘时动作更舒展，他们多挖了长3丈宽3丈。他们还把滑轮安装到东边。洞越来越深，光线就越来越暗，出土时间也越来越长。火娃仍然负责在坑底装筐，女人负责在地面拉。女人力气虽大，但也有耗尽的时候。那天，她实在拉不动了，却要强拉，结果拉到半空力气全无，满载泥土的竹筐直线下坠，差点砸着火娃。更要命的是女人差点跌入地洞。

在挖洞过程中，他们照例挖到了一些尸骨。这不算什么，在这里挖到尸骨是常事。古代，这里埋了多少人啊。不过在这么深的地方挖到尸骨，说明离当年生活的土壤不远了。火娃似乎闻到了古代人的气息，金银财宝的气息，这两种气息越来越浓。

洞深了，运载竹筐的绳索得加长，承受力也得加强，否则吊不到洞底，否则中途绳索会拉断。女人搓绳是把好手，这项工作她基本在晚上做。她在没有灯光的夜晚也能搓出好绳索。

洞越来越深，光线越来越暗。为了尽快地往下挖，他们顾不上为上下地洞挖台阶。他们分了工，女人在地面，火娃在坑底。火娃负责掘坑和装土，女人负责拉竹筐。拉筐最费劲，只有女人能胜任。洞太深，他怎么也爬不上去的，除非女人在地上面吊他。当然，他并不想上地面去，他要一直等挖到金银财宝。火娃呆在坑里，只要醒着他就不停地掘。自从有了明确目标，进度就快多了。但是女人仍旧嫌火娃挖得太慢，她要下来帮他。女人抓紧绳索一点点滑到洞底。她和火娃一起挖掘。和原来一样，他们先挖出一个洞中坑，再把土回扒，然后挖另一头，这样地洞就均匀地往下延伸。最后，女人拉着绳索爬上地面吊竹筐。女人很能干，火娃很敬佩她。火娃试着拉住绳子往上爬，却怎么也爬不到地面。他的力气总是在往上爬不久就耗尽。

许多天又过去了。

够10丈了吧？金银财宝呢？

没见着，可能深度就没够，可能埋财宝的地方不止10丈。不要问多深，往下挖到宝藏为止。

洞又深了。

这天，大战几个回合之后，女人再次手拉绳索往上爬。这回她爬得很慢，她的体力再也不如上几次。她多次爬爬停停，处于上下不得的境地。但女人很倔强，她目标只有地面。终于快爬到洞口，她松了一口气。在洞底的火娃也大松一口气。

但就在女人松气的瞬间，她全身虚脱，手脚僵硬。双手从绳索上剥离。只听得一声巨响，女人掉回洞里。火娃呼叫女人，女人没有反应。良久，火娃发现女人死了。

火娃把女人埋在洞的一个角落。火娃继续掘洞，累了，睡一觉，困了，继续挖。睡睡挖挖，挖挖睡睡。

有东西了，刨开一看，是木板，再一看，是棺材板。挖了棺材了，宝贝就要出现了！火娃惊喜不已。他浑身来劲，但是掀开棺材板，棺材里面是空的。那么，宝贝们就应该在棺材的周围。

力气耗尽了，他无法控制地睡着了。

醒过来后，火娃想起应该往上运土了。他挣扎着爬起来往竹筐里装土，他的眼前不停地闪着金星，他认为那是埋在地下的金子在闪光。他系好竹筐，接着想抓住绳子往上爬，却发现力不从心。前些天就爬不上，现在洞更深了还能爬得上吗？他想着。但想着想着就迷糊了。他似乎还在往上爬，一会是手握绳索的姿态，一会儿又是身子趴在洞壁上。可是这洞真深啊，像十八层地狱一样深。高高的洞口发着微光，洞口在向他招手，而他没有半点力气了。他感到握绳索的手在慢慢松开，身体慢慢地向洞底坠落……

咚！很响。

火娃掉进了棺材里。

地处南方山区的沱巴河流域一年四季雨水总是很充沛，在它该下雨的季节都会如期下雨。现在，正是秋天，按理是相对少雨的，可是，白毛谷却下起特大暴雨。风也特大，也许在不算远的海洋发生了什么风暴，这异样的风暴正向南方的沱巴河流域挺进。不多时，白毛谷洪水四起，白色杉树皮墙被刮破，白毛谷狼藉一片。洪水推着白色杉树皮推着泥土冲向低矮处。从碉楼向西，地势由高而低，洪水逢洞填洞遇坑填坑。雨下了两天一夜，松动的山体在风雨的夹击下无奈地脱离母体滑向山底。

一只小船停靠在白毛谷码头。白宝旅馆老板娘下了船。她带着两个姑娘步履匆匆地向白毛谷走去。茶馆的帆布招牌不知去向，白色碉楼摇摇欲坠的样子，白毛谷所有棚式建筑分崩离析，许多坑道被填平。太阳虽大，却没有完全晒干白毛谷地面的水，它们闪出白色光芒，很刺眼。白晃晃的积水覆盖的地方也许是平地也许是大坑，总之白毛谷危机四伏。老板娘抬头望天，天是蓝的，云是白的，可往日的白鸟一只也没见到。她一路小心走着一路叫喊"有人吗？"她呼叫着小心翼翼地穿过东西，跨过南北。她没听到一点回音。白毛谷死去一般失去了往日的生机。站在白宝旅馆旧址，老板娘大哭不止。两位姑娘说，老板娘我们走吧，白毛谷鬼都没一个，以后就不要再惦记着到这里发财了。老板娘擦一把泪，分别给了两个姑娘一人一耳光，说，蠢货，我敢肯定，不出五年，这里又会遍地是挖宝人！

老头说，看见我儿子了吗？他从白毛谷东边来，我在这里等他。他怎么还没来呢？我等得好苦啊！

信　号

　　沱巴山区信号弱，弱得几乎为零。春节期间外出打工的中青年人一回沱巴，手机就关闭了。人们发现老左接近后山顶的那一小块地有信号，纯属意外。老左是老光棍，山下有良田肥地，上那么高的地方开垦显得多余。但老左不这么看，这地儿高啊，能眺望远处的山脉，尤其能看到满竹水库，那是他这辈子唯一离开沱巴干活的地方，那是他产生暗恋香麦念头的地方。眼下这个冬季老左的这块地长满杂草，踩上去软绵绵的。

　　按照沱巴习惯，大年三十前要给故去的亲人"封岁"，即是祭祀的意思。老林的爷爷葬在老左这块地左边一二十米处，受全家人的委托，老林带着新娶的老婆给爷爷封岁。老林老婆没关手机，突然就响起来。老林吓了一跳。老林老婆接听电话，通话质量还行。老林也掏出别在腰间的手机，开机后，信号有一到两格。他试着给老板打了一个拜年电话。老板说，沱巴不是没信号吗？林老说，就这一个地方有！老林和老婆拿着手机左右移动，信号随他们的移动变化，奇怪的是，只要一出老左这块地界，信号就完全消失。后来全沱巴的年轻人满山满岭寻找信号，唯有此地最佳。

老左这块地在这个春节热闹非凡，有手机的纷纷来这里打电话，你方唱罢我登场，一小块地上同时要聚集几十号人。地上的野草踏平了，刚冒出芽芽的野菜踩死了。虽然一到冬天这便是一块荒地，老左还是很心痛，那些忙乱的脚步好像踩踏在他心坎上。想着这个事，年都未过好。大年初一一早，沱巴村还在熟睡，老左就起床了。这个南方的沱巴，阴冷而潮湿，薄薄的白雾像纱巾一样围在山腰。今年立春早，腊月二十四就立了，赶早的野枝已孕育嫩芽。老左扛着锄头手持镰刀花费一个多小时爬上后山。年前下过那么一阵中雨，前来打电话的人们不仅踩死了杂草，还踏出泥，一副乱糟糟的样子。老左丢开锄头，进林子里砍下荆棘和粗壮的野枝。不到两个小时，四周就围上了厚厚的一层。老左的目的非常明显，他在向外人宣示：此为私人领地，任何人不得入内。

随后，一挂鞭炮炸响。此时，已有一些人起床。年初一放鞭炮再正常不过，但这些耳朵灵敏的人听出鞭炮响自后山。在山上放鞭炮就奇怪了。伴着薄雾，人们看到了从老左地里飘出的硝烟。他们相互打听，又都摇头。接近中午，后山放炮的消息在沱巴村传开，都笑着说谁跑那上面放呢？几个年轻人想给自己的恋人打电话，他们争抢着爬上山。老左坐在入口处的石头上，年轻人给老左拜年，给老左递香烟。

老左接过烟说，你们来干什么？

打电话，打电话。

打呗。

外面没信号。全沱巴只有你这块地有。年轻人看到围得严严实实的地块，说左爷爷你这是干什么？

种地。我撒了菜籽，是小白菜，还有韭菜，再过一个月我要种南瓜茄子四季豆。老左说。

年轻人伸头看看里面，发现泥土翻了一大半。年轻人看了看手机，只有一格信号，而且忽明忽暗。试着拨了电话，电话像死机一样。年轻人请求进园子打电话，老左不同意。

没打成电话，年轻人嘴里说着不干净的话下山。

老左也是，不就进去打一个电话吗？年长者听说后都责怪老左。老左一辈子都这样，小气窝囊。讨不上老婆，无儿无女，活该。

还是有人不顾及老左，偷偷"撕"开菜园子进去。老左发现了这些凌乱的脚印，气得当场大骂。他的声音从山上俯冲而下，直捣人们的耳朵。在家族里，老左三代单传，传到他这里往后就绝代了。他的亲戚离他都很远，所以他骂起娘来就一点也不需要顾及。大过年的谁愿听这么难听的话呢？这是很倒霉的。要是没人按住被骂的年轻人，就要冲出去打老左了。

元宵前后，回乡过年的务工人员陆续离开沱巴，奔赴工作岗位。沱巴外出务工的大分散小集中，比如一群人在上海，一群人在苏州，一群人在东莞，数量最多的是在桂林。沱巴离桂林150公里，很近。

正月十五接近傍晚，老奇提着腊肉糍粑和米酒来给老左拜年。很多很多年没人给老左拜年了，老左感动得目瞪口呆。老奇比老左低一辈。沱巴人喜欢在别人名字中找一个字，再在前加一个"老"。老奇在桂林开农用车，帮人拉建筑垃圾建筑材料，他和一伙沱巴人租住在西郊的甲山一带。老奇生育三个女儿，两个大学毕业，一个职业中专毕业，都工作了。老奇最放不下的是81岁的老父，老父曾经跟他在桂林住过一两年，后来死活不愿去，宁可一个人住在沱巴。老父身体不好，都昏死过几回，老父随时都有离世的可能。好几回他都梦到老父病逝在床上或者房前屋后，甚至菜园子里。老父不愿到桂林，老奇也不愿回沱巴。一个怕死在外地，一个要在城里挣钱，谁也不向对方低头。老左下厨房弄来一锅菜。老奇想打开提来的瓶装酒，老左不让。老左不喜欢喝瓶装的，说那味道不正。但老左很喜欢老奇提来的两瓶酒，家里摆上瓶装酒能提高档次。喝了几杯，老奇从怀里掏出一个手机，说送给你。老左接过手机，觉得蛮沉，说我要手机干什么呢？

对于手机，老左用不上，但有一个手机，老左还是很乐意的。老奇教老左使用手机。因为没信号，就缺乏实践经验。喝着酒，模拟了一会，老左说，后山有信号，我们上去弄弄。

　　黄昏就快要到来。沱巴的这个元宵阳光很好，虽然近黄昏，阳光仍然停在山顶不愿离开。还有飘荡的元宵佳肴，还有不时响起的喜庆鞭炮。好美的沱巴。

　　老左今天特别有劲儿，爬起山来比平时快多了。老奇在后面不断提醒，让老左慢一点，别摔着。老左笑老奇在桂林城待得太久，爬山功能开始退化。老左挪开荆棘门，转过身关照老奇说，贤侄你小心点，这野刺没长眼睛的。老左话音刚落，怀里的手机就响了。老奇说老叔你摁那个像电话一样的绿色键。

　　老奇也带着手机，刚才就是他拨的。现场试了几回，老左基本掌握了手机使用方法。这个手机老奇当初是买给老父的，屏幕大，字号大，专门为老年人设计的那种。还有粗线系着，可以挂在脖子上。下山时，老左把手机挂在胸前，随着行走，手机荡来荡去。

　　正月十六，老奇一家就要返回桂林了。离开前，他来与老左告别。有事没事给我打打电话，老奇说，我老父亲有什么事也跟我说说，话费你不用管，我月月给你充。老奇开着他的农用车突突突地离开沱巴，望着一摇一晃的绿色农用车，老左竟流下了眼泪。老左这辈子从未送人离开，除了香麦。严格说，那也不算送。那年满竹水库竣工，各队人马浩浩荡荡地散去，老左眼光捕捉到香麦他们的队伍，那个让他暗恋了两个年头的瘦小身影慢慢地移动，老左眼泪流出来，心也一点点被掏空。

　　老左在村道上缓缓行走。热闹一个春节的沱巴村现在安静下来。留守的老人发现了老左，说你胸前的收音机怎么不响呢？老左笑起来，说，这不是收音机，是手机。这回轮到对方笑了，说，村里又没有信号，你买个手机干什么？你无儿无女又没人通话，你买个手机干什么？老左说，后山我的菜园有信号，村里后生哪个不是我的儿孙？！

一拐两拐，老左来到老奇家。老奇老父在看电视。老父叫老巴。老巴睡着了。老年人听着电视最容易睡着。老左自行坐在凳子上，电视不好看，他玩弄手机。一通乱摁，他找不到方向了。老奇告诉过他，摁不回来时就关机，然后再开机。重新开机后，老左忍不住拍拍老巴的肩。老巴醒了，说你狗日的手机和我从前的一模一样。老左轻轻笑，说，你身体好不好？老巴说，可能暂时还死不了。老左说，你最好不要马上死，免得老奇一家还未到桂林就返回；最好是春节再死，那时候，村里年轻人都回来了，多热闹。

不几天，留在沱巴的老年中年人都知道老左有了手机。有人要借老左的手机给外出打工的子女打个电话，老左不借。老左说有事你说给我听，我帮你打，但是只限于在桂林打工的。有事的人家还很多，老左让他们一个个说。记下他们的事后，老左往后山爬去，他不允许别人跟在他后面。到了后山菜园，发现老细跟在后面，老左很不高兴地驱赶，去去去！老左进去后把菜园子的门关好。老左拨通老奇的手机。老奇当时正在一个工地装建筑垃圾，他对老左说，我现在没时间，等下回你的电话。老奇一忙就忘记了老左，来来回回拉了好几趟，天就黑了。老左一直在菜园子里待着，天下着毛毛细雨。中途老左拨过几回，因为开着车，噪音大，老奇没听见。拉完货，老奇又被两个朋友拉去大排档喝酒去了。大排档仍然很嘈杂，老奇仍然不容易听到电话声。喝到性起，朋友提醒老奇接电话，老奇没好气地说，谁这个时候来电话？不接！他连看都不看，就把电话关掉。毛毛细雨时下时停，老左折了一些野枝遮挡细雨，但没能完全挡住，天完全黑下来时，他全身湿透。他给老奇打电话，传来"对不起，你拨打的电话已关机，请稍后再拨"的中文女声，以及"对不起，你拨打的电话已关机，请稍后再拨"的英文女声。老左脑子嗡嗡响，他完全不明白这是怎么一回事，下山的时候他一边摸黑，一边还猜想，下到山底，他一共摔了三跤，受了轻伤。

家门前早已有人等着了，他们打听老左跟桂林方面通话情况。老左哼哼哈哈地应付。这些人就怀疑了，说老左根本就没打。他们不满的情绪勾起老左的脾气，他说，你们看看，为了帮你们打电话我全身湿了，腿摔伤了！

第二天吃过早饭，老左带着劳动工具和午饭去后山菜园。老左撒下的菜籽发了嫩芽，他准备进一步平整土地，伺候好幼苗。他把午饭搁好后，给老奇打电话。老奇电话刚打开，他正蹲在路边等人来请去拉货。听到老奇的声音，老左心中的委屈喷出胸膛，带着哭腔地责怪起老奇来。老奇态度很好，乐呵呵地检讨自己。老左先是说了老巴的情况，说了自己跟老巴的关系。老奇很满意。得到表扬，老左有些得意忘形，一得意就忘了别人让他传话的事。挂了电话许久，他才想起来，再给老奇打电话时，老奇态度就变了，说，我正忙呢，他们的事等下再说。老奇这一忙就是一天。老奇到大圩镇帮人拉木头，野外的信号断断续续，而且农用车发动机太响，他什么也听不见。直到太阳落山，老左才和老奇联系上。老奇这一天干了不少活，但并没拿到现金，对方说，明天来要钱吧！老奇知道对方是托词，明天来了又会被通知明天再来。老奇心情不好，这也影响了老左的情绪，传话的时候就丢三落四的，而且，经过了二十几个小时，他们具体交代了什么，他都搞混起来。老奇脑子里想的是今天的工钱，老左说了些什么他根本没听进去，等老奇回过神来，通话已结束。

无事一身轻。尽管传的话不完全，尽管漏掉了两三个人，老左还是如释重负。太阳完全跌下山后，老左回到了家。看到自己的家时，肚子隐隐作痛。午饭吃了冷食，现在来事了。通常情况下，沱巴人极少在这个季节就吃冷食的。屋门前照例有一群老人等着老左，老左顾不上回答他们的提问，直接钻入茅坑。

老左告诉他们，话已经传到桂林了，让他们放心。他们的脸上就荡开了笑容。老左蹲在坑上回味刚传出去的话：老古奶奶想让孙子下回回来记得带洗发香波。老古奶奶春节用过洗发香波后，对它念念不忘，那种味道令她神清气爽。老模大大告诉儿子，失踪的黄狗找到了。许多，许多。

　　后山菜地高啊，爬上去一次不容易。但三天之后，老左不得不上去。老古奶奶又要让传话，老模对桂林也有话说。老左不能怠慢他们，现在他们对他不薄，每餐都轮流请他吃饭喝酒，省去了做饭的烦琐一个人吃饭的孤独。再说，万一桂林那边有话呢！老左带着午饭就上去了。有过上回吃坏肚子的经验，他就不带油腻的食物了，带干粮。能在后山菜园里多待一会就尽量多待，只有多待才能获得外面沱巴人的信息。

　　手机呜哩哇啦响了。一接听，是老卷。

　　你不是在苏州吗？

　　是在苏州，老奇告诉我们你有手机。

　　老卷传话说，老婆在苏州一家医院住了两天院，问问新农合能不能报，若能报可以报百分之多少。老左说，我帮你问问，问好了，我回你话。

　　老左问老奇新农合怎么问，老奇说，你查114，然后问白宝乡政府的电话。老左打听到后，又把情况反馈给老卷。

　　接近中午，老左给老奇打电话，问桂林那边有什么情况？老奇说没事你不要乱打电话，电话费好贵的！不过，老奇还是把沱巴人在桂林的情况说了一下。在桂林的沱巴人住得也不是完全集中，虽然主要住在甲山一带，但是金鸡岭一带也住着一伙。租住在一栋郊区居民里的沱巴人，像在沱巴一样，有着各种不同的矛盾，前两天老黑和侄儿老热一家就闹翻了，并且说了狠话，说断绝叔侄关系。前天老中和老度两兄弟喝酒时，因为家中老人的事吵起来，差点动手。老掌女儿在学校不听话，被校长留在学校到半夜。老左把这些事传给沱巴的相关人，相关人说，你告诉他们，都是一家人，要相互体谅，不要计较。第二天，老左爬上后山菜园，把这些话传到桂林。老奇说，晓得的，我们都晓得的，以后这样的小事你就不用打电话了！以后，我让他们给你打。

打回电话的，不止桂林，还有上海南京东莞的，他们都有了老左的电话，他们通过老左，拉近了两地的距离。

过几天，老模生病了，到白宝乡政府打了针，仍不见好，医生说，应该到县城医院看看，能到桂林最好。老左认为这是大事，急忙爬上后山菜园把消息传到桂林。老模儿子老明着了急，匆匆赶回沱巴，将老模接到桂林医学院附院。医生说，幸好送得及时，不然就没命了。在桂林养过半个月后，老明把老模送回沱巴，并且买了礼品感谢老左。老左脸上很有光，一种成就感蜜糖一样灌在他的心胸。随同老明回来的还有老奇，老奇回来看老父。老奇老父还好好活着，老奇说得益于老左不断的提醒：不要长时间打牌，不要长时间看电视，少吃肉，多吃素多吃稀饭。这些是老奇一个朋友的弟弟告诉的，那人是桂林第二人民医院的医生。

事实证明，老左的手机不是服务老奇一个人的，是服务全体沱巴人的。在桂林的沱巴人凑份子给老左的手机充话费，保证他的手机永远畅通。无论是沱巴还是桂林，还是上海苏州东莞，人们时常把老左挂在嘴上，老左是他们重要的核心。

香麦他们村同属沱巴山区，同属白宝乡，只是属另一个村委，四十年前嫁到邻村。这天上午，她到沱巴来了。香麦是冲老左来的。香麦手中拿着一包黄糖，这是沱巴山区走亲友的常用礼品。老左认不得香麦了。当他得知她确实是香麦后，身子颤抖不已。你不是香麦，香麦不是这样的，老左连连说。香麦说，我就是香麦。你可能很多很多年没见我了。老左是很多很多年没见她了。但老左知道香麦的一些情况，比如嫁给了邻村老王，生了五个孩子，经常被大队支书调戏，有一回差点被大队支书奸污等。香麦年轻时长得漂亮，那些好色的男人总是惦记着她。老王一辈子生活在紧张之中。老左认为老王太窝囊，要是换了老左，支书敢调戏？别的男人敢惦记？香麦嫁给老王是一个极大的错误，唯一的正确就是嫁给老左。这些话，当然只是憋在老左心里。

你有一个手机，沱巴山区只有你老左有手机。香麦说。

老左用手托起胸前的手机，自鸣得意地说，不是手机，是收音机。

香麦说，你收一个给我听听。

老奇曾说过，这手机可以当收音机，但是必须要插上耳机，耳机倒是有的，但是老奇不知道怎么调出声音。老左说，它就是收音机。

它就是手机，我想我孙子涛涛了，我要用你的手机。

不给。老左说。

我给你钱。

不要。就是不给。

帮帮我。

为什么要帮你？

我都上门了。山路好多年没人走，没人修整，好难走。

不是有公路吗？

公路绕来绕去，灰尘又大。我上门一趟很不容易。

被求的感觉很好，老左想把游戏再做一会。他说，你有那么多儿女，他们都在外面打工，手机都不帮你买，太不孝顺了。

香麦说，我们村没有信号，买了手机没用。

老左说，快到中午了，我做两个好菜，你在这里吃饭。

香麦说，我不饿，我打完电话就回去。

你送了我黄糖，哪能不吃饭。吃了饭才有力气打手机。

你答应让我打手机了？

这要看你吃不吃我的饭。

那就吃吧。

老左把家里最好的东西拿出来。一是猪胆肝，一是腊板鸭。这猪胆肝怎么做的？就是把猪胆留在猪肝上，再放上盐姜葱老蒜自制米酒，腌制一星期后，提出来挂在火炉上方，让做饭的烟火自然而然地熏，胆汁会缓慢地浸入肝中，一直到胆汁流失一半才撤离火炉，挂在通风处自然风干。老左切了一大盘猪胆肝，半只板鸭，放上干辣椒。特别的香味勾起香麦的胃口，心想，要是不吃就太可惜了。

老左弄来米酒，香麦说，我不喝酒。老左说，那年修水库你一连喝过五大碗。香麦说，是有这回事，你怎么晓得？老左叽叽哼哼地笑。

沱巴山区的男男女女都喜欢喝自酿米酒，酒量通常都好。但是他们的酒量仅限于喝沱巴米酒，要是喝桂林三花酒或者湘山米酒之类喝个三两就会醉。沱巴人更不喜欢喝别的香型的白酒。有一回从北京理工大学博士毕业留在北京工作的老楚带回几瓶茅台，在他父亲70大寿宴席上分给大家喝，没一人喝得惯，好不容易喝掉小杯里的，纷纷要求换成自家米酒。有人说，茅台算个鸟，老子不喜欢你就一文不值。那些号称喝不倒不够喝喝不死喝不醉的酒仙们，时常到在桂林的沱巴人家里蹭酒喝，没有一人是清醒着出来的。沱巴人返桂林城时要带的东西除了腊肉，就是自酿的米酒，一大壶一大壶地挑着，喝完了，会派人回来挑。沱巴老人以酿酒为乐。

菜香酒好，老左和香麦一碗碗地喝。一高兴就喝高了。他们分别躺在竹骑上睡着了。傍晚时分，他们才醒来。香麦急着要打电话，老左说，后山菜园才有信号，爬上去天早黑了，天下着小雨，摸黑怎么回来？好危险的。我看只能明天才能打了。香麦说，我等不到明天了。都怪我贪吃贪喝。我现在越来越想我孙子涛涛了。老左说，想孙子就去桂林呀。香麦说，我不去，我不去受儿媳妇的气。儿媳妇是河北沧州城里的，别看是大学老师，却一点也不孝顺婆婆。老左似乎听说过，香麦有一个儿子上过上海一个大学，现在在桂林的一个大学里当老师。老左无儿无女，就连老婆都没有，他听不得别人有儿子，有出息的儿子。老左说，这样的儿媳，早离了好。香麦说，我儿子爱她爱得要死要活的，离不了！

天色不早，香麦要回家去。老左说，歇一夜再回去，一个人走夜路危险。香麦说，有什么危险，支书都死去五年了。在你家住不方便，你又没老婆，传出去我老脸没地方放。当年支书我都没低头，我不能在你面前低头。

老左执意要送香麦回家。香麦表面说不用，心里却巴不得有人送。这七八里山路还是挺怕的，途中有一个废弃的土地庙，一座无名墓，还有随时出现的兽鸟的怪叫声。老左把平常不太用的电筒找出来，试了试，不太亮。便劈了一小把饱含油脂的松枝，用作火把。老左说，反正晚了，要不吃了晚饭再走。中午还剩不少菜呢。香麦不答应，离家一天了，回晚了老王会不高兴，老王这个醋坛子发作几十年了。

村道上没什么人，两人一前一后走着时，几只闲逛的土狗对他们摇尾晃脑。这不是香麦吗？有人说。香麦捂着半边脸说，是我，我来打电话。那人说，打吧，老左的手机好用。打完了？不玩了？香麦说，完了，谢谢你们。

公路弯弯曲曲，路程远，老左和香麦选择走山路，山路虽然狭窄高低不平不时被野枝铺盖，但近多了。山区天黑得快，出村后，第一个坡还没爬完，眼前就开始模糊。年轻的时候这条路老左常走，那时候还让打猎，他总是一个人去搞山货，走夜路是经常的事。走在上面，回想起许多年轻时候的事。香麦滔滔不绝地说他的几个儿女，说他在桂林的孙子涛涛。要是换了别人，依老左的脾气他会转身就走。但这是香麦，这是曾经让他暗恋得神魂颠倒的女人。老一边压住醋性，一边替她自豪。上完第二个坡，香麦说，以前听说过你不少坏话，现在看来不是他们讲的那样，你是热心人。老左停下步子，将火把尽量凑近香麦的脸，呵呵呵笑。老左说，累不累？累了就休息一下。香麦喘着气，说，有点累，年轻的时候这点山路半点不在话下。老左找到路边的一块平面石头让香麦坐下，自己择对面一块离地面较高的石头坐着。不知何时，小雨已停下，他们头发被雾气濡湿了一层。近前远处都是黑乎乎的一片。但是家乡的山山水水他们闭着眼也能如数家珍。前方一两米处就是土地庙，从前沱巴山区的人总要来朝拜。那时候土地庙还是好好的，打猎人时常在里面过夜。春天的山风凉凉的，拂在脸上爽爽的。

到达香麦他们村，村里人大都已吃过晚饭。一些余香还在村子上空飘飞。老左转身要回去，香麦说，到家里坐坐，最好是吃过饭才回去。老左肚子真饿了，身子也累，就答应下来。家里关着灯，老王一人在看电视，老王认为看电视开灯是浪费。香麦拉亮电灯，说，又看这个节目。老王看的是相亲节目，他认为看这样的节目能年轻。可是香麦不让看，很讨厌的。有这个节目的时候，老王巴不得她不在家。老王发现香麦回来了，挺败兴的，脾气跟着上来，说你回来干什么！香麦没跟他计较，说来客人了。老王说谁来了，谁这时候来？！老左后退几步，躲在黑暗里。香麦回头没看到老左，出门找，叫了两声。老左不吱声。老王在屋里说，吵什么吵，影响人看电视。香麦跑回屋里，关掉电视。老王气急败坏，打了香麦一耳光。香麦不吃亏，用力推老王，老王碰在木壁上跌倒在地。老王爬起来想继续前来揍香麦，发现香麦手上早有了一把镰刀。老王败下阵来。香麦再次出门找老左，老左躲在一个黑暗的角落，轻声地说，我在这里，我还是回去吧。家里有吃的吗？香麦说，有啊，进屋去，我做饭，要回也吃了饭再回。老左说不吃了，你给我些吃的，红薯干就行。香麦说，这样不好吧。老左说，不给我吃红薯干我现在就回。香麦说，给给给，你等一下。

老左边啃红薯干边回家。红薯干粘粘的，牙齿差不多要被拔出来。吃过两片，他不敢吃了。走出村口不远，他在路边坐下来休息。坐着坐着，瞌睡上来。等眯了一会醒来，他发现香麦就站在身边。香麦饭盒里装着饭菜。香麦说，吃吧，吃了你就有力气回家。老左说，你吃了吗？香麦说，只顾为你热饭盛饭，来不及吃，我不饿。老左说，那我吃啦，你回去吧，饭盒我等下放在你家门前。香麦说，你一个人能走夜路吗？老左说，能啊，当然能。香麦说，不能就在我家住，家里房间多。

土地庙在两山间的平地上，老左行走到这里时，手机响了。不是谁的电话，是一个垃圾信息。老左发现这里信号也和后山菜园一样，他试着拨响老奇的手机，老奇一看电话心里高度紧张，这么晚了来电话，多半是出事。听老左说没事，老父挺好的，老奇松一口大气，反过来责怪老左，让他以后别用这种方法吓人。

土地庙有信号的事，老左严格保密。但就算告诉沱巴山区的人，也没人到这里打电话，这里离所有村都远远的。

老左心里惦记着香麦。那天晚上老王打香麦了，他想，如果香麦和老王离了婚，该不该去追求？转过来又想，他俩能离婚吗？打老婆算什么呢？在沱巴山区没打过老婆的男人没几个。已经过去五天，香麦还没来打电话。她不想桂林城的孙子了？这些天他的心老放在香麦身上，时不时地看看大门，期望像那天一样香麦意外地出现。他还到村口去了，他还问了常在村口打扑克的那伙老人。

就在望眼欲穿之际，香麦上沱巴来了。老左正在后山的菜园里，他的蔬菜正茁壮成长，他想过了，等能够采摘，一定要让香麦第一个尝鲜。老左不经意地往山下的村口看了一眼，他发现了一个人影。估摸着这个人就是香麦。老左赶下山，香麦没向别人打听，见他家门开着的，就坐在家里等。见到老左像见到亲人似的，立即迎上来。老左说，你总算来了，我给你做饭。

香麦说不饿，打电话要紧，这回不仅是想孙子，还有要事告诉儿子。

香麦记得儿子家电话，但记不得儿子的手机。这个时间儿子儿媳还在上课，家里没人。中午，她说，中午家里一家有人的。老左看了手机上的时间，距离12点还有一个小时。在等待的这个时间里，香麦帮着老左侍弄蔬菜。老左隔不了十分钟就拨一遍她儿子家电话。老左说电话号码没错吧？香麦掏出怀里的小电话本核对。在电话本里，老左发现了王俊峰的名字，说王俊峰是不是你儿子？上面不是有他的手机号吗？香麦说，真有呐，儿子什么时候写上去的她不知道，也因为从来没打过，没在意。按着手机号拨过去，对方接了。香麦和儿子说话，香麦说他在沱巴，在一块高高的菜园子里，这里有信号。

老左走到一边去，他在听又不在听。母子俩说得很开心，老左心里堵堵的。母子俩聊了差不多一个小时，然后就没声了。香麦说你这手机坏了。老左过来检查，他试着拨号，里面提示说，已欠费停机。手机是在桂林登记的，在沱巴就算是异地，话费要高许多。香麦还有许多话没有说，特别是还没听到孙子的声音。孙子在幼儿园，下午才回。

外出的沱巴人大约没什么事，接下来十天半月的也没一个电话打回来。老奇也没事。这半个月来，老奇弄了一个大单，每天都有拉不完的货，每天都能结现金。哗啦啦的进账，让他暂时忘记了沱巴的老父。即使老父有事，老左会来电话。半个月来香麦都没能和孙子通上电话。从去年10月国庆到现在，香麦都没和孙子通过电话。春节孙子没回来，儿媳不让带，嫌弃农村，嫌弃山区沱巴。香麦来了又去了，希望而来，失望而去。老左的手机仍然停着机。昨天香麦不满地说，打不通电话的手机留着干什么？不如丢下沱巴河。今天又说，手机不要天天挂在胸前，好难看！香麦说得很有道理，这破手机！老左就怕香麦不高兴，她不高兴，他心里慌。老左天天盼老奇充话费，天天骂老奇王八蛋。

不到白宝乡政府赶闹子（集）有些时间了，老左想去看看热闹，看看能不能顺便买些什么。沿着乡村公路行走一个半小时，到了白宝。这条公路街熙熙攘攘，山货特产、外来物品汇集在一起。老左很意外地碰上香麦。香麦来的目的只有一个，打电话。白宝街上有信号，联通的移动的都有，香麦说看看能不能碰上一个有手机的熟人。她的一个远方亲戚就在乡里工作。老左说，我这里不是有手机吗？到沱巴村比到乡政府近多了。香麦说，你电话不是不通吗？害得我天天白跑。老左抓住胸前的手机，说，通了。香麦说，那我打打。香麦一打，还是那个欠费的声音。香麦大声说，还欠着费！他们站在一个商店外面说话，香麦的大声音，让店主听到了。店主说，我这里有充值卡。店主帮老左操作充值，成功后，香麦拨通儿子家的电话。今天儿子儿媳都没课，全在家。香麦旁若无人地和儿子聊着，香麦不懂儿子工作上的事，但儿子懂沱巴山区的事。看香麦开心，老左很开心。店主说，你老婆跟城里的儿子说话呢！老左不置可否，递给店主一支烟。店主年轻，也就30来岁，不认识香麦和老左。要是在公社年代，全白宝公社的人相互都认识，那时候经常开万人大会，大队之间村与村之间经常互访，互访的形式很多，打篮球，演出，对山歌，赶场看电影，等等。香麦聊得忘乎所以，店主提醒说，照你老婆这个打法，这50元话费马上就完。老左说，没关系，完了再充。老左又买下50元话卡。店主如此这般地教老左使用。老左嗯嗯地点头，其实脑子里一句也没留下。香麦终于打完电话，老左叫店主帮忙充值。香麦说，儿子接孙子去了，等下打过来，我能听到孙子的声音了。

没等到儿子打电话过来，香麦又打过去。她跟儿子孙子又啰里八嗦颠三倒四地聊了一个小时。蹲在一旁的老左心疼电话费，想提醒又不敢，急得团团转。店主说，完了，后面50元又要报销了。终于打完电话。香麦还处在兴奋当中。老左看她那样子，心里来气，心想香麦你是我什么人？花我这么多话费跟自己儿子孙子说话！但是看到香麦对他笑，心就软下来。老左说，你刚才跟孙子说话说的是普通话。桂林人都说普通话吗？香麦扑哧一笑，说你真的蛮土，桂林人怎么说普通话呢，他们说桂林话。但我孙子说普通话，在家里，儿子一家全说普通话。老左这辈子从没去过桂林，关于桂林都是从村里外出打工的人说起，结合电视里的画面，桂林在老左的脑海里也只是片段似的，不像沱巴家乡，山山水水相连。老左又说，以后打电话不能太久，电视上说久了伤耳朵。自从有了手机，老左就特别关心电视上有关手机的节目，还喜欢手机广告。

隔三差五，香麦就过来打一个电话，她不仅打给在桂林工作的儿子孙子，还打给在别处务工的儿子孙子，还打给嫁出去的女儿。一打就没完没了。老左希望香麦过来打电话,又希望她不是来打电话。有一回打着打着,没电了。老左由此受到启发。没电时,他不充满,也几乎24小时不关机,等香麦来一打,一会电就没了。手机没电,正在兴头上的香麦不高兴,她还有好多话没说呢。事后老左觉得自己太过分,既然让人打电话就应该让人尽兴。但是香麦没完没了的闲聊,老左又十分痛恨自己心不够狠。而且,很多次,香麦打完电话就急着离开,什么方法也留不住。老左急了,说,你不能这样,再这样,下回我不让你打了。香麦说,不让就不让,不让我上白宝街打去,不稀罕你。这次小小的冲突,让双方斗气了差不多一个月。香麦不来,老左心里掏空似的。

最后,老左迈出和解的第一步。他主动地走往香麦他们村。手机一如既往地挂在他胸前,晃晃荡荡,是沱巴山区一道特别的风景。

老左,上山?

嗯。

山路上偶然碰上一个人。你是去找香麦的吧?那人说。老左说,不是。那人说,香麦好像有日子没来打电话了。每次香麦走到半道就返回。我跟香麦提起你,她就不高兴。

老左想,她不来求我,我干吗要去求她?想着想着,老左在半路上停下来。她还走到一半就返回了!老左越想越不是滋味。老左边想边往回走。

那人还在路上,那人说你走来走去干什么呢!走了一段,仍在路上高处的那人喊道,老左,香麦来了!老左一听,心里的怨气立即消失,黑暗的心里明亮起来。他假装不理,步子却放慢甚至停止。路上那人终于不见了身影后,老左站在原地,谛听路那边的脚步声。有一个脚步越来越近,近到老左能看到香麦的身影。老左心跳快了许多。

香麦说,我想打电话。我又想儿子孙子了。你太小气,电话都不让人打。

老左说,我没让你打电话了吗?

香麦说，那天你说了。

老左说，手机天天挂在我身上，你又不来打。今天我正准备上门请你打电话呢！

香麦笑了，说，你是好人，哪天上我家喝酒吧。我家的猪胆肝还有呢。

老左说，猪胆肝是招待贵客的，我算什么呢？

香麦说，你就是我家的贵客。

老左举头看看，这里离土地庙不远，那里有信号。但是老左不想让任何人知道。再说，带香麦在土地庙打完电话，她就要回家，跟她待在一起的时间就短了。

两人边走边聊些沱巴山区的事，想到等下香麦打电话她可能又要啰唆，老左的心又开始疼痛。老左说，电话不能打得太久，记住了没？打电话应该有话说话无话挂断。你跟孙子讲沱巴的事，他听得懂吗？香麦说，记住了。涛涛是听不懂，但我一说起来就停不住。和涛涛打电话，我不讲沱巴我讲什么呢？老左认为有道理，但又提出建议，让涛涛说说幼儿园。香麦说，好是好，可我也听不懂桂林幼儿园的事。

说着话，就到了沱巴。人们对他们俩走在一起已经见怪不怪。老左不希望村里人这样，希望他们议论议论，往男女关系方面议论。别人的闲言碎语就是他老左的甜言蜜语。老左是失望的。老左有意在他们面前对香麦做亲昵举止，可是这些留守的沱巴老人们个个像木头人。老左不紧不慢地把香麦带到老巴家。老巴时常犯困，今天却精神很好地坐在大门前。老左问老巴今天身体怎么样，有什么话要转达给老奇？老巴说，昨晚我梦到老奇他阿妈了，她问我什么时候过去。老左说，说明你想死了。老巴说，死也好活也好，随便。能活就好好活，能死就痛快死。等下你告诉老奇，叫他不用担心不要挂记，好好在桂林赚大钱。老左说，我记住了。这是香麦。那年修满竹水库老巴你也参加了。老巴说，我是参加了，但我修水库前就认得香麦。还认得他们的大队支书。香麦说，快别说了，支书都作古好多年了。老左说，香麦嫁给老王嫁错了。老巴没有发表意见。老左心里想，老巴变了，和年轻时完全不同。老巴年轻时喜欢见人说人话见鬼说鬼话，喜欢捏造夸大事实，喜欢谈论男女间的那点事。

老左有意地拖延打电话时间，想多跟香麦在一起。出了老巴家，老左带她去参观地里的辣椒，田里放养的禾花鱼。野黄花菜在田埂上怒放，鲜艳艳的，老左去采摘下来，他把黄花菜分成两份，准备让香麦带一份回去。香麦他们村没有黄花菜。香麦爱吃黄花菜，可是娘家村才有。老左又让香麦细看田边栽种的酒饼草。这草天生有一股酒香，是沱巴山区酿制糯米甜酒的酒饼的重要原料。因为香，沱巴人也用来炒醋血鸭。老左的酒饼草青翠粗壮，他也采下一些，说等下我杀鸭子做醋血鸭给你吃。醋血鸭也是沱巴山区的一道名菜。现在桂林街头有许多家打沱巴名声的醋血鸭店，实际上开店子的大部分人不是沱巴山区人，好些人只学会了皮毛。沱巴所具有的原料水质空气温度氛围，桂林是没有的。

这次的"重逢"让老左心胸开阔许多，他认为作为一个男人特别是面对一个曾经暗恋过、现在仍然令他心动的女人不能太小气。电话香麦想打就打吧，想打多久就打多久吧。

老左作为沱巴和外地的信息传递员，是优秀的。谁有话要传，老左从不找任何借口拒绝。他的热情赢得沱巴留守人的一致好评。村里人唯一不满的是，老左的电话从不给村里的人使，后山菜园谁也别想踏进去半步。其实也无所谓了，打手机不就是通话吗，有人爬上高山为你传话，还挑剔什么呢？

对于香麦，那是另一种特有的待遇。经过这么些时间的通话他掌握了不少通话技巧，在转达村里人的话时，他能做到事先打好腹稿，以最简短的语言准确表达核心内容。嘴巴里省出的话费就给香麦使。

老奇他们那伙在桂林的沱巴人充的话费大部分被香麦用掉，老左还

- 051 -

时不时搭上话费。老奇他们并不知道。香麦用得多用得勤，欠费是常有的事。

6月底，老左就误了大事。

此时，话费还欠着。老左知道欠着话费。他计划着，等香麦过来，就跟她一起去乡政府充值，最好是步行，这样两人在一起的时间更长。就是老左的这个如意算盘，误了大事。香麦呢，偏偏出乎意料地迟迟不来。既然不来，手机就应该关着。

在桂林务工的老刀小女儿就要升小学了，他联系了附近的小学，学校原则上同意，说等到报名时来试试。原本7月初报名的，却突然提前到6月底，而且报名时间只有一天。要命的是材料不全，必须回乡里开证明。从头天晚上开始老刀就反复打老左的手机，关机了。老奇说，明天再打，这个时候老左怎么可能在后山菜园呢。第二天清早，老刀再打，仍然关机。旁边人说，老左过一会肯定会去菜地的，他是一个尽职的传话员。就这样，等啊等，一直等到中午，手机仍然关着。老刀更着急了，在桂林的所有沱巴人都着急了。报名时间只有一天，赶不上可就黄了。还是老奇当机立断，说，不能再等，赶快赶回沱巴。老刀紧赶慢赶，还是没赶上。学校报名爆满，小女读书的事就黄了。公立学校到处超员，怎么也挤不进。要是及时打通了老左的电话，老刀父亲就能及时赶到乡里开好证明送到桂林，最迟，下午学校下班前能报上名。因为老刀事先与校方联系好了的，之前还请校长吃过饭，喝过沱巴米酒。因为老刀没有及时准备好材料并报名，校长不再对事先的承诺负责。

老奇等人在叹息事情无法挽回并表示遗恨之后，开始冷静，思维也开阔得多。心想，这才多久前充的值呀，怎么就欠费了呢！一查二追，香麦就浮出水面。老奇气得摔了杯子。老奇是事实上的桂林沱巴人的老大，他的态度影响力很大杀伤力很大。第二天，老奇带着老刀回到沱巴，对老左兴师问罪。老左得知事情的严重性，很是过意不去，但并不承认自己的错，他心里说，香麦打电话不该吗？！老奇说给你手机就是要帮助大家的，你拿了手机却给外人用，还误了大事毁了老刀小女的前程！老奇越说越气愤，伸出手来说，拿来！

老奇收回手机后，就离开了老左的家，没给老左一点面子。回到桂林，老奇想到老左委屈的样子，心又软了。他对老刀说，手机欠费也不能完全怪老左。香麦要打电话，老左怎么好意思推托？这不显得我们沱巴人太小气了吗？香麦应该负主要责任。

失去手机的老左像秋后的茄子蔫兮兮的，下地干活都是躲着人，后山菜园也不去了。那里的蔬菜疯长，渴望得到主人的赏识而获得采摘。

手机收回后的第五天，香麦又来打电话了。她首先发现老左的胸前空着。她说，手机呢？她伸出手去摸他的脖子，以为手机插在衣服里。脖子上没有系手机的绳子，只有因为挂手机弄出的印记。

手机呢？

老左说，坏了。

怎么就坏了呢？

老左表情痛苦地重复说，坏了。

香麦很不高兴，说，我这一趟又白跑了。七八里山路呢，太阳又大，我好辛苦。早不坏晚不坏，我一来它就坏。不会是嫌我打得多，骗我的吧？

老左说，真坏了。你那么多子女，叫他们帮你买一个吧。

香麦说，不是没信号吗！不然早帮买了。

老左说，我这里有信号，你可以拿着手机到我这里打。

香麦说，那样不是不可以，但是我现在有急事。

老左说，我有什么办法呢？东西用久了总会坏。我给你做饭吃。

香麦说，不吃不吃，电话没打成，哪有心思吃！

香麦气鼓鼓地离开了。

随后，老左赶去乡政府。香麦并没去乡政府打电话，看来她的事并不是声称的那么急。乡政府有两家卖手机的店铺，门面小小的，店主兼修手机。老左问了价，最便宜的也要500元。对方一分不少，说是新款，质量好。正要掏钱时，老左犹豫起来，心想我花500元买一个手机干什么呢？我电话打给谁呢！理性让老左打消了念头。回沱巴时，他坐的最后一趟乡间班车，到达去往香麦他们村的路口，老左的心像被东西刺了一下难受。

当天晚上，老左得到消息说，老巴又昏过去了。老左对人说，老巴反反复复昏倒，还不如死了算了，少遭罪。人们七手八脚地把老巴弄醒，老巴对大家笑了一下，说，我还活着。然后就呕吐。几个中年偏老的人把老巴弄上板车，拉到乡政府卫生院。折腾了一夜，老巴好些了，可是医生说，乡里条件太差，需要转去县医院，如果能去桂林大医院就更好。他们想联系老奇，可是没手机。好心的医生说，我有。可是，老奇的号码是多少呢？有人赶回村里，想问问老左。老左也记不得了。联系不上，怎么送县医院或者桂林大医院？那就只好在乡卫生院住着。

老左自告奋勇地到卫生院来照顾老巴。乡卫生院住院的人很少，住得最久的也就一两天。老巴总是睡大觉，老左闷得慌。好在，老巴没事，睡过几天，竟然就可以出院了。出院那天，赶上老奇回沱巴。老奇有心灵感应，觉得老父有事。想想老父的事，老奇感到后怕。经过思想斗争，老奇又把手机还给了老左，同时交代说，以后不要给香麦用电话，她实在要用就叫她付费，现在是市场经济，干什么都不能免费。老奇还给老左两张充值卡，各50元，并说，一定要省着花，好钢用在刀刃上。

重新拥有手机，老左夜不能寐。第二天他就忍不住去找香麦。

见到老左胸前的手机，香麦原谅了他。香麦好久没打电话了，见到手机就像饿鬼见到美食。香麦从老左胸前取下手机，拿在手中看了又看。老左说你喜欢就挂胸前吧。香麦把手机挂在前胸，说好看吗？老左说，很好看。香麦又取下来，老左教她开关手机，教她拨电话。以前香麦打电话都是老左拨好号，接通后给香麦的。香麦现在能够直接体验拨号的乐趣，兴奋得像三岁小孩。

香麦跟随老左到沱巴来，刚才玩得忘乎所以，手机忘记关了。经过土地庙时，手机响了。香麦说，有信号，这里有信号！老左后悔不已，想不到这个秘密这么快就透给了香麦。老左骗她说，这不是来电话的声音，手机乱叫，一定又出毛病。香麦说，这就是来电话的声音，我在桂林经常听到这样的声音，快接。老左知道这是真的来电，号码不熟，万一是哪个外出的沱巴人有急事呢，于是说，你不是学会接听了吗？摁那个绿色键。

这是个垃圾电话，是推销什么股票的，香麦一句也听不懂，她把电话给老左，老左也听不懂，那人说普通话。老左说，你是哪个？请讲沱巴话。双方自说自话，对方就挂掉职了。老左说，你听出是哪个了吗？香麦摇头。香麦说，不光你们沱巴村有信号，我们三堆村也有。土地庙属三堆村地界，它离三堆村近。香麦说，这下好了，以后我打电话就不用跑你们村去，也不用爬那么高的山。

香麦拿出电话号码本笨拙地给桂林的儿子拨电话。香麦的话没一句是有实际用处的，全是家长里短的废话，她的废话又臭又长。打完这个电话，又给她另外的儿女打。老左用声音加手势制止，处在兴奋之中的香麦全然没听进去。她忘乎所以地打她的电话。

土地庙很安静，山岭很静。这条鲜有人走的正在被抛弃的山路，几乎淹没在丛林中，只有石板依稀存在。林子深，鸟兽多。老左对鸣叫的飞鸟大骂不止，以排解内心的疼痛和着急。他对香麦又爱又恨。手机不是她的，话费不是她的，她根本不知道心痛。老左走到一边想缓解自己的愤怒，但是香麦的声音一句不落地钻进他的耳朵。听她的话语，一时半会结束不了。又耐着性子听了十分钟，老左怒气冲上头顶，猛然冲过来夺掉她手中的电话。

香麦吓一大跳。

一瞬间老左急中生智，他说，我听到手机在乱叫，搞不好要爆炸。

香麦说，手机哪会爆炸，又不是炸弹。

老左说，所有电器都会爆炸。电视上播过好几起手机爆炸的节目。

香麦说，我怎么没听手机怪叫？我在桂林住过那么久，怎么没听说过手机爆炸。我媳妇给河北娘老子打电话一打就是两个小时，怎么没见她手机爆炸？

老左说，你是不见棺材不流泪。等哪天耳机在你耳朵边爆炸了后悔就晚了。

香麦不服气，越不服气，老左越气愤，他的权威受到了质疑，他的自尊心受到了严重的伤害。一气之下，终于说出心里话：不用你的电话费你当然不心痛！

香麦说，原来手机根本不会爆炸，是你心痛话费，我给你钱，给你钱就是！沱巴人都讲你是小气鬼，一点不错。

被点了穴，老左气急败坏，说，我心痛我的话费了吗？你打了我的手机这么长时间，我要过你一分钱吗？好，我小气，有本事以后你就别再打我的手机！

香麦说，手机有什么了不起，我叫我儿女每人帮我买一个！

说到儿女，老左内心的伤痛再次被勾起。老左没有老婆没有子女，这是他一生最大的伤痛。老左扬起手掌准备搧她。香麦早有了防备，香麦后退一步，说，你敢！你打敢打我，我儿女会剥你的皮！在家里香麦比较强势，年轻的时候她常搧老王的耳光，多次受打击，老王已学会了防备。今天香麦的防备就是从老王那里学来的。香麦坐在石头上哭，诉说心中的委屈，控诉老左的罪行。心中怨气全发出去后，老左心里开始趋于平静，开始检讨自己的行为。

我又没打你，你哭什么？老左说，莫哭了，等下万一打柴的哪个经过，还以为我欺负你。

香麦说，你就是欺负我，比打我一巴掌还痛。别人晓得了才好，就怕别人不晓得。香麦号啕大哭，轰隆隆，在这个安静的山岭显得特别的不一般。

老左采取多种手段哄香麦，没有一招是有效的。没招了，老左说，你这么喜欢打手机，你就拿着手机吧，想什么时候打，就来土地庙打。可话一出口，老左后悔得不行。香麦停止哭诉，抬起泪眼看着老左说，真的？老左脑袋很不听使唤地点点头。香麦说，你讲话算数？老左说，算数。他把手机递给香麦。香麦脸上有了笑容，说这还差不多。

两人闲聊。老左想着刚才的"豪言壮语"，就不在状态，他正在寻找理由收回来。他说，手机你拿着也不好，万一沱巴有什么事呢？全村人里里外外都指望我的手机。香麦说，看，我就晓得你不会真给我手机的。沱巴会有什么事？你手机"坏"了那么久，沱巴人就活不下去？不是都还好好活着的吗？以前没有手机，不都这么过来了？

你少打手机就活不下去？老左想反驳，但话终究没出口。他辩解说，我是讲万一。

香麦说，哪有那么多万一！

说出的话就像泼出去的水，想收回来难于上青天。老左说，你就拿着吧，有事我过来取手机。香麦说，有事你随时过来取手机。香麦把玩手机，玩着玩着又拨了电话，她说，刚才还没讲完。有事你就回沱巴。老左说，我没事。香麦说，你在场我有好些话不好讲。

老左悻悻离开。一路上他连搧自己几次耳光。

手机不在身边，老左吃不好睡不踏实。想象香麦胸前挂着手机在他们村上走来走去，老左就醋性发作。能不出现在公众面前，老左尽量不出现。今天老卡杀了一只鸭，叫老左过去吃。老左借口有事不去。老卡说，你一个老单身会有什么事？老左说，我身体不好。老卡说，身体不好才需要好好吃肉。老左说，不去。老卡说，看不起我老卡？平时没少麻烦让打电话，感谢你总要接受吧？老左说，小事情，不用感谢。老卡说，哥俩喝个酒总可以吧？难不成你在等女人，香麦？老左笑着骂了一句粗话，就跟老卡去了。

有人发现老左胸前空空的，问他手机呢？老左说，放在家里。他们说，你应该像以前一样挂在胸前，你不挂，看上去总少了点东西。老左说，那等下回去挂上。

与香麦分开三天了。这三天，老左度日如年。老左认为三天已经不短，应该去找个借口把手机要回来。行走在路上，想到就要见到香麦，老左心里欢喜不已。

香麦却不在家，别人告诉他，她一早就出去了。去了哪里，没人知道。还说，老王到桂林去了，都十来天了。据说，老王要去桂林住一段时间。因为老王没有与儿媳抢夺儿子的心态，因此儿媳对他就没有太多的成见，住一段时间也不太反对。村里人估摸着，香麦是不是也去了桂林？又说，应该不会。真要去桂林，她总会向村里人作一些交代的。老左就在香麦的家门前等候。等到中午一点，终于等到香麦。香麦一见老左脸色就变了，说才几天，你就要取手机！老左讨好说，我来打电话，有一个重要的电话。香麦不是很热情地说，你在不在我这里吃午饭？老左有点饿了，说随便。香麦说，我只有剩饭，可能只够一个人吃。老左说，那我就不吃了。打完电话回去吃。

不是老左想象的那样，香麦并没有把手机挂在前胸，而是塞在口袋里。她把手机拿出来说，你去土地庙打电话，打完就把手机放在中间石柱子边，用树叶子盖好，我一吃完饭就去取。老左接过电话，快步离开。走不多远，香麦追上来。老左说，你就吃过了？香麦说，没吃，我怕你不诚实把手机带走，跟着你最放心。

到了土地庙，香麦说，快打电话，我还饿着肚子呢。香麦身上带着干粮，她给老左一份。老左边嚼干粮边打电话。老左没有电话可打，不晓得应该打给哪个。想了好一会对象和理由。香麦再次催他，他急中生智，乱拨了一个号码。他示意香麦回避一下，香麦说，有什么听不得的？赶她不走，老左只好对着空号说一通瞎话。打完电话，老左说，你看看我，打电话多快。香麦说，你乱七八糟的说什么？你是没事找事。你根本就不需要打电话。老左说，不打电话我跑这么远来干什么？想到手机是要不回了，老左只得放弃念头，郁郁寡欢地回家。

  上回没事，这回真有事了。老卡让老左帮打个电话给在上海务工的儿子。上面给沱巴一个扶贫项目，是种金银花，各家各户分块种，上面统一收购。老卡要问儿子的是，分的山是不是全要，荒怎么开？请人还是儿子回家来自己动手。请人好多钱一天合适？等等。很重要。老左赶去找香麦。香麦正准备外出，她没好气地对老左说，你又来干什么？手机在我手里还没捂热呢。老左说，打电话，很重要。香麦说，又来骗人，你不仅小气，还是个骗子。老左说，闲话少说，快拿电话来。香麦说，等你从土地庙打电话回来，我就赶不上时间了。老左说，赶不上这个电话也要打。香麦说，这么重要你就去白宝街打吧。老左说，什么？这是我的手机，你搞搞清楚！快点！香麦无动于衷。老左说，你太不讲理，你霸占我的手机干什么！香麦生气说，给你，小气鬼！老左抢夺过手机，便往土地庙跑。

  滚你妈的王八蛋！香麦骂道。

  一狠心，老左就决定不再给香麦拿着手机，就冲她的态度，电话都不应该给她使用。

  手机在胸前，老左踏实多了。差不多一个月过去，香麦没再来过沱巴。老左想香麦。他后悔自己做得太过分。老左去找香麦。他发现，这条弯弯曲曲的山路因他的踩踏，而越来越像路了。

  香麦在家。香麦说，我不要你的臭手机。有事我到白宝街打电话，乡政府我有亲戚，用不着求你。老左呵呵地笑，态度很好。说白宝街多远啊，我这里有现成的手机，何必呢。香麦气鼓鼓地说，我再也不会用你的手机！老左亮出手机，说，你打吧，也可以拿着，这回我绝不会要回。老左把手机放在板凳上，说，你就拿着吧。我回去了。

哪个要你的臭手机，赶快拿走！

老左头也不回地走了，他希望香麦追出来，但香麦没追出来。出了村，老左走十步一回头，看看香麦是不是追了出来。但是香麦一直没追出来。走到土地庙，老左坐下来。他相信在这里能等到香麦。

确实就等到了香麦。香麦急着来打电话。她对老左亲切地笑着。老左很满意，心里甜滋滋的。

老奇粗略地算了一下，老父的药应该吃完了。但是到底吃没吃完，疗效怎么样他不确定。他打电话给老左。可是接电话的不是老左，是一妇女。这妇女是香麦。

老左的手机怎么在你手上？

在我手上怎么了？他情我愿。

老奇和香麦吵起来。老奇对香麦破口大骂。香麦就掐断电话。过了一会，记起老父药的事，老奇退让一步，想叫香麦转告老左。连打几个电话香麦才接。香麦说，我在桂林，我怎么告诉老左？老左的电话你管得着吗？老奇气炸了。老左不仅继续让香麦打电话，还把手机给了香麦，还带离了沱巴！老奇知道，香麦有一个儿子在桂林当大学老师，但是老奇从来没和他打过交道。老奇还记得他小时候，个子比同龄人矮，成天鼻涕吊在脸上，很邋遢的样子。但他学习成绩一向很好，读了很多书，水平高得都能当大学老师了。老奇只记得他的小名，叫鼻涕虫，大名叫什么就不知道了。老奇去那所大学找他，老奇像无头苍蝇一样在校园里转了一圈就撤离了。这天老奇接到一个大单，拉完那批货可以挣一笔大的，他计划拉完这批货就回沱巴一趟。

老奇老父老巴病倒了，村里人让老左打手机告诉老奇，叫他开车回来送到桂林的大医院治疗，不然就会死掉。老左悄悄到达三堆村才知道香麦带着手机去了桂林。这可怎么办呢？唯一的办法只有去白宝街打。到了白宝街才发现,街上根本没有公用电话。他去求上回卖充值卡的那店主,可是电话号码怎么也想不起来了,号码都存在手机里。老左急得满头大汗。店主出主意说,你去桂林告诉他呀。想到桂林老左就头晕,他从没去过桂林,他怎么可能找得到老奇呢!后来他终于想到应该给香麦打个电话,叫她去告诉老奇。老左的态度很不好,这个时候他的态度当然好不了。一接通电话就将香麦臭骂了一顿。香麦是个不吃亏的人,你骂她一句她会骂你十句。骂来骂去,香麦就挂了电话。过一阵气消了,想起老巴病重的事,觉得乡里乡亲的自己理亏,还是应该告诉老奇。老奇一看号码就怒气冲冲地掐断来电,再来电话,干脆关机。

村里人问老左,电话打了吗?老左说,打了。村人说,打了怎么还不见老奇回来?老左心里没底,他不晓得香麦会不会转告老奇。

老巴在床上折腾一天后离开人世。老奇拉完那批货回到沱巴,老父已去世两天。这个时候老左早躲到不知什么地方去了。埋葬完老父,老奇想找老左论理,甚至想公开揭露老左充当第三者破坏别人家庭的事。却不见老左。老左碰运气地去找香麦论理算账。香麦还在桂林,老左一气之下撬开她家门,住进去当起主人来。村里人以为老左是受香麦所托来帮忙守家的,老左顺水推舟地点头。按沱巴山区习惯,孝子一定要在老人去世的屋子里守孝七天。满了头七,老左还没回家。老奇等不到了,他说躲得过和尚躲不过庙,总会有碰上的那一天。第八天后,老左回到沱巴。村里人纷纷责备老左太不像话,村里死了老人不仅不帮忙送终,还要躲起来。虽然老巴和老左是同辈,但按年龄,老巴是老哥,于情于理都应该送最后一程。这个道理老左是懂的,他是无颜面对老奇一家大小。老奇当初把老父托付给老左,老左没有完成自己的责任和义务。老左羞愧难当,回到沱巴后,他第一件事是去老巴坟上祭拜。

沱巴人责备归责备,但是该要老左打电话的还是要求他。老左说,手机不在身边。他们说,手机呢?老左无语。来求打电话的人就很不高兴地离开。一下狠心,老左到白宝街买下一个手机。今年的辣椒长势不错，一定能卖个好价钱。想到这个，老左心就不痛了。有了手机，老左又受到了村里人的尊重和重视。老左打香麦的手机，不，是自己的手机，总是处于关机状态。

满七（49天）那天，老奇带着老婆回沱巴祭祀父亲，按风俗习惯办酒席宴请亲友。最终老奇还是觉得应该请老左参加，毕竟老左是长辈，过去的事情计较还有什么用呢！得到邀请，老左老泪纵横。手机让香麦拿着的事，老奇没有外传，他给老左留够了面子。

一晃又一年过去。移动公司在沱巴对面山上建了一个基站。现在全沱巴山区都有了信号。这个春节，沱巴所有的角落都响着手机声。留守在家的老人大部分都有了手机。站在家门前，老左能够看到对面高高的基站，对它，老左有一种说不出的滋味。

香麦拿着的那个手机，号码已经是空号。老左去三堆村找过香麦，香麦对他态度冷淡，而且像不认识他一样。老左全身凉透。但是回到沱巴，香麦的形象又闪在眼前。后来他发现，闪在眼前的竟然是三十多年前的香麦。

留在沱巴的老人，大部分人胸前都挂着大字号的手机，有事没事他们都要给在外的儿女打个电话。但是很多时候，子女是接不到电话的。他们都忙，为了生活挣扎在城市的各个角落。老左看不惯这些得意洋洋的同龄人，他家大门总是关着，不接受任何的来访。下地干活喜欢走偏道，遇上人从不主动打招呼。你不主动，人家也不主动，便不再有人跟他说话。人不能不说话，老左时常站在高处喝山歌，他的歌词含混不清，调子倒哀婉，像控诉又像哭泣。每天傍晚，老左会站在高处给人打电话，声音很大，说得很久，沱巴老人聚在一起谛听议论。听着听说，有人情不自禁地流下老泪。

又一个春节到来时，外出打工的沱巴人陆续回家。老人们纷纷向自己的子女说起老左。这天傍晚，沱巴村男女老少都听到了老左那个长长的电话。老左在说什么呢？老左的话语杂乱无章。

老奇也回来过春节了。父亲刚去世的这个春节，他一定要回来，按规矩，满佛的前三年，年年必须回来。沱巴人早就知道，老左手机欠费停机，平时老左都是对着手机"放空炮"。村里大部分人把老左的行为当笑话说，当餐前饭后的谈资，可老奇不这么想。大年初三老奇摆了三桌，请来许多人。酒桌上他提出一个建议，在老左家设立一个"总机"，村里所有的电话由他转告。可是，一部分人表示反对，一部分人表示沉默，只有少数人表示赞同。终究老奇威信还是不够大，吃饱喝足散席，一直到元宵过后，老奇的建议仍然没有变成现实。

桃花岛那一夜

老虎潭水库有五六个大小不等的岛屿，其中桃花岛最为知名。一提起桃花岛我们通常都很兴奋，脑子里总是产生许多联想。但去过的人都说那岛不应该叫桃花岛，上面没几棵桃树，倒是有一大片槐树。难道叫槐树岛？这是多么倒胃口的名字。桃花岛，很有诗意很暧昧的名字。管它有没有桃树，桃花岛已经叫响开来，深入人心。我们四个朋友在盛夏的周三下午去往桃花岛，这个时间是我们刻意选择的。果真，下了船，登上岛，游人也就十几个，避免了周末的人山人海。先期到达的游人打扑克的打扑克，钓鱼的钓鱼，游泳的游泳。老游酷爱钓鱼，我们另外三人便选择游泳。在浅水区里游泳的是三个少妇，她们嘻嘻哈哈地打闹，见我们下水急忙以击水来挑衅。我们笑笑没有回应。这三个少妇一定是名花有主的，贸然与她们打闹有可能惹出事端。我们越过她们往深水游去，一个回合后我们回到浅水区。这里是桃花岛主划归的游泳场，做过许多安全和舒适处理。浸在水中的少妇们皮肤很白，三点式泳装紧紧贴着她们的肌肉。

对于老游的钓技，你不得不佩服，在这么一个巨大的水库，在有人游动的桃花岛岸边，老游钓到了一条重16斤的金色鲤鱼。鱼一上钩，老游就知道奇迹已经到来。他对我们喊道，快来，大鱼来了！我们朝他望去，他的钓竿弯成弓型，随着鱼线一张一弛地弹动。老游兴趣盎然地溜鱼。我们问他这鱼估计有多重？他说至少16斤。等他将鲤鱼力气耗尽，将鱼完全拉出水面时，一道金光在太阳下闪现，岸上所有看热闹的人惊叫：我的天！一称，正好16斤。都说从未见过这么大的金色鲤鱼。人们争相与金色大鲤鱼合影，三个泳装少妇跟鲤鱼合了一张又一张。老游笑着说，你们有完没完，我手提累啦！老游说着将鱼搁在地上。少妇们没完，她们分别躺在金色鲤鱼旁边，这样我们就更充分地欣赏到了她们的卧姿。

晚餐我们吃全鱼宴。之前老游已摸清，三个游泳少妇结伴而来，别无他人。我们热情地邀她们参加我们的全鱼宴。有了三个少妇的加盟，这餐饭吃得更有滋味。

天刚刚擦黑，我们的晚宴已如火如荼地进行。远处传来突突突的机帆船声音。坐在我们邻桌上的男人欢呼起来，我们这桌的男人也跟着欢呼。我莫名地看着老游，老游说，你的菜来了！

发动机声越来越响，船上的灯火越来越近。靠了岸，一群少女走下船，拾级向桃花岛走来。

酒足饭饱，老游他们有了玩伴，很没良心地抛开我。我回到房间。我的房间在二楼，在这个四面环水的桃花岛，你站在任何一处都能感受到水的清凉和柔情。我在阳台上坐着，面朝大湖。大湖漆黑一片，不时传来游者的击水声和快乐的喊声。

岛上有许多的娱乐声。我想了会老婆儿子。老婆带着儿子随学校同事到云南旅游去了，现在他们也许在丽江也许在香格里拉。然后我就回到房间。电视只有四个台，没什么可看的节目，便看书。我出门有带书的习惯，一旦碰上无聊时光，就需要书的陪伴。

晚上十一点多，桃花岛安静下来。我也开始迷糊着睡觉。门却意外地被敲响。我想,肯定是老游他们三缺一,又要拉我去打麻将,便假装睡着。但过了十几秒钟,敲门声又响起。似乎有女人在叫,先生,先生……我起身拉开门,微弱的灯光下,站着一位少女。先生,先生……她声音很细,怯怯地。我说,有事吗?她说,你要按摩吗?我说,不要。我关上门把她拒之门外。可是睡下去不到十分钟,她又来敲门。我说,我说过了不要按摩,请你离开!

睡眠被她搅了,怎么也睡不着,书又看完了,只能看电视。深夜的电视节目更加无聊,无聊也没办法,就当电视像一条陪伴自己走山路的狗吧。

我一边想,如果少女再次敲门我应该怎么办?带着期待和担忧胡思乱想着,门真切地第三次被敲响。我拉开门,我说,你真的没完了?

能让我进来吗?她不容我点头挤进房来。

我合上门。我说,这么多人为什么就赖上我?

她说,他们都有主了,只有你没有。

我说,我为什么要有?

她低头不语,她浑身透出来的土气幼稚羞涩和胆怯可以说明她是新手。

我说,太晚了,你走吧,别影响我睡觉。

她说,我进来了就不会出去。

我说,为什么?

她说,我没地方睡,你睡不睡我我都要在你的房间睡一夜。

她说完钻进洗手间洗漱。我这是单间,只有一张床,待会她睡哪儿?从洗手间出来后,她和衣在床的一角躺下来。她侧身蜷缩着背对我,怜悯之心浮上我心头。我把另一只枕头丢给她,然后熄灯。之后我听到她轻轻的哭泣。我说你为什么要哭呢?她不作答。我说,你放心地睡吧,我好像也困了。

我钱包里有2000元钱,原准备用来与老游他们打麻将的。我把钱塞给少女，说我全给你，你陪我睡觉不能白陪。她说，不要这么多。我说，就算我全赌掉。

我心无杂念，睡意很快袭上身来。

天刚麻麻亮，迷糊中我听到湖面传来汽笛声，身边的少女也急忙爬起来，夺门而去。不多久，我听到人们离开的声音，听到开船的声音。

一切归于平静后，我睡了一个回笼觉。此时，老游老李老石都已起床，他们坐在二楼平台上闲聊。不多时，那三个少妇参与进来。他们六人老熟人似的说笑。昨晚他们玩到什么时候我不知道，是不是玩一夜情我也不知道。这三个少妇虽然有些风骚，但应该还属于良家妇女。我对他们昨夜的行踪表示好奇，他们却把矛头对准了我，说汽笛响起后看见一个土里土气的少女从我的房里钻出来。我辩解说，她是在我房里，但我没有睡她。我们只是睡在同一张床上。他们六人哄然大笑。

他们六人提出还要玩一天，但我没时间了。我下午还得回报社编稿。按计划，早餐后就该返程的。我的坚持破坏了他们的兴致，他们埋怨着随我踏上返程的路。事实上我们是最后一批离开的。桃花岛主特意为我们准备了小船，并亲自驾驶。湖水宽阔而平静，桃花岛在我们身后一点点退去。他们六人站在船头或船尾拍照留念。我坐在一个角落一动不动，没有留影的雅兴，心里有说不明白的惆怅。

不几天，老游在桃花岛畔钓到16斤金色鲤鱼的新闻就传遍我们那个圈子并扩散到别的圈子，而且在传闻中16斤就夸大成26斤甚至61斤。而我和少女同床共眠的新闻圈子里也都晓得了。当然，他们根本不相信我像柳下惠一样不为色所动，我的"吹嘘"令他们反感。我觉得我在这个圈子待不下去了，于是退出来。

我退出圈子的次日，老婆携儿子旅游归来。云南高原的阳光很毒辣，儿子的小脸蛋立即成为"高原红"，一直到后来我搬离这个家也没完全恢复。和老婆分别接近半个月，新婚的感觉很强烈，我们忘我地亲热了许久。完事后，老婆比往常兴奋，她滔滔不绝地讲述云南之行，而我想给她讲讲桃花岛那一夜竟然没有一点机会，直到第二天晚上，我们再次亲热之后。听了我的讲述，老婆不动声色。她伸手关掉灯，说，睡吧。第二天中午我下班回家，我告诉老婆我要出一趟差。老婆说，是去桃花岛吧？我说，你开什么玩笑，桃花岛能采访吗？老婆说，去哪里是你的事，把这个字签了吧。老婆递给我一张离婚协议。

离婚的过程痛苦而漫长，耗尽了双方以及家庭所有人员的精力。在此可以省去不记，总之最后，老婆胜利了。

祸从口出，你说我跟老婆说那个干什么呢？唉，不说了。

这一晃12年过去，我今年48岁了，仍然单身。你知道我仍然深深爱着前妻。我和前妻逐渐成为好朋友，但前妻说什么也不会再次嫁给我，尽管她也是单身。我们可爱的儿子去年就上大学了，最大的幸运是儿子没有因为父母婚姻的破裂、家庭的离散受到太大的影响。儿子身心都是健康的。去年送儿子到外地上学，我是和前妻一起去的，但我们却住在不同的房间。就是说，前妻不仅不会嫁给我，就连身体也不让我碰。我现在独居在离前妻不远的一个小区里，有时间的时候会邀请前妻一起散步聊天。我最大的计划是请前妻游玩一次桃花岛。这个计划一直到这个暑假才得以实现。前妻又送走了一届高考生，这届学生考得不理想，校长不让教职工出去旅游。我说，我请你出去玩吧。前妻说好啊，我说我只有两三天时间，外地去不了，就在郊外游怎么样？前妻说行。我说，去桃花岛，带上儿子。但儿子已长大成人，上了一年大学之后更不愿跟父母待在一起了。

和12年前一样，也是一个夏天周三的下午，我开车载着前妻去往桃花岛。遗憾的是，桃花岛已成为死岛，据说桃花岛主因为债务纠纷打伤了人，坐牢去了。桃花岛主租期是30年，租期未到有关方面不便租给别人。但对方是劳改犯，合同可以单方撕毁。有关方面苦于找不到承租人而没有撕毁合同，而且桃花岛主被判五年，他就快要出狱了。我们的车停在大坝前的停车场，好不容易找到一个愿去桃花岛的船老大。前妻是随学校来过老虎潭的，但一定没去过桃花岛。如果没有我的那件事发生，她早就上桃花岛了。桃花岛上衰败不堪，建筑物外杂草丛生。我引着前妻在岛上游走，我告诉她哪里是当年的游场，哪里是老游钓上16斤后来社会上胡传的61斤金色鲤鱼的地方。往山上走时，为数不多的桃树上结满了桃子，都熟了，有的掉在地上。前妻说，真可惜。我摘下一个饱满的桃子递给前妻。前妻小心地撕掉皮，吃一口后说，好甜。我也吃了一个，感觉比市面上买的好吃多了。我们采摘下三塑料袋，准备带给她父母我父母以及我们的儿子。

我们坐在高处的草地上，脚下就是桃花岛曾经的旅馆。前妻说，说说吧，你那个所谓柳下惠的一夜。我说，我不想再说，那是一场灾难。前妻说，明知是灾难为什么还那么做？我站起来，向一旁走去。

泊在湖边的小船响起汽笛声，船老大在催我们离开。

在桃花岛上我们前后待了两个小时，时间不长，总算了了我带前妻来游玩的这桩心愿。没在老虎潭住上一夜，我有些不甘，我建议前妻再往别的岛去。最后我们选择了仙湖岛。仙湖岛比桃花岛小一些，但有一些水上游乐项目。老板曾经是国家级举重运动员，退役后当过编剧，据说还跟张艺谋合作过，挣了一大笔钱，然后就投资了这个旅游项目。因为不是周末，游客不多，房间也非常富余。我问前妻，要一间还是两间？前妻盯着我，目光火辣辣的。我受不了前妻的目光，便要了两个相邻的单间。

此时太阳已经落山，倦鸟回到它们的巢穴。吃完饭，天全黑下来。我和前妻在小岛上散步，我手试探着去牵前妻的手试着去搂前妻的腰，都被她严厉地拒绝掉。前妻跟我谈起我们的儿子。前妻对儿子在校情况了解很多，因为儿子跟他妈说了许多；还因为在儿子上学的那所大学老师队伍里有前妻一位同学。儿子极少跟我谈起他们的大学，平时我问三句，他最多回答一句。儿子不喜欢跟我交流，这很像我，我从初中到大学到36岁,都不喜欢跟父亲说话。我们谈到儿子的恋爱问题。前妻不希望儿子过早地恋爱,而我倒希望儿子现在就恋爱,多谈几次,男孩子只有多谈恋爱才会成熟懂事。我和前妻的观点虽有分歧,但我们只是很平和地交流,没有争吵。

　　回到旅馆,前妻首先回到自己的房间,我说,不再一起聊一会儿?在你房间或者我的?前妻不语,回手将大门关上。我去到我的房间,打开电视,然后躺下来一个个频道地寻找喜欢的节目。找了一圈也没有找到喜欢的。最令人不满意的是,居然连个央视的科教频道纪录频道都没有,有文化有思想的人都喜欢看这两个频道。还是看书吧。这才想起,书在前妻那里。在来的路上,前妻顺手拣起搁在座位上的我的书,下车后我叫她帮着带上。敲开前妻的门,她以警觉而拒绝的口吻对我说,你要干什么?我说,我的书。前妻回身去取书,我趁机跨进来。前妻见我进来,没好气地说,你怎么进来了呢!拿上书快走!前妻将我推出门去。

　　接近十二点,我熄灯睡觉。快要睡着时,房门被敲响。心想,可能是按摩女来袭。我屏住呼吸,让她死心。可是过了一两分钟,门又响起。我怒从心头起,从床上跃起来拉开门。门外站着前妻,我呆呆地看她。她说,不认识吗?我说,有事?她推开我,挤进房间。我急忙关上门。前妻说,你刚才睡着了?我说正要睡着。前妻说,我要和你睡。前妻脱掉外衣,躺下去。我立即压在前妻身上。前妻微微地拒绝,然后身子就软了,并且积极主动地配合。12年了,整整12年。汽油遇上烈火,我们都很疯狂。之后,我们疲惫不堪,但身子像在天空飘飞。我想和前妻说说话,前妻却用手堵住我的嘴。12年来,前妻的身子发生了变化,表面看仍然苗条,但身子似乎臃肿了些,皮肤松弛了些。尽管如此,前妻依然诱人。她不让我搂她亲她,不让我靠近,我们俩默默地躺着,一直到不知什么时候睡着。

　　醒来时,前妻已不在身边。我忆起之前迷迷糊糊中似乎有人从我身边起床开门,那是梦境也是现实。我靠在床上又眯了一会,这才起床。

前妻已经起床,正在洗漱。经过昨晚的亲密活动,我觉得前妻已经给了我复合的信号。可是,我想错了。她的逻辑是这样的:孤男寡女躺在一张床上,关系是不可能不发生的!

我又错了。昨晚如果我让前妻躺在我身边而我坐怀不乱,事情便有了转机。这个,谁预料得到呢!

我早已从记者转岗到了编辑岗位,并且是文化旅游部的主任。不过,这个在报社内部的肥缺,在我中学同学们看来比芝麻还不起眼。在我们这座家乡的城市,我们来往最多的是中学同学,中学同学大部分在本地,大学同学因为天南海北的,平时很少有相聚的机会。中学同学中最大的官是国家某部委的副部级干部,就是在省内,也有五个副厅以上干部,处级干部就更不用说。中学老师校友们都说,78级是出人才的年级。后有人研究说,78级时,学校还没搬迁,与千年古刹古寺融为一体,多得它的庇佑。这些说法只是闲聊而已,不可当真。不过,我也有我的优势,同学们聚会进景点我能拿到最高优惠价甚至免单。虽然我只是一个小小的部门主任,但同学们觉得我的利用价值还是不小的。前天,粮食局的那个副局长同学叫我帮安排他们单位去桃花岛之游。我说,桃花岛现在荒无人烟,你们上去没吃的没喝的,只有野果充饥天当被子地作床。同学说,桃花岛又开业啦!我抬头问小珉,桃花岛怎么啦?小珉反问,桃花岛?我说又开业了。小珉摇头表示不知道或者不理解。小珉到我们报社工作已经三年多了。她是硕士应届进来的,也是过五关斩六将获得的宝贵职位。现在的孩子就业太难,进好的单位更是难上加难。我记得那年报业集团三家子报才招20个人,报名应考者就有300多人。我时常为那些落选的学生感叹,不是他们水平不行,是他们运气不好。都是应届毕业生,没有经过磨炼,能有几个人写得出写得好标准的中国式新闻作品?光凭一次考试又怎么能分出水平的高低?小珉是幸运的。当然，报社能得到小珉同样也是幸运的。小珉进报社不到半年就成了新闻一姐，加上人品好，深受老新闻新新闻的喜爱。其实小珉还有一大特点，就是脾气特别好。我时常幻想，要是我有这么样一个女儿多好。这种感叹特别是和她一起去了一趟欧洲之后更加强烈。我们集团报有奖励措施，凡是获得过两届报业十佳的编辑记者或者部门获得最佳部室的主任，都可以享受免费出国旅游一次的政策。同去的同事一共9人。一路上，我和小珉都坐在一起，她像照顾父亲一样照顾我。我打听了一下，她父亲只比我大五岁，她去年30虚岁，理论上我完全可以当她的父亲。去年底我们商报内部人员调整，我想法将小珉弄到我们文化旅游部，下一步我想办法提携她一下，当个副主任什么的。小珉到我们部门后，工作又上了一个台阶。但是这么好的一个女孩子，31岁了，还没有男朋友。据说，她曾经倒是有过的，现在分了。分手的男孩丢失了人生最大的福气。

小珉打听了一下，告诉我说桃花岛的确在重新建设，不多久就要开业。我征求小珉的意见说，周末我们去桃花岛看看？

到头来，周末上桃花岛的，不仅有我和小珉，还有部门里的三个年轻人，我们五个人挤在一辆车里。小珉主动坐在后座中间，那个座位是最不好的。我心疼她，便叫她开车，而我无论从年龄还是职务都理所当然地要坐在副驾驶座上。小珉车技不错，她说她平时开得少，但主要是悟性好，注意力又特别集中。说到开车，小珉还是用我的车练熟的。也就是小珉，别的人别说拿我的车练车，就是开高速我也不会借的。总之，我能为小珉做点事感到高兴，时常有一种为女儿做事的成就感无私感。

开往桃花岛的专线船只还没有启动，好不容易才找到一位要价很高的船老大。我们五人三男二女，除去我这个老男人，他们四人都是同时代的年轻人。但是小珉跟那三人不一样，显得更加成熟稳重。一路上见有载着建筑材料的船只去往桃花岛。接近桃花岛时，果真看到热火朝天的建设场面。桃花岛重建得差不多了，现在的规划设计比原来似乎更科学美观。那幢12年前发生过悲惨故事的住宿楼还在，只不过它得到重新装修。仔细看时，重建桃花岛已接近尾声。我们记者充分发挥自己的特长，一下子就找到了桃花岛主，一下子就弄到了免费的吃住。桃花岛主答应开业前夕上我们商报做广告，还准备在我们文化旅游部门的版面上发文章，给我们宣传费。桃花岛主给我们安排了三间房，安排了最新鲜的老虎潭鱼和土鸡。太阳落山后，工人们都收工了，他们裸着身子跑向大湖里，扑腾扑腾地游泳洗澡。他们的身子全都是黑黑的。我们的餐桌摆在高处，能够真切地看到湖里的情况。这帮年轻人能喝，轮番地敬我的酒，还没大没小地叫我老大。我说，你们应该叫我叔叔或者伯伯。酒一喝多称呼就乱，我也主动地叫他们小老弟或者小老妹。小珉叫我别喝了，我不听，她一把夺下我的酒杯。她说，一喝多你的眼睛又会朦朦的。这个事她也记得呢。最近一年，我确实有这个现象，酒一过量，眼睛就不好使，醉一次要三天才能恢复。小珉夺掉我的酒杯，我高兴，幸福感在身子里旋转着。小珉夺我的酒杯，他们不干了，针对起小珉来。小珉说什么也不喝，小珉平时就不喝酒。趁他们闹酒时我起身离开。我不是逃离，不是不保护小珉，小珉不需要保护，她能战胜他们。站起身子我才感到真的喝多了，眼前朦胧一片。刚走几步，我身子被扶住。是小珉。她扶我在一旁坐下，然后弄来凉茶和热毛巾。喝掉一杯凉茶，敷了热毛巾，眼睛恢复视力，头脑也清醒起来。我说，什么时候我们搞一个仪式，正式收你为干女儿。小珉笑着不置可否。后来小珉告诉我，她11岁那年父亲就去世了，母亲艰难地把她和弟弟养大。她还告诉我她老家就在离老虎潭不远的地方。我说，明天，我们一起上你家看看？小珉答应下来。

  新装修的房间，还有些气味，但也只能将就住了。巧的是，十多年后我再次住进同一间房。小珉送我进房间，我邀她进来坐。她为我泡好茶。她脸上表情复杂多变，我一时找不到合适的词语来形容，或许需要数个不同的词语共同来形容。我说，你怎么了？小珉望着我，眼里噙满泪水。我说，某种东西刺激你了么？她点点头。

干爸——小珉冲动地向我扑来。我张开双臂极幸福地接纳了她。

小珉情绪稍平静后说，干爸我想喝酒。我说，你不是从来不喝的吗？她说，此刻我很想喝，很想醉。我调侃说，一向稳重深沉的干女儿也有这种时候，既然想喝，就喝点吧，但不能喝醉。我帮小珉擦干泪，她出去弄酒，不多时，弄来两瓶啤酒一小壶土酒。我说，这也太夸张了吧？她撒娇说，干爸你陪我喝。我说，行。小珉启开啤酒，分给我一瓶，她抓起她那一瓶碰过来说，干爸，干！她仰脖咕嘟咕嘟地往嘴里灌啤酒。我说，慢点，小心呛着噎着。小珉全然不管，一口气喝掉半瓶。

真痛快！她说。

隔不了三分钟，她把另一半也干掉了。

我说现在你感觉痛快，等会儿醉了你就知道什么叫痛苦了。

我不管，干爸你也别拦，我要痛痛快快地喝一回！

小珉好不容易有一回雅兴，那就让她喝吧，喝不动了，自然会停止。我说不能干喝，得弄点下酒的东西。小珉出去向桃花岛主讨来花生米和酸菜，很豪气地对我说，干爸，继续，干！

我象征性地喝了点，至此一瓶啤酒还没喝到三分之一。而小珉干了一杯又一杯，不多时，土酒下去了一半。我劝她别再喝，她说，我说过要喝个痛快的。

结果一壶酒（大约有两斤）一点不落地全进了她的肚子。她仍然思路清晰，口齿伶俐，只有脸微红。一点看不出醉的样子。土酒一般二十五六度，但是量在这里摆着呢。小珉天生好酒量。

我说，你碰上什么痛苦的事了吧？跟干爸说说。

她说，总的来说是一件很快乐的事幸运的事。

喝多了，尿多，我叫小珉待我方便之后再说。可是，等我摸摸索索完事回来，小珉靠在椅子上睡着了。我怜爱地看着她并露出调侃的笑后来我把她抱起，她伸出手来勾住我的脖子，喃喃地说着什么。我说，那就好好地睡一觉吧。她平躺在我的床上，一声不响地睡着了。我关掉电视，靠在床头，紧挨着小珉看书。我腾出一只手不时抚摸小珉的头发和脸，这场景像抚摸小时候的儿子。

我记不得是何时睡着的，醒来时已经平躺在床上，而小珉面对着我，一只手搭在我的肚子上。我轻轻地把她的手拿开，她又固执地搭回来。

时间不早了，该叫醒小珉。小珉撒娇地说，让我再睡一会嘛。我说那就再睡半小时。我想起床，却被小珉搂着按住。半小时后，小珉彻底醒了。她脸上显露出幸福的笑容，说我昨晚梦到父亲了。我有两个父亲，一个是死去的生父，一个是活着的义父，梦中两个父亲交叉重合。

我得回去洗个澡。她又说。

小珉出去后，我也进去洗了个温水澡。

太阳已经把桃花岛晒得热气腾腾，建筑工人们正在紧张地忙碌。部门那三个年轻人靠在走栏上闲聊或者照相，见到我时他们的眼光怪怪的。我想，刚才小珉出门时他们一定看见了。我将他们的军说，你们在坏笑。他们就大笑起来。我说，有些事有必要说明白。他们反将军说，什么事什么事？我说，关于喝酒关于睡觉。他们摇头表示不明白。我说，小珉从我房间出去，你们都看到了。他们点头。我说，小珉是我干女儿。他们再次点头。我说，你们老是点头，什么意思？

小珉从房间出来时，带上了行李。我宣布撤离桃花岛。

我们是到离老虎潭不远的小珉的老家吃的早餐。其实这不叫早饭，是一种比早饭晚比午饭早的一个幺餐。小珉她们村洋楼林立，但建筑格局混乱，毫无章法。小珉说，在农村，谁家势力强谁就是老大。小珉家是根本没势力的，父亲早逝，弱母拉扯两个幼子，吃都成问题，不要说别的了。小珉家还是住在爷爷留下的半座老屋子里，屋子破旧。我还想要说的是小珉的母亲，她比我大不了几岁，却老得不成样子，看上去像六十多岁的老太。小珉弟弟读过职业技术学院，现在广东珠海打工。我对小珉说，你应该把母亲接去城里跟你一起生活。小珉说，母亲不愿，她过不惯城里的生活。从去年三月开始小珉租住着我的房子，当年前妻把我扫地出门后不久，我贷款买了一个50平米的一室一厅。过了些年了，有了更多的积蓄，又买了一套80平米的二居室。那套一室一厅我用来出租，租金可以还80平米的月贷款。最近几年报社效益好，收入高，我提前还掉了所有贷款，还买了私家车，儿子上中学以后所有的费用我都包了。小户型租期到后，我不再租给别人，主动把它交给小珉。小珉要按市场价付我租金，我说随你，少给或拖欠我都没意见。房子让小珉住着令人放心，她会像爱护自己的房子一样爱护我的房子。

　　我们吃掉了小珉母亲养的一只大母鸡，这是正宗的土鸡，还吃了她母亲用土肥料种的青菜。如果只用"味道好极了"来形容，是远远不够的。吃过饭，小珉带我去她父亲坟前。她说，爸爸你放心在下面生活吧，我上面有干爸照料呢！小珉一只手紧紧抓住我的手，汗水染透了我的手心。我也说，放心吧老哥，小珉有我。

　　回来路上，部门三个年轻人一致表示，小珉跟我的父女关系是真的。

　　我是很想听听昨晚到了小珉嘴边的她的故事的，可是，现在有三个"外人"在场，很不方便。

　　一直惦记小珉的故事，但是一直没有机会听她讲述。这就到了桃花岛开业时间。这天，桃花岛主邀请各路神仙前来助兴。我们文化旅游部自然在重点邀请之列。小珉告诉我，桃花岛主特意为我们安排了那间房。开业时间在周末，我们部门除了两个值班做版的，全都上了桃花岛。我们并不想去白吃白喝，是桃花岛主的意思，还说，不去绝对不行。隆重开业仪式上，我代表商报领导在台上发了言。桃花岛主介绍我时说我是总编，搞得我很狼狈，发言前我想纠正，桃花岛主却用眼神阻止。桃花岛主的用意很明显，是想提高整个开业仪式的文化档次。老总就老总吧，谁告到老总那里我也不怕，反正不是我说的。就算是我说的，又怎么样？我有实力，让我当商报总编组织部门不会用错人。同样道理，小珉代替我当主任完全行，甚至比我当得更好。

我们部门这帮人太闹，以副主任为首的一干人马，提着酒瓶端着酒杯行走在各酒桌之间，把桃花岛搞得天翻地覆，闹酒声全老虎潭都听得见。小珉一如往常，安静而淑女地坐在我身边，轻轻地和我说话，谁来敬我的酒，都要为我挡架，挡不了就替我干掉。她有这个实力。她是一个有酒量而克制力很强的好姑娘。趁场面混乱时，小珉挽着我的手臂离开。路上碰上别人，我就多一句嘴说，我女儿。对方发出含意不明的浅笑。进了房间，小珉说，干爸你干吗老要解释？我说，他们怀疑嘛。她说，你解释了他们就不怀疑了？

坐着喝茶时，我突然想起小珉即将讲述而最终没讲的故事。这回是跑不掉了。

以下就是小珉讲的故事。

那一年我不满18岁，高考在我预料之中惨败下来。当时我就想，这一辈子不可能再有机会上大学了。因为父亲得不治症到最后去世，使得家里债台高筑，接着母亲病倒，我们家雪上加霜地极度贫困，亲友们几乎全都离我们而去。在他们眼里，我们家是烂泥巴，谁沾边，谁就惹上大麻烦。那时我很恨他们，也恨我父亲，有父亲在的年月家里一切正常。我和弟弟得已正常入学。父亲走后，我入学的事就变得很不正常了。母亲极力反对我上学，我坚持要上，母亲便跟我设立了许多条件。条件大都是完成农活家务的时间和质量、数量。由于干活时间与学习时间相互冲突，最终什么都没干好，每天我都处在被母亲和老师怒骂之中。初中毕业自然不能考入县中，而只能在离家几公里的乡村高中。乡里高中，不是一个培养学生德智体全面发展的地方，倒像一个放牛场，老师的想法只是与同学们一道混过这三年。学习环境不好，我又成天奔波在田地与学校之间,我根本就没学到什么东西,高三上学期寒假我向在县中上学的初中同学请教时,发现我与她的差距太大太大。事实也证明了我的结论,来年高考她以超过一本线50分的好成绩考入一所重点大学,而我的总分还不到220分。要知道,只要达到220分就可能上职业技术学院,读大专。拿到成绩单时,母亲笑着讽刺说,这回你甘心了吧!母亲的话像尖刀刺在我的心窝。我想逃离母亲的视野,走得远远的。而逃离母亲的唯一途径是和千千万万农村青少年一样外出打工。可是,我身无分文。

情急中,我想起了一个远方表姐,听人说她有钱。我去到表姐家向她借外出打工的路费。表姐说,你都18岁了,应该出去闯闯了;在外闯荡又有各种各样的闯法,一定要找到一个条工作环境好、工作轻松而来钱又多的工作。我说,哪有这样的好工作呢?表姐仔细看看我,说,只要你跟着我,好工作就是你的。表姐最终没借给我钱,说,给你介绍的工作无本万利。我听不懂表姐的话,问她她只是笑笑。最后出发那天,表姐才叫她的姐妹告诉我,工作就是当按摩女。我一听当场就哭了。表姐却变了一副面孔,说,你就是这个命!除了这你还能干什么?!我从大家集中的房间里逃出去,可是没走多远就被两个凶恶的男人抓了回去。表姐说我已记录在老板的花名册里,已经成为她(老板)的正式员工,要是当逃兵,介绍人还要被罚款1000元,就是说我逃跑掉表姐要被处罚1000元。表姐说,妹妹,姐是为你指明路,不就是陪陪男人吗?不花力气钱就挣到手了,这样的好事,天下不多。只要你好好干,不出两年你就可以回家砌洋楼。对了,你还是处女吧,价格上一定要狠一些。表姐伙同别的人连哄带骗地把我留下来,我糊里糊涂地跟着大部队出去。

我们的目的地是桃花岛。一路上姐妹们说说笑笑,她们轻松而兴奋。而我全身紧张,恐惧像蛇一样缠住我。表姐看出来了,她不时给我鼓劲说,不要怕,就是陪男人睡个觉,小事一桩;只要你走出第一步,以后的道路就平坦了。对了，出发前，表姐叫人临时培训了一下我，这种事表姐大约不好直接教我吧。那人说得很露骨，不停地做着挑逗男人的动作。我脑子一片空白。最后她发现什么似的说，你这个打扮不行，你这不是去勾引男人，倒像是防备男人，大方些，开放些，男人就喜欢女人风骚。

我身不由己地伸出手掌。小珉说，干爸你怎么了？我说，没事，你继续说吧。

干爸，你听得不耐烦了？我就长话短说吧。故事的精彩在后面。我是毫无经验的新手，同行的姐妹们，对，是有比我还小的，才十五六岁。同行的姐妹们像饿虎一样扑向男人，谁是好色男人，谁是正经男人，她们只需一两句话一两个动作一两个眼神就能判断得出来。而我，看谁都不像又都像。能干的做了一次又一次，最后还能陪男人过夜。而我，一个没找到。很晚的时候，我碰上表姐，表姐拍拍口袋说，300元进账了，你挣了多少？我低头不语。表姐说，你以为自己是谁呀！活该饿死！你怎么就这么笨呢！表姐教我说，你一间一间去敲门，只要有单身男人你就挤进去。我一路敲过去，大部分没回应。临近最后，一个男人开了门，伸出头来说，隔壁有个单身男。最后我终于敲开了他的门。可是，他并不好色。当时已经非常晚了，离岛的船只早已停开，我连个睡觉的地方也没有。我下了狠心一定要在开门的这个男人房里住一夜，否则我就得露宿野外。这个男人虽然拒绝但最终还是好心地收留了我，而且令我感到十分意外的是，他给了我2000元"陪睡"费！我把他给的钱塞在胸前，脑中闪出的第一个念头就是我要回到学校，我要上大学！当晚我睡了个安稳觉，第二天一早汽笛响起，我立马从美梦中醒来。出了老虎潭，我立即逃离了"魔掌"。

我用男人给我的2000元重新去到县中，在一个好心老师帮助下，我插入二年级，两年后，我如愿地考上省大中文系，四年后，我又被保送上了本校新闻系研究生。

那男人拯救了我，从灵魂到肉体。他是我没齿难忘的恩人。

小珉已经泪流满面。我拿出纸为她擦干眼泪。

我说，你还记得那男人吗？

小珉说，相貌基本不记得了。当晚我没敢正面看他，是怕，是羞，是耻。不过，只要碰上他，我就能认出来。

我笑了，心里调侃说你就吹吧。

她说，干爸你不相信？

我说，相信。转念一想，都十多年过去，一面之缘且在晚上，且是那种状态，谁还记得？对小珉我不也一点印象没有了吗？其实我并不像小珉说的那么高尚伟大，那只是一个意外。当时她太小了，我不忍下手；她样子十分可怜，我一冲动就做出了将赌资送给她的决定。要是敲门的换成三个游泳少妇中的任何一个，我都有可能把持不住自己。不过，值得欣慰的倒是我的行为阻止了她的堕落，改变了她的人生轨迹，并为中国的新闻事业拉回了一个人才。嗯，说到底我还是伟大的，尽管是无意为之。

我忍不住大笑。笑得小珉无所适从。她有些失望地说，干爸你从骨子里并没有相信故事核心部分的真实性。你在想，那晚我不仅卖了身，而且整个假期都在卖，新学期开学时，我用卖身得来的钱重新回到校园。

我严肃地说，谁说我不相信了！我一百个相信！

小珉说，你不会相信的，我两任男朋友都不相信。我的想法是，作为他的女朋友，我应该告诉我过去的一切。每次当我的故事讲完后我就全身轻松，甚至有一种畅快感。在给第一个男友讲述前，我很有信心，可是我错了。给第二个男友讲述前，我仍然信心满满，可是我还是错了。

　　我接过小珉的话说,也许他们并不是不相信,而是接受不了你曾经有过那样的念头和行动,受不了你和别的男人同居一床。记住,有关男女方面的隐私永远也不要轻易告诉你的爱人。

　　中秋节前夕,部门的小年轻人吵着要我组织他们去桃花岛搞活动,我婉言拒绝。我对桃花岛已经不再惦记。最后我的副主任代表我带领他们上桃花岛。而我和小珉去了仙野神境。我和小珉的关系,商报全体人员都知道了,报业集团里别的报社也有不少人知晓。有一天,晨报的老姜悄悄地拉我上她的办公室说,看得出你和小珉的关系很像父女,她成天像女儿一样粘你。可是并不是所有人都这么看,他们会认为小珉是你的小情人,这样下去会害了小珉的。老姜的话也许有几分道理,我这次带她去仙野神境就是想和她好好聊聊,交流一下感觉。小珉只订了一间双人房,这就意味着我们又要"同居"。我说,这是最后一次,以后不能这样了。就是亲父女也不带这样的。当我复述老姜的观点时,小珉并不赞同,她说她不会在乎任何人怎么看,过自己的生活为什么要在乎别人呢?我说,你还是不够世俗,人再强也强不过世俗的。

　　仙野神境风光很好,我们沿着小河岸穿行在森林中。南方的仲秋白天气温仍然很高,小河及森林带给我们几许清爽。小河的源头在山的高处,路上有许多小瀑布和三个瀑布群。小珉一路留影,拍得我腻歪歪,内心恶毒地希望照相机电池耗尽。游人不少,小珉时不时叫人给我俩拍合影。她总很亲热地挨着我或者搂着我。说实话,自从知道桃花岛那一夜女主角竟然是小珉后,我的感觉就有那么一点点怪异,甚至有一点点逃离她的想法。

　　白天爬山蹚水穿林海很疲惫,但晚上躺在床上又有一种飘飞感。小珉靠在床头一张张欣赏拍的照片,一会儿大笑,一会儿埋怨,一会儿赞赏。说到欢快处,过来强行邀我共赏。

熄灯睡觉后，我继续严肃批评小珉对我的依赖，希望她保持一定距离，父女间虽然亲密无间，但也要有分寸，毕竟男女有别。小珉觉得委屈，她表示她的所作所为并没有过线。我说，也许是你太早失去父爱的缘故。

这次带小珉出来我的一个主要目的是想再听她讲述一遍桃花岛那一夜，我要录音。小珉在我要求下答应重述那个故事，我明确告诉她我要录音。她问我录音干什么呢？我说，有用，很有用。她便没再追问。

第二次对我讲述，小珉从容多了，故事讲得起伏跌宕情绪饱满。因为我早就知道结果，所以我心里比较平静。小珉讲得非常详细，我不时插话，提出疑问，她一一解答。

故事讲了两个小时，听完故事我非常困倦，我说了声睡啦，立即进入梦乡。

回到城里，我给前妻打电话，希望能请她吃个饭。她说就咱俩？我说儿子又不在家，否则就仨了。前妻说她在父母家，不想出来。我赶到前岳母家楼下，电话叫前妻下来。我给她带了些礼品，有一盒法国产的护肤品一盒上等红枣一盒宁夏极品枸杞。前妻穿着休闲装，很运动很青春的样子。昨晚我还梦见前妻来着。我说，我昨晚又梦见你了。前妻说，梦见我干什么？我痞笑。前妻转过脸，说我上去了。我说，对了，还有一样东西交给你。我拿出录音笔。前妻说，是什么？我说是录音，麻烦你仔细听听。前妻接过录音笔，说该不是梦话吧。

中秋节和国庆连在一起，一共有八天假。假期里，从仙野神境回来后我拒绝一切社会活动，拒绝接小珉工作之外的电话。审稿的事，我通过远程完成。

假期最后一天早上，我手机响了两秒钟即断掉，一看，是前妻来电。我打过去，前妻说，没事，是按错了。我想，前妻一定有事，她就是这么一个自尊心很强的人。我提醒她说，录音你听了吗？她说，什么录音？我急起来，说就是那天给你的录音。她停了一下，说，哦，你说的是这个事，只听了开头，觉得不好听就关掉了。什么时候来要录音笔说一声，如果不想来要，我就邮寄给你。我说，你一定要听完。她说，到底是什么意思，有那么重要吗？我说，当然！求你一定要听完。她说，那我试试吧，但我不能保证能听完。可是，我有理由相信，前妻一定听完了，而且当天就听完了。这些天她一直在等我的电话，实在熬不下去，才有意按响我的电话。

中午我打电话问前妻听了没有，她说，没呢，急什么，等哪天有空再说。我说你就别等了，我现在要见你！

我在我曾经生活的家楼下等前妻。前妻磨磨蹭蹭的，她洒了香水，全身香气四溢。她说，你要干什么？我说，我们一起去吃个饭。她说，人家还有事呢！我说，你就别推辞了，快上车吧。

我载着前妻去到附近一家茶餐厅。我问前妻想吃什么？前妻说，随便。我就自作主张地为她点了鳝片饭。前妻喜欢吃鳝鱼。在等待饭菜上来前，我问妻子听到哪里了？妻子问我，讲故事的人是谁？她讲的是什么故事？我说，是小珉，是那年桃花岛一夜的女主角，非常巧合的是，她现在是我的同事。前妻说，是你们的一次合谋吧。我说，不是，听到她讲述这个故事前，我们根本就没相互认出来。前妻说，多么美丽的传奇的一个故事啊。可惜，编造的痕迹太重。实际情况是你把桃花岛一夜的故事告诉了小珉，让小珉复述出来录成音，然后以此来强迫我相信，并且试图打动我。或者我这么推测，小珉不是女主角，是你找来的一个替身。

见到前妻这个态度，我沮丧到了极点。

前妻心不在焉地望着窗外，嘴里还哼着小曲。过了良久，前妻说，怎么了，无话可说了？我说，我还能说什么呢？前妻说，小珉是个什么样的女孩子？

我说，长相还行，最重要的她有一个很好的人品和性格。特别可亲可爱，在我们商报人缘极好。我还想告诉你一个重要事情，不过，算了，话讲出来又是祸。

前妻说，有难言之隐？她不就是你的小情人嘛！

我说，你错了，她是我的义女。我们的关系是纯洁的父女关系。

前妻不可名状地笑笑，说，有个女儿确实不错。

我说，哪天我介绍你们认识认识。

前妻轻声说，我为什么要认识？是你的干女儿又不是我的。

吃过饭，送前妻回到楼下，我提出上她家坐坐，前妻没同意，她说，你安排个时间让我见见小珉。

当天下午我就把小珉叫来，我们三人坐在一个茶庄里。我没有明确地给小珉介绍我的前妻，我只说前妻姓张，是一位中学老师。小珉就叫前妻张老师。我们漫无目的地聊着，前妻很巧妙地了解了小珉的过去。小珉穿着时尚而不妖冶，说话大方得体，给前妻留下了良好的印象——从前妻兴趣盎然的闲聊中可以得出结论，前妻有个习惯，一旦碰上话不投机的场面不是沉默不语就是借机离开。中途前妻上洗手间，小珉以神秘的口气对我说，张老师是单身吧？我说你怎么知道。她说，凭一个女人的知觉，而且我还发现，张老师对你有好感。如果你对她也有意思，就让她做我的干妈吧。我笑她人小鬼大，并说还是多考虑一下自己的事吧，别操那么多空心！前妻回到座位，小珉说我有事要先离开，你们聊吧。她还向我们做鬼脸。前妻说，小珉你不要找借口，多陪我坐一会。她俩聊着聊着就把我甩到一边去了，我成了多余人。我开玩笑说，我有事先离开，你们聊吧。没想到前妻说，好的，你走吧。弄得我很尴尬，最后还是离开。出了茶庄刚走到小车边，前妻电话打过来说，你还真走了呀！我说，不是你叫我走的吗，我一向很听你的话的嘛。前妻说，贫嘴，快回来。我回到茶庄，小珉已经离开。

前妻一个劲儿地夸小珉，最后说，我愿意收她为干女儿！

节后第三天，我和前妻手拉手走进民政局，在外流浪十余年后我终于回到妻子身边。因此，我结了两次婚，讨了同一个老婆。我们的二次婚礼办得隆重而低调，我们请来了少量的亲朋好友，一共五桌，没设祝贺水牌，没搞仪式，没放礼炮，不允许任何人送红包。但是气氛很热烈，大家不像参加婚礼倒像一次节日的聚会。儿子特意从学校请假赶回来参加我们的婚礼，儿子说前次你们婚礼我没赶上，这回终于逮着了。小珉呢，也在我们特邀之列，她作为我们的干女儿坐在主桌上，与我儿子聊得很投入。事后小珉问我，原来你们原本就是一对，那你们又是因为什么离的婚，现在又为什么复合？

我说，离婚是因为你，结婚也是因为你。或者说，因为桃花岛一夜发生的事。

后来才知道，这是多么有杀伤力的话，这是多么惹祸端的话。面对生活，我们内心里有许许多多的话，真不知道哪一句该说，哪一句须永远埋藏。但有一点要永远铭记：关键的话，说不说出来一定要三思再三思。

小珉知道桃花岛一夜男主角是我，大感意外。但是当我补充她没有说到的细节后，她不得不相信。男主角是我的事实让小珉备受打击，她整个人就像秋后茄子蔫蔫的。她有三天时间没来办公室了，我委托部室里的小年青联系她，回话说她一直躺在家里。我丢下工作去看她。我发现她瘦了许多。屋子里乱糟糟的，完全不是她原来的风格。我就不明白了，我的"出现"怎么就打击到小珉了？

小珉双手揪住头发狂叫：我爱你，我要嫁给你！

我说你是我的义女，你要冷静。

我冷静不了，知道你是他之前，我一直把你当父亲，可是知道你就是他后，我的感情发生了逆转！

我说，不管从哪方面说，我俩都是不可能的。你仍然做我的义女吧，如果你固执己见，我们义父女间的情分也将彻底完蛋。

小珉并不在乎我的威胁，她跑到我单身时那套房子找我，幸好我不在。接着又到处打听到我现在住的地方。当晚妻子上晚自习,我又在接待外省来的大学同学。没人开门,小珉就坐在门洞前的石凳上等待。夜晚十点二十,妻子出现,小珉立即迎上去。

张老师。小珉说。

前妻愣了一下,一是因为小珉突然出现,二是因为小珉改口叫张老师,之前都叫干妈的。

前妻说,你怎么在这儿?

小珉说,我等你很久了。

前妻说,有事?

小珉说,有,很重要。

前妻说,那到家里说。重要的事为什么不找你干爸呢?

我们家住三楼。进了屋子,小珉不像第一次到家里来的客人那样东张西望,她对我们家不感兴趣。小珉一头坐在沙发上。前妻问她想喝点什么?小珉开门见山地说,我就是为你爱人来的。前妻说,马卫兵怎么了?

张老师,我来向你道歉,我作了伪证。

妻子问怎么回事,小珉说,那个录音,我说的都不是事实。妻子说,这是怎么回事?小珉说,我应该实事求是。当时我答应马卫兵录那个音是因为我觉得他很可怜,他无数次地在我面前提起你,说要和你复婚。我鬼使神差一边抵抗一边录下那个音。故事都是马卫兵事先编造好,为了让你相信,把我编为桃花岛那一夜的女主角。张老师,你想想,我进商报三年多了,和马卫兵相处这么久,要是真的难道我早没把他认出来?!

妻子生气地说,你为什么现在才说!

小珉说,录下那音后我就一直痛悔,没有勇气面对你。可是,同为女人,感同身受,不能让道貌岸然的男人欺骗一辈子啊!今天,我终于迈出了这一步,尽管长期以来马卫兵对我很不错,可我怎么能见得了你被欺骗呢！

妻子说，桃花岛那一夜该发生的事情都发生了？

小珉说，凭我的知觉，应该发生了。一男一女同居一室，女的又不是什么良家妇女，你想想，会什么事也没有吗！

妻子说，够了，你走吧！

小珉刚跨出门，我就回来了。一见小珉我知道坏了。我把小珉拉回来。妻子凶狠地说，马卫兵，你到底是什么意思？！

我说，小珉说了什么？

小珉说，我说了实话，我是来揭露你的虚伪来了。

小珉当众撒谎令我万分失望以至于全身无力。我挥挥手，轻轻而有力地说，小珉你走吧，真不想再看到你！

接下来，家里的物件在妻子的怒火中因为"搬家"乒乒乓乓地响，妻子一边说，你滚，你这个流氓给我滚！

还没住上一个星期就被妻子扫地出门。妻子已经提出了第二次离婚，只是不想现在就去办手续，不然不好向亲友们交代。我回到我单身的家，我成了一个有婚姻无老婆的人。婚姻的打击使我精神不佳，比较严重地影响到工作和生活。好在我毕竟是经过风浪的人，不多时便调节到二次结婚前的状态。而小珉不仅工作不成，而且病倒在床。

我当然不想再次失去妻子。同时，我也不想看到小珉颓废。我恨小珉，可是我又一直在原谅小珉。我要拯救我的婚姻，拯救小珉。拯救我的婚姻唯一的途经是让妻子相信桃花岛一夜我是清白的，证明我清白的人有小珉和老游老李老石，当然小珉暂时指望不上了。

已经多年没和老游他们联系，桃花岛那一夜之后，我和他们断断续续地来往过一段时间，后来就失去联系。不过，找到他们并没有费劲。我在醉仙谷山庄安排了一桌，叫老游老李老石过来喝酒。三小子一呼百应，悉数到场。

我破费请他们喝酒主要目的是想找他们作证桃花岛那一夜。他们回想了一下才想起来，老游说，怎么突然想起这事来？我说，因为它，我的婚姻破裂，我要你们帮我证明我是清白的。

老李说，我们不能做伪证。

老石说，你说了谎，我们用一百个谎言也圆不过来了。

我说，我再次告诉你们，我是清白的。

老游说，那天清早汽笛响起，我出来看稀奇，一眼就看到了从你房里钻出来的少女。

我说，你们见到我睡小珉了吗？

他们哑然失笑。

我说，你们不相信我真没办法，除了我和小珉，100个人有99个半人不相信。那就求求你们帮我作作"伪证"吧！谬论说的人多了就会成为真理。

隔天，老游老李老石分别去到我妻子学校，为我作证。

老游说，老马真没干什么，当晚我俩住一房。

老李说，老马从来不会在男女关系上犯错误，他不是那样的人！

老石说，嫖娼？给五个胆子老马也不敢。他不仅胆小，还不懂泡妞，还爱在找小蜜上面吹牛！

回答老游哥仨，我妻子分别只用了一个字：滚！

我和妻子的二次破裂，亲友们并不知情。我回到父母家或者去到岳父家，老人们总要问张数呢？我说她忙呢，我就代表她回来看望老人了。我去得最多的是岳父家，岳父是酒鬼烟鬼，七老八十，还好着这两口。有人陪喝酒，岳父总是很兴奋，时常重复一句话：你是我的好女婿！昨天我去找妻子了。前天傍晚我也找了她。前天我在她家门口等她。她正下班回来，手里提着一只活鱼一把青菜，几个辣椒。一见她我就迎上去，讨好她说，回来啦！妻子面无表情，对我视而不见。她开门后，用脚踢我，说，滚。我说，昨天我又去看望你爸妈了，他们身体不错，日子过得很幸福，你放一万个心。现在，我想进去为你做鱼。妻子毫不犹豫地把门关上。我轻轻拍门，不多时又按门铃。妻子在厨房忙碌，淘米声、煎鱼声、洗青菜声都是那么的悦耳动听。最后，妻子吃饭了，她吃得不紧不慢无声无息。

我给她发了一个短信：我饿了，我要吃饭！

明知不可能，我还是在她门前站了三个多小时。我返去时，看见街边灯光下有人卖石榴。我上前买下几个大大的石榴。妻子最爱吃石榴。回到妻子门前，我又敲门又按门铃，妻子不回应。我把石榴挂在门把上离开。

今天我又来找妻子了，去他们学校。这是中午11点50分，我来到妻子他们教研组，她教研组的同事我都不认识了，以前认识的都已退休。我介绍了我是谁，妻子的同事很客气，给我让座倒水。接着，妻子就到了，她的同事们要么回家要么到食堂吃饭。办公室就只剩下我们俩。我说，石榴很好吃吧？妻子说，我丢进垃圾筐了，以后，离我远点！下次再去我父母家再来我这里，我一定不会给你面子。我说，我们和好吧。妻子说，凭什么？！我说，看在双方父母和我们的儿子身上。妻子说，你能考虑这些当年就不干肮脏的事了，更何况他们已习惯接受了我们的破裂。

小珉仍病着，继续这样下去一切将完蛋。我去她老家，叫她母亲来做思想工作。她母亲乍一听不相信小珉会病倒。从小到大小珉就没生过病，她母亲说，小珉得了什么病？我说，这个病很怪，她喜欢上一个比自己大差不多20岁的男人，发誓非他不嫁，那男人有妻儿，男人并不答应。她就病了。她母亲激动地说，一定是男人欺负了小珉！我说，没有，那男人对小珉很好，当小珉是女儿。她母亲说，我不信，等下见到男人我要打他的耳光，把他告上法庭，让他臭名远扬，让他下地狱。看上去很弱的她母亲，骂起人来像放机关枪，样子也十分凶恶，十足一个农村泼妇。也许长期以来为了生存为了保护一对儿女，养成了自强好斗敏感的性格。我只将她母亲载到楼下。我没随她母亲上去，如果她母亲是一个冷静的不主观臆断的人，我会跟她一起上去做小珉的工作的。

她母亲的劝说没有成效。小珉已经一根筋地非我不嫁。小珉表示如果不能嫁给我她就会寻死。可以想象，小珉一旦出现什么意外，我必定痛悔终生，身败名裂。她母亲不知怎么就找到我们报社，好在小珉并没有告诉那个男人就是我，否则我的丑就出大了。她母亲坐在我们接待室里哭泣，声音高低不定，内容有控诉那男人也有对小珉前途的担忧。她母亲让我救救她，我说，大姐你别着急，一切会好的，总有一天我会把她救过来的。

我没有好的办法拯救小珉。要想让她解开心灵的疙瘩，只有和她交流沟通。可是，我又不能见她。

一次中学同学聚会，我无意中听说有一位同学是全省有名的心理医生。我找到那位中学毕业后就没见过面的同学，详细讲了桃花岛一夜的故事，向他求助。同学说，小珉心里严重缺少父爱，所以依赖你。后得知你就是她生命中第一个同床的男人，你的父亲形象又成了她的爱人形象。同学又说，你错在两个关键地方，一是把真相告诉了妻子，二是把真相告诉了小珉。我说你分析的这些我早就分析过了，但现在的问题是，怎样才能使小珉放弃对我的所谓爱情。同学说，你叫她来吧，到我的心理治疗室来。我不便出面，叫我们部室的小年青们连哄带骗把小珉弄到同学那里，但是并没疗效。同学说，治病哪能一次就好的。我又叫小年青把她第二次骗到同学那里，可是一见那场面，小珉又哭又闹。同学烦透了，挥手叫小年青把小珉弄走。因此，我怀疑同学是个江湖骗子。

这天报社老总叫我派一个人去中国记协培训，我第一个想到了小珉。这次培训有四个月，也许四个月是她自我疗伤的最好机会。我叫人向小珉转达了我的决定，并把相关文件转送给她。当部室里的小年青从机场给我电话说，顺利把小珉送上去北京的飞机时，我略感轻松。过了些天，我叫小年青找各种借口联系小珉，得到的回答是一切正常。

妻子拒我于门外，我很不甘心。这天，我在她家门口堵住她强行进入室内。那天我气愤极了，十几年来的委屈喷发出来。我说，张数你算什么，你以为你是仙女，以为我非你不娶！没有你我过得更好！是，我嫖娼了，你怎么着吧！

我的吼声吓着了妻子，妻子愣在沙发上。她怯怯地说，我能把你怎么着。

我说，那一晚我嫖娼了，还是个处女！我值！

心中的怨气发泄完，我平静下来。妻子倒从头到尾比较平静。她轻轻地说，我的第一感觉是很对的，你第一次说那个故事我就知道你嫖妓了。但我又是很善良的，当你把小珉虚构成女主角，编出那么一个纯洁而动人的故事时，我的确被打动了，相信了你的鬼话。要不是小珉及时指出，我要被你蒙骗一辈子，以为你就是那块纯净无瑕的美玉。你为什么早不讲实话呢！男人就该敢作敢当，遮遮掩掩只能害人害己。

我哼哼笑着，全身突然异常轻松。妻子是黄金也罢价值连城的美玉也罢，我不惦记了！

我向门外走去，准备离开。

你要干吗？妻子说。

我回过身，说，回家！

妻子说，你有几个家？这不就是你的家？！

我摸摸脑袋，说，你说什么？

妻子说，德性！要是你早说实话，我早就原谅你了。男人犯一回错误并不可怕，可怕的是重犯错误。一个好男人，只要真正意识到自己的错误，对妻子的感情就会更加深一层。我一直相信你能成为一个好男人。

料想不到，这样破坏性的方式居然解决了横在我心头十余年的重大问题。

原以为日子会逐渐步入正轨，却得到小珉根本没到中国记协参加培训的坏消息，现在人都不知道上哪儿了！老总立即叫我带人上北京找寻，可是我们花了许多时间和精力都没找到小珉。那天，站在北京天安门广场，望着茫茫人流，我狠狠地说：桃花岛那夜我就应该睡她！睡过她我就不会跟我妻子那样说，大家就没有了后来的烦恼！

北京城太大，小珉太小，用大海捞针来形容都不为过。一周后我向社长汇报，社长说，既然没一点线索，那就回来吧，先回来再说。连续几天来我身心疲惫，渴望能好好睡上一觉，渴望能搂着妻子好好睡上一觉。我一边寻找一边崩溃，又十分的不甘。得到社长命令时我说，我再找找吧，也许明天后天就找到了，要不我们报案让警察帮忙？社长都不同意。与我同行的两位办公室干事归心似箭，立马订下最快的航班。飞机上，两位同事呼呼大睡，这段时间以来他们同样也是负责的辛苦的，而我困倦却无一点睡意。顺利回到家时，妻子正靠在沙发上看一个肥皂剧。我说，我回来了。妻子没看我。放下行李，我挨妻子坐下，说累死我了。妻子移了移身子说，你那个宝贝情人女儿找到了？我说，没呢！

妻子又移移身子，我顺势躺下来。我说，好饿。妻子说，飞机上不是有吃的吗？我说，当时我没一点食欲。妻子说，饭菜没有了。我说，我不是告诉你我要回来吗？妻子说，是告诉了，你自己去做去吧，我没空。我说，我太困了，你就不能帮我做一餐饭吗？去北京前，我天天买菜做饭呢。妻子说，这是你应该的，谁让你曾经当嫖客！我忍气吞声地强打起精神去做饭，发现冰箱里没有青菜肉类，我生气地重重关冰箱，甩门上街找吃的。吃饱回来，我也不洗漱直接进了客房蒙头大睡。经过一夜迷迷糊糊的折腾，第二天我精神好了许多。睡在主卧的妻子已经离家去了学校。

上午我赌气不去买菜，而且接近中午时我去了报社。我以为妻子会打电话给我质问我为什么不买菜，可是没有，傍晚下班回来，妻子已经吃过了，她只做了她自己的饭。

我知道你要说什么，但是你没资格说，妻子说。我还没说话妻子就塞断了我的话语。离婚前的妻子是温柔的勤劳的，现在她变了。我想了想，就不跟妻子计较了，我是男人，应该大度。今天冰箱里有挂面，我给自己做了一碗，算是应付了一餐晚饭。妻子坐在沙发上批改作业，不时看着前方的肥皂剧。

睡前，妻子进浴室洗澡，接着我进去洗，然后我习惯性地把两人换下的衣服洗掉。

与妻子冷战几天，到了发奖金的日子。妻子居然连这个日子也知道得一清二楚。妻子扣下了我的奖金卡，连同上次我上交的工资卡，我就只剩一个稿费卡。事实上，我已经一年多没有稿费进账，卡上早已空空的。妻子说，我知道你已经身无分文，这样对你最大的好处就是你想嫖娼嫖不成。

男人没了私房钱在同事朋友面前就没了话语权。这天，从另一座城市来了一位同学，暗示我请她吃饭，我悄悄地向同事借钱。这女同学多事，她叫来一大帮同学，害得我借的那点钱根本不够用。我只好向妻子求援。妻子说，你以为是公款吃喝？看你逞的能！妻子其实说得对，那些当官的如果不是用公款请客，绝对比我们这些长年自掏腰包的平头百姓小气。妻子埋怨是埋怨，但还是赶在我们酒席结束前送来了银行卡。妻子是当着同学们的面把卡交给我的，妻子一箭双雕，既让我颜面丢尽，又告诫了外地女同学下次不可再找我请客。

周末我和妻子去岳父家，岳父让我陪他喝酒。我推不掉。开席不久，岳母妻子都离席。岳父的脸被酒精烧得通红，说话开始不太利索。岳父说，趁我今天喝得多，胆子也大，我问你一句，你的老毛病改掉没有？我望着岳父说，什么毛病？岳父说，你就跟我装吧！什么毛病？你嫖娼的毛病啊！接着岳父狠狠地把我教训了一通。最后说，就算张数原谅了你，我和你岳母并没真正原谅，你这个致命的污点在我心里永远也抹不去。

岳父让我气急败坏，回到家我对妻子大发雷霆，这段时间以来所有的委屈和压抑全部爆发出来。我警告妻子说，要是你再说我是嫖客，要是你父母再说我是嫖客，我就跟你离婚！

妻子并不示弱，说，看把你能的，我就说了，嫖客，嫖客，嫖客……我气得失去理智，给了妻子平生第一个巴掌。

这一巴掌再次把我们的婚姻打破。

还好，小珉失踪不到半个月。中国记协来电话说，小珉来到了培训班。我赶紧给她打电话，什么事也没有发生地说了一大堆关心她的话。小珉一言不发。对于小珉的失踪报社没作任何处理决定，我非常感谢领导的开恩，我提出请老总吃饭，老总说饭就不吃了，你送我一条100元以内的香烟吧。什么年头了，100元一条的香烟怎么拿得出手，我一冲动就买下1000元的。老总看了脸色大变，说你想让我成为网友唾骂的对象？我说你别在公开场合抽，最好躲在厕所里抽。老总说，虽然我们是朋友，但也算上下级关系，你送我香烟就是行贿，再说，这么好的香烟我太太知道了也会怀疑我私藏私房钱的。我哈哈大笑。我说，你太太连你买烟的钱也扣下了，你真够可怜的；怎么办？把香烟退了？老总抓住香烟说，就别退了，就不能让我开开洋荤？！下班后，作为回报老总请我喝酒。我们就在报社门面的一个小酒馆里喝，两小碟荤菜，一大碟青菜，一碗西红柿鸡花汤。聊着聊着就聊到小珉。说到小珉我内心就隐隐作痛。我说，我要去北京看小珉，明天就去！

第二天我只简单地向副手交代工作，便往机场赶。没想到老总要开车送我。我说，坐大巴到机场也挺方便的，就算要人送我也可以叫部里面的小年青送。老总说，你想得倒美，你以为我专程送你？我是去接太太。看得出，你爱上小珉了。我说，瞎说，她是我干女儿。老总痞笑起来，说你八成是爱上小珉了。后来才知道，老总是刻意送我的，因为他太太的飞机落地在四个小时后。送我上了飞机，老总回到报社，处理一批公务再去机场接太太。在这样的老总手下干活，我还有什么可说的。

我的突然出现，小珉脸上并没什么反应。我带她去吃烤鸭，因为正宗店人太多，我们就在偏僻的地方吃了一顿伪北京烤鸭。小珉总是沉默不语，问她情况她不是摇头就是假假的浅笑，心事重重的样子。我说，我带你出去玩吧，爬长城登香山看十三陵，北京可玩的太多了。小珉总算说话了，她说，这些我都去过了，到北京的前几天我没到记协报到，全用来游玩。我是有意迟到的，就是想气气你。可是后来我发现，我的这种自虐行为很可笑。我迟到又怎么样缺席又怎么样失踪又怎么样？这种自我惩罚毫无意义。我想告诉她，在她失踪的日子里我非常着急，我和报社办公室的干事寻找了她整整一个礼拜。最终我没说出来。我说，你一个人去游玩与跟我去是不一样的，两人多好玩啊。小珉以培训时间紧婉言拒绝。

我并没有马上离开北京，我在小珉他们培训的酒店要了一间单房住下来。白天上网以及远程审稿签发稿件，晚上就出去瞎逛。有时候小珉进房间来小坐一下，有时不来。第三天她一整天都没跟我联系，我打电话问她情况，她说她很忙。第四个晚上我叫小珉过来玩。我说我一个人很无聊甚至很孤独。小珉说，你无聊孤独就回去吧。我说，你很好吧？她说，很好的。

怀着一种不可名状的心情我退房离开北京。小珉没来送我，她只给了我一个祝一路平安的信息。我的北京之行显得非常无效和多余。

回到我们的城市，我坚持每天晚上给小珉发一个信息。但小珉并不是每一个信息都回。自尊心受到伤害，时间一长，我也就不再给她发信息。说实在的，我心里还是很着急很煎熬的。

四个月就这么糊涂着煎熬着过去了。小珉回来那天报社办公室派车去接，干事问我去不去？我考虑了一下还是跟着去了。小珉出机场后，我第一次感觉到她是那么的陌生。

回来不久，小珉搬离了我的那套房，她花重金在报社附近租了一套一居室。而且，她申请调到集团所属的晨报去了。此时，我已经下决心娶小珉回家，可我开不了口。

这天晚上我想到许久没联系的老朋友老游老李老石，想明天请他们吃个饭，当众宣布我和小珉的大事。老游老李老石按时来赴宴。当小珉出现时，老游老李老石三人表示出明显的不高兴，我没有明确地介绍小珉，其实这样的场合介绍是多余的。酒至一半，老游说，马卫兵，你是得不到幸福的！老李老石急忙附和。最后，老游老李老石带着不屑的表情离席。不一会，老游返回来，郑重地说，老马，你错大了，严重的错大了！

我一天天焦渴地等待小珉提出嫁给我，可小珉就是只字不提。忽然有一天，小珉请我喝茶，并带着一个小伙子。小珉介绍说，小伙子是我们报业集团的同事，在晚报，她的男朋友。

我呆看小珉几眼，然后大度地说，好啊，很好，小伙子不错。

我转身离开家。楼下那只流浪小狗向我摇头摆尾，它时常在这里等我。第一次见它时，感觉它饿得不行，便把手中的两个肉包子给它吃了。从此它对我有了好感，每天它都对我迎回送往。我蹲下身，抚摸它，说你饿吗？我感觉它在说是的。我到街边的小摊上买下一块肉丢给它，它欢快地吃起来。我带着复杂的心情漫无目的地散步。后来发现流浪狗跟在我身边，我说，你来干什么？快离开！骂它，它不动，驱赶，它不走。就这样，它一会跟在我身后一会跑到我前面，有时与我并排同行。我走了两三个小时，走得脑袋空空眼前茫然一片。走过那个小花园，我头脑清晰起来，原来这就到前妻的住地了。

我坐下来，双手抚摸流浪狗，说，你这个骂不走赶不跑的贱东西！

他的名字叫白

整个春节，沱巴镇人都在谈论一个名字叫白的人。有几种消息证明白就在镇上。我是在春泥家洋楼听说白的。这天许多沱巴人聚集在春泥家，春泥家这座大年前两天才乔迁的洋楼有着沱巴许多第一。我混在他们中间喝春泥家的高级绿茶，吃春泥家的高档糖果。春泥外出打工三年多才第一次回来，一回来便出手不凡。她回到沱巴是秋末，而进入深冬接近春节，鹤立鸡群的洋楼便在沱巴河边耀眼闪光了。我们都知道春泥老公土巴是个混混，不是抽烟喝酒便进城里玩女人。于是春泥外出挣钱了，一去就是三年多，一回来就带回大把大把的钞票。大家估算春泥的这幢洋楼花费不低于30万。在沱巴河流域，除了开芳香厂的几个老板，外出打工的谁也不可能一年挣个10万。

那么，春泥的钱是从哪里来的？我们都在问，也委托土巴问。我们反反复复地问，没问出结果。土巴也懒得问。好几个夜晚春泥质问土巴为什么不问她钱的来历，土巴说我管它哪来的！土巴是个特别靠不住的人，这样的人连敬你三碗酒你一碗也不要接受。

春泥嘴上偶尔会说出一句话：他的名字叫白。

白啊,好样的。春泥还会说。

大年初三晚上春泥回得晚,土巴问她上哪里了?她回答说,沱巴镇巴掌大,能上哪里?土巴问是不是上白那里去了?春泥说,你说是就是喽。

哦,又是白。因此我们得出结论,春泥发财跟白有关;白就在沱巴镇上。

有人作过统计,拥有万多人口的沱巴镇没一个名字叫白的人,名字中含白的也没有。那么,白就可能是外来人。或者白就是某沱巴镇人的外号。要在沱巴镇查出叫白的人不是容易的事。

春节期间的沱巴河水如夏日般丰满,水雾在河面蒸腾着。沱巴河水是温暖的。她发源于上面几公里的一个宽广岩洞,岩洞尽头是什么至今还没有探明,传说里面有一个巨大的水库。沱巴河源头是绵延的大山、原始森林孕育出的地下大水库没什么奇怪的。冬天里温暖的河水吸引了来自城里的客人。春节,这些客人不再跟风去海南去厦门去云贵川去桂林,他们跟沱巴人一起过。白天,温暖的沱巴河水时常有人泡在里面,有人一泡就是两三个小时,如同泡温泉一般。这个不收任何门票又最自然的大澡盆令他们流连忘返。一位接连泡了三天的桂林游客说,他下体不痒了;还有一位来自长沙的游客说,沱巴河水治好了他的阳痿,这一说法得到他漂亮太太的证实。神奇的沱巴河具备任何神奇的功效都令人信服。

我和张净泡在沱巴河水里,谈论着白。我们在一个河湾的浅水区,我手抓着柳树枝,张净握着我。温暖的河水柔柔地从我们身上划过,我红色的宽大内裤在水中浮着。水不算太急,有了柳枝,我们就能稳稳地停在岸边的河水里。张净认为离我们不远的那个秃头是白。秃头比我们晚到,一个人来回游着,他站在浅的河水中时,我看到他身子微红发亮。看上去他秃着的头就呈白色。张净以此判断他就是白。我不能确定张净的答案,她的答案有一定的道理又没有道理。

白——

张净朝他喊。他望过来,然后又望他的身后。

他不是白。我说。

张净说不一定。你又没见过白。

秃头向我们游来。张净显露的皮肤在温暖的沱巴河水里洁白无比。秃头色眯眯地看了张净一眼,我立即对他露出凶光。

见到白了吗?他说。

我粗暴地说没有。

你是白吗?张净问。

他摇头。

这个家伙既然不是白,游过来干什么?还偷看了张净的胸部。我最讨厌这种人。要是他真是白,再看两眼张净我也没意见。

张净是我第二个情人。也是与我相处最久的女人。我们相处快八年了,已过了七年之痒。作为情人,能熬过七年多,说明我们相互是最适合的。这一点我太太不承认,她硬说我和张净是狗男女。太太在我和张净间设立过许多障碍,却从来没有阻断我和张净的情感。实际上我们相互当作爱人了,我们的相处只差那一纸婚书。张净真是个好女人,真的,否则我怎么会带她回沱巴过年呢!

秃头看出了我对他的冷淡,自讨没趣地离开。但他回头说,见到白别忘记代我问好,别忘记带我去认识他。

我听不出这家伙的口音。在我的记忆里土著沱巴人没有这样的秃头。我离开沱巴许多年了,许多年轻的沱巴人我都认不出来。那些长年扎根沱巴的外乡人我更不能分辨。

张净说,你觉得白长相是什么样儿的?

我说,白应该很胖,头发胡子都白了,年龄在五十岁上下。你觉得呢?

张净说,白很苗条,高高的鼻梁,染着一头飘逸的长发。

我说，白到底是女的还是男的？

张净说是女的，而我坚持认为是男的，是一个宽板魁梧的中年男子。

泡完河水澡，天快黑了。我上岸换上干爽的衣服。有一丝风，吹在身上凉丝丝的，很舒服。我换好衣服后，将张净拉上岸来。她说好冷。张净是个怕冷的女子，每次从洗澡间出来都要用浴巾包裹一阵才穿衣服，期间上下牙齿要打架好一会儿。不过当她紧抱着我的身子时热得很快，我身子还是凉的，她全身就发热了。她说我是她的太阳。张净上岸那一刻我把早已准备好的厚浴袍披到她身上。我紧紧搂住她，我感觉到她身子的颤栗。待她恢复正常，我便帮她脱去泳衣。连体的泳衣脱起来很费劲，特别是在浴袍里。我曾建议张净进沱巴河时穿三点式。不过今天幸好她没那样，否则碰上像刚才秃头这样的人我就亏大了。我俩独处时张净嘴巴爱说粗鄙话，其实她是一个很保守的人。

走在沱巴街上时，天完全黑下来。不太明亮的街灯拉长我俩的影子。一些家庭的声音从街边屋子传出来。与我们当下正生活着的那座大都市相比，沱巴镇宁静而舒缓，这是我无法舍弃故乡沱巴的根本原因。这些年外来长住人越来越多，我有一种说不出的焦虑。而继续留在故乡沱巴的人们却是欢喜的，外来人的长住和游客的不断增多，改变了他们空瘪的钱袋。

我和张净竟然走到了春泥家门前。这幢气派的洋楼依然飘散着装饰材料的味道。我用指头敲开春泥家大门。春泥对我们笑着，她对我说，以前你带回来的老婆不是她。我对她反唇相讥，说，以前这里没有你家洋楼，是一个大粪池，里面还淹死了一头猪。春泥说，你记性很好，这事你还记得。但是猪是怎么掉进粪池里的你就不知道了吧？我说，怎么掉进去的？她说，因为那头猪笨，它把粪池当情人家了，哈哈哈！我说，一点也不好笑，你编笑话的水平像粪池一样臭。春泥说，大过年的，要不进家里坐坐？喝两杯？我拒绝了，张净也没答应。事后张净说她非常不喜欢春泥讲的笨猪掉粪池的笑话。我问春泥说，白是男的还是女的？

春泥张开大嘴，打了长长一个哈欠，说，困死了。她合上门。

吃过晚饭，我和张净把心目中的白画下来。她和我意见仍然十分不统一，她坚持白是女性，苗条，高鼻梁，长白发。我说我们争论是没有意义的，要不我们让沱巴人来画像。

沱巴镇人非常支持我的这个提议。第二天傍晚我们就收到了近两百张白的画像，正如一千个人心中有一千个哈姆雷特，我们看到的也是两百个白。更令人头痛的，白是男是女的比例正好1∶1。

我和张净不再争论不休。我们谦虚地倾听沱巴人的意见。他们和我们一样，一直在寻找叫白的人。从他们那里我们听到了许多关于白的信息。总结起来便是，白是文曲星一样的大师，谁经过他（她）的点拨，谁就能心想事成。另一个典型例子是住东西巷18号的杨洋。杨洋在城里混着，他现在不干包工头专事炒股了。他去年在股市一年飘绿的情况下挣了七八十万。春泥与杨洋是两个不同领域的人，他们却同时得到了白的指导。我和张净便去拜访杨洋。我往口袋里装入最好的香烟，张净从我母亲那里提了一块沱巴腊肉。母亲向来反对我和张净搞婚外情，张净长得比我太太漂亮，可是漂亮有什么用，是野的。母亲希望我太太过年时能回到沱巴来，我太太回来，母亲便有望看到她的孙子。我们把最好的香烟和腊肉送给了杨洋。杨洋家住的还是老屋，我建议他建一幢漂亮的洋楼，赛过春泥。杨洋张开小嘴笑了，他的眼睛很小，笑起来时口水顺嘴角往下流。他的表情表明他很不屑在沱巴家乡建洋楼。我说，是七八十万吗？杨洋点燃了香烟，说他们胡说，真实的是108万。我说，我们也炒股，请指点迷津。杨洋摇头，说，我见过白的徒弟，一样的高人。

原来杨洋也没见过白，他是受白的指点。我们的高质腊肉是不是白送了呢？这个结论还是不能轻易地下。我们问过杨洋，春泥是否也见到了白的真人？杨洋说，恐怕没有。能见到白那是最最幸运的事了。

母亲对张净说，以后你不能再来沱巴。张净说，这是不可能的。沱巴是我家，我一生一世都爱她。母亲说，你真是个赖皮货啊。

离开沱巴前，张净提出再去沱巴河泡一回澡。此时我们的行李已经装好，脚步离开了我母亲的家。我说，换下的湿衣服怎么办？张净说，扔掉。我同意了。这不是一个什么难题，况且我们昨天没有下沱巴河泡澡，今天补一个非常有必要。我们走向河岸，路上不时碰上走亲访友以及返回工作地的人。他们有的我认识有的我不认识。他们却认识我。我当年是沱巴名人，高考时是县里的状元，县委书记、县长带着县中校长上我家祝贺过。高兴无比的父母贡献了两只鸡一只鸭，吃得县领导们眉开眼笑。我因此成为沱巴镇学弟学妹们学习的榜样，沱巴的家长们时常拿我举例说，孩子能像小妮婆（我的小名）那样能干就满足了。其实我也才上的武汉大学，离清华北大还差好些分。这近二十年来，我的名声逐渐被沱巴人淡忘。镇上考上武汉大学以及同样档次大学的人已经有不少，还出过三个清华北大生。路上人都跟我们打招呼，有的给我竖起大拇指。我明白他们是在夸我胆大，敢带小蜜回家过春节。快到河边时，我们与老夸擦肩而过。我从没有跟他打招呼的习惯。他却回过头来，说小妮婆你不认识我？我说，认识。他说，你为什么不理我？我说，我从小到大就没理过你。他说，我不是当年的我了。我说，你现在是什么样子？他说，你没听他们说？我说，没有。他说，你知道白吗？我说，知道，但不知道。他说，我知道，我见过白。

我立即抓住他的胳膊，弄疼了他。我急不可待地说，白在哪里？老夸挣脱我的手，说，白在他应该在的地方。

老夸得意洋洋地远去。我对张净说，看到了吧，老夸真的变了，首先是他的步伐，走得正，有力量。

我失去了下沱巴河泡澡的欲望。我建议张净也不要下河泡澡了，跟我去请教老夸。张净想了想说，你先去找老夸吧，我泡好后回镇子找你。我说，你小心点，千万不要让秃头们占了便宜。张净说，我知道了。

找了一会儿才找到老夸家。他家门前聚集着好些人，他们都是来打听白的下落的。老夸家大门半开着，因为没有得到老夸一家的邀请，他们没能进屋，散乱地站在院子里。过了许久，老夸端着饭碗来到院子里。他的海碗里有腊猪胆肝、肘子肉以及一小截沱巴风味的香肠，微风吹过，飘香四溢。他们围上去，七嘴八舌地问老夸。他们的问题五花八门，有的刁钻古怪。老夸答非所问地说，白是不会轻易见人的，也是不会轻易地指点人的。如果随随便便地见人随随便便地指点人，他还是白吗？有人说，见不见是白的事，但告诉我们怎么才能见到白是你的责任，任何沱巴人都有这样的责任。

最后他们和我共同失望地离开老夸家。

春泥、老夸闭口不谈白，杨洋至少比他俩强多了。杨洋告诉大家，他分别在三个不同的地方见过白的徒弟或者助手。只是杨洋不敢肯定白的徒弟或者助手还在原地。这已经不错了，杨洋给大家指明了一条通向白的道路。杨洋比春泥、老夸大气，所以去年炒股能进账108万。

走出老夸的院子我碰上了母亲。我告诉她最好不要进去，老夸不是好东西，他什么也不会告诉别人的。母亲却固执地说一定要试试。母亲的固执跟大家一样。我在门外等了差不多半小时，终于等到母亲失望地出来。母亲说，张净单独回城了？这样很好。我没有明确回答母亲。我说，我一定会见到白的。张净正走过来，近了，她叫了我母亲一声妈。母亲白张净一眼，然后走了。张净说，我在你家地位永远这么低么？我知道你们全家都嫌我文凭低收入低。等我见到白，得到他（她）的指点成为成功人士，我会有他们好看的！我端起张净的脸，说，没谁嫌你。

这个春节我的车被太太扣押,我和张净只好去挤班车。从沱巴车站出发的班车上坐着许多外乡人,这些外乡人对沱巴山水喜爱有加,他们学着沱巴人的腔调说话,他们大部分人宁做沱巴人不愿做神仙。他们在议论白。据说,白就在沱巴镇上,有人见过。据说,白根本没来过沱巴。非常多的据说,每一个据说都有它的根据和道理。张净躺在我身上假寐,她的巧手钻进我的衣服不时抚摸着我的胸膛。

看啦,白!

喊叫的这个人是沱巴的,她叫什么名字我记不得了。

全车人目光向窗外望去。今天没有阳光,大地雾蒙蒙一片。车速放慢下来,甚至停止。这是一大片田洞,远处是两个小村庄。司机说,那就休息五分钟。

大部分人下车。炳嫂,你看见白了吗?

哦,她是炳嫂。炳嫂站在马路边,手抹着双眼。我看到眼泪在她挤压下滚出眼眶。也可能是她太激动。也可能她激动而没有流泪,因为她要上城里医院看眼病,她的眼睛时常不停地流泪。

五分钟后班车开走。张净要留下来,我依了她。随我们留下来的还有炳嫂,张杰平,黄天浩。

薄雾在远处田洞飘来又飘去,最后变得无影无踪。我们向那边走过去,机耕路上留着一些湿泥。

炳嫂,你确切看到白了吗?

走了好一段路,我们没有信心再往前走。炳嫂仍然在抹她的眼泪。我们分析炳嫂眼神不好,所谓的白的身影是她的幻觉。正说间,炳嫂又叫起来,白!顺着她的目光看去,我们真切地看到了一个白色的影子。白影向我们移过来。他套着白色尼龙雨衣。在沱巴乡间套白色尼龙雨衣的人很少见了。而且天虽阴沉,却并没有下雨。

你的名字叫白?

他吃惊地看着我们,说,我不是白,我的名字叫杨树秀。你们也在找白吗？

原来不止沱巴镇，附近的村庄也在谈论那个名字叫白的人。

听说白就在沱巴镇子里。当杨树秀得知我们都是沱巴镇人时，说。后来听说我们也没见着白后，他就掉转身子回村了。此时，他取下了白色尼龙雨衣。他的身影很快被飘来飘去的薄雾淹没。

我们回到马路边等待路过的班车。不久，我们登上从沱巴开出来的班车，车上人问我们为什么从这里上车？我们谁也没有告诉他们。车上没有两个连在一起的空座位，我和张净就分开坐着。我叫张净同座那女的跟我换个位，她不同意。想想算了，反正也是个女的，张净跟她坐着不吃亏。

他们的话题没有离开白。我们只是听着，没有参与讨论。

3月5日是全国人民学雷锋的日子。选择这天出发，并不是想占雷锋精神的便宜，纯粹是因为这天是周末。张净为我们准备了两天的换洗衣服。想要拜访白，就必须先到达玫瑰镇。现在在我们这些人眼里，玫瑰镇是通往人间天堂的入口。但是玫瑰镇上乱糟糟的，我的耳朵里传出乱马嘶鸣和人群嘶喊的古典声音。眼前自然没有马匹，有的只是人力三轮和乡下人喜欢的农用三轮四轮车。我们的行李搁在一旁。张净昨晚着凉，她去寻找厕所。我也是第一次来玫瑰镇，对镇上有多少厕所一无所知。按照我们的经验，政府大院市场角落通常设有厕所。这条街道很是繁华，不时有人穿梭，他们都是很神秘的样子。我一直盯着那个瘦高的中年男人，他顺着我的目光来到我身边。他看到了我身边的行李。他说，你想拜访白？我说是的。他说，跟我来吧。我说，我在等太太，我俩一起去拜访。他说，你太太呢？我说，方便去了。玫瑰镇这个地方太不方便。他说，你是外地人所以不方便。他给了我张白纸做的名片，还给了我一张编号。他说，你等下联系我，编号是你的排队号。我看看号码吓了一跳，030507。我说，轮到我得猴年马月。他说你不要被编号所吓倒，我们自然会有安排的。

张净迟迟不回来，时间显示，她离开一个小时了。我心里着急，便去找她。我去了政府大院，我在女厕所外面叫她的名字。二楼窗户开了，伸出一颗妇女脑袋。谁叫我？她说。我抬头说，我找张净。她说，张净啊，我以为姜净呢。我说你见到一个苗条的外来女子进女厕所了吗？她说，我怎么能看见！

我转去市场。市场里闹哄哄，入口处摆着两张桌子，桌上搁着字牌，上面黑纸白字写着：拜访白接待处。见着我，两个坐着的人同时迎上来。

要去拜访白吗？

我说，是的。

他俩争抢着带我去。

我说，我现在要找太太，她上厕所多时了。

他俩同时帮我指出厕所的方位。其中一个跟在我后面，他说，那人是骗子，根本不可能带你去见白。我说，你是谁？他说，已经有很多人通过我们见到白了。我说，那太好了。

我在厕所外叫张净。

跟着我的那人说，我进去帮你叫。他未经任何人同意就钻入女厕所。玫瑰镇的厕所肮脏无比。不多时，他从女厕所出来，说里面没人，你太太是不是出去了？你给她打个电话吧。我说，她所有的行李都在我这里手机也在。他说，到我的联系点去等。

张净没在厕所也是好事，否则就让玫瑰镇这个小子占便宜了。但是，两大厕所都没张净的身影，她又去得了哪里呢？

她完全有可能去别的小卖铺的厕所。我必须一家家去找。

走不多远，另一个在市场入口处摆摊的人跟上我说，别信他的，他是十足的骗子！

我一家家小卖铺打听，终于在一家麻脸女人的铺子上打听到了。为了感谢她，我给了她 10 元钱。她不要，说上个厕所是免费的。我坚持要给，她就丢给了我一包香烟。事后我才知道，张净已经给过她 10 元钱。不过怎么说，麻脸女人还算是个善良人。

张净离开有些时间了。再回到我们的初始地点时，也没见到她的身影。我四处张望找寻张净。

早先给我编号的瘦高个又来了。他说，终于找到你了。我说，我太太不见了。他说，还没找到吗？我说，是啊。他说，哦，我想起来了，你太太搭前面的车去见白了，你赶快跟我们的最后一趟车！他热心地帮我提上行李。

一辆乡下四轮车开过来，上面塞满了人。车厢两边设着长板凳，客人就分两边坐着，狭窄的过道上也坐着人。我好不容易才挤上去。

幸好瘦高个提醒，不然我还要在原地傻等下去。同样去拜访白，大家的目的是不一样的。就是我和张净，目的也不完全一样。她说过，她要让白给指点出一条路。什么路呢？我追问了许久，她才告诉我，是为了让我家人接纳她。我说，要接纳你不必须我太太出局。她停顿许久，咬着牙说，就是要让她出局。我说，你曾答应过我不破坏我的家庭的，而且也从来没有上门闹过，做得一直比较优秀。她说，此一时彼一时了。

到头来女人总是要争一个名分的。这句经典名言又一次应验。

我拜访白的目的有多重。我要见见这个神奇的人物，我需要其打开我更宽广的智慧。人有了智慧，什么都有了。春泥、杨洋、老夸他们只知道发财，只要物质的东西，而没有精神上的追求。这是他们跟我的巨大差距。

破车在乡村道路上行走，东倒西歪的。还有多远？我们都在问。有人问在心里，有人问前面的司机。

快了。司机说。

说是快了，其实又继续行走了 40 分钟。

庙宇建在河的上方。这是河的拐弯处，不用撑船过渡。山下有一个不算大的停车场。一座三米左右高的白塔立在左侧，它空心的肚子里充塞着垃圾。停车场上人不算太多，我目光搜寻着张净。我想问问瘦高个，可是他并没跟我们的车来。找不到张净，我问司机们，他们说人来人往的谁记得住呢？

此时，一个身着大约是和尚服饰的人向我们走来，他说，拜访白的客人们请来这里集中。一下子，他的前面就聚集了二十来号人。我们是第几批了？可能是好几批后了。和尚叫我们排好队，然后一个个收取拜访费。当收到我时，我问张净在里面吗？一个高个子身材苗条的女子。他说，哦，在里面吧。我谢了他，然后交了500元拜访费。

队伍跟着他往里走。我们走的是一条幽暗的小道，然后到达一个光线模糊的厅堂。不多时，一个身影出现。这是个着休闲服的微胖男人。我立即取笑张净猜错了性别。紧接着，我们的眼睛瞪直了。

他很务实地开始讲学。他用厚重的中音讲了一个《一只乌龟给人的启示》的故事。说的是一只巴西乌龟没被冻死饿死，却被撑死了。

他最后说：

在极度的黑暗中饥寒交迫还能存活的乌龟，在翠绿的花园水池旁却因为吃得太饱而亡故了，可见困危并不全然可畏，饱足也不尽然可喜，在饱足中的节制可能比困危中的忍耐还要艰难呀！希望远离忧患追求安乐的人，却很少想到忧患给人带来生的勇气，安乐使人丧失活的斗志，这只"生于忧患，死于安乐"的巴西乌龟，如果心内有知，一定也会有所启示吧！

因缘是不可思议的，因为长得太美而走向万里漂泊，最后客死它乡的巴西乌龟，如果心内有知，一定会希望自己只是一只长相平凡的乌龟。巴西乌龟死了，只留下美丽的壳，仿佛它的存在只是为了这个外壳，可是生命失去了，美丽的壳对一只乌龟又有什么意义呢？人也是如此，背负着美丽的名利和权位，以为那是真实的，但是，如果没有鲜活的生命、没有深刻的生活，名利、权位只是供人瞻仰的外壳，又有什么意义呢？

他还说：

世间最大的力量就是"忍"。

忍，是中国文化的美德；忍，也是佛教认为最大的修行。无边的罪过，在于一个"嗔"字；无量的功德，在于一个"忍"字。

须菩提尊者在修忍辱波罗蜜的时候，你叫他坐，他就不立；你要他立，他就绝对不坐，这不是懦弱，这是忍的力量。

忍，不是懦弱，不是无用；忍，是一种力量，是一种慈悲，是一种智慧，更是一种艺术。

他一共说了三个富有智慧、关乎成败的哲理故事。不能说他说得不好，但我晕晕乎乎的。我不知道现在张净是否到了停车场，她是否正着急地找我。

他说完后，转身消失在金黄色的幕布后。我们想上前找他细聊照相请求点拨，却被力大无比的人拦下了。

我要见白。

我们表达自己的意见。

在大家激动得场面难以控制时，他们承认刚才为我们讲经的不是白。但此人与白是师兄弟。见到他就等于见到了白。管事的那人说，白今天太忙，要见白，明天来吧。

我们失望地离开昏暗的厅堂。

我在这个叫灵剑寺的地方没有找到张净。折腾回玫瑰镇，先前混乱无序的玫瑰镇空空荡荡。玫瑰镇是小镇，镇上没多少长住人口。圩场一散，就安静下来。

不见了张净，我自然心急如焚。好在天黑不久，我的电话响了。张净在一家小卖铺前借人的电话打给我的。

她从厕所折腾出来不见我,也在到处找。人找人往往找不着人,因为双方都在移动。她被在市场设点的其中一个人哄往另一个方向,说我已经在前面等她了。她说,那个方向根本没有白。车到一个村庄后,骗人者就消失掉。对方要拜访费300元,幸好她身上只有100元,幸好那人没有因为钱不够跟她过不去。

我们都被骗了。

所有"玫瑰镇是通往白的入口"是谎言。

我们在玫瑰镇招待所住下来。白天里张净过得险象环生,晚上我安慰她,给她讲了白的师兄弟讲的那三个故事,让她的心灵安静下来。三个故事的确很精彩,任何人听了都会触动。至少比单位里请来的那些专家学者讲得好,专家们的演讲大都假大空,那些陌生得费解的名词从来就不能在我的脑海里留住。据说,专家出场费高的两三万,低的一万。从这个角度说,给那人500元也不算什么。我的心里早就平衡了。我在给张净讲故事的同时,也在享受故事透出的智慧和哲理。只是,当我讲到第三个故事时,发现张净已经睡着。

我睡不踏实。走廊里有说话声走路声,我还听到了一些来自沱巴口音的声音。其中一个很像老夸或者张杰平或者炳嫂。

第二天,玫瑰镇不是圩日,公路市场行人很少。我们在小铺子吃着早点时,昨天那些神秘人物再次出现,他们并不怕我们,他们还在冲我们笑。我向其中一个走去,他给了我一支香烟。我说,白呢?他说,大家都在说白,但谁也没见过白。我们这样做,总有一天会把白钓出来的。我说,你们这是一举两得。我本来想揭发你们的,看来算了。

我给他留下联系电话,希望他在白出现时能及时通知我。

杨洋混迹在我工作生活的城市。虽然我们都是沱巴老乡,但并没有联系和来往。他是什么时候到这座城市混的，混的什么，我一概不知。要不是春节期间他成为沱巴名人，我都忘记了他这个人。通过多种渠道，我找到了杨洋。那天，他在郊区的一个网吧里，左边两个手指夹着香烟，头上戴着耳机。他在玩一个游戏。网吧里的杨洋一脸憔悴。老板帮我把杨洋叫了出来。见到我，他说，你一个人？小蜜呢？我说大好时光你怎么在这里玩游戏？他无精打采地坐在电线杆墩子上，埋住头。

我说，几个月过去了，你又炒回了许多钞票吧？

他说，你去找白了？

我说，是的。

他说，见到白了吗？

我说，没有，见到他师兄了。他师兄跟我们交谈了两个多小时。你见到的他师兄跟我们这个一样吗？不过，我一定能见到白的。

他说，我想回家补觉。他没有邀请我去他家。他的家当然在沱巴，老婆还在沱巴，俩孩子在别的城市打工。他不邀请，我不便上他家。去年的108万，他可能用来买了一套房，养了一个小蜜。他沱巴的老婆说过，杨洋挣再多又有什么用？一分钱也没拿回来！

杨洋关心我小蜜的事，我当然也对他小蜜的事感兴趣。我说，哪天都带出来，一起吃个饭，你买单。

杨洋没回答我，他骑上电动自行车飞快地溜了。

我的手机没有显示过来自玫瑰镇方面的号码，说明白并没有在玫瑰镇出现。

有一天，杨洋打电话给我，说要一起吃饭，客要我来请。我不满地说，真是钱越多人越小气。我带上张净。我们在一家冒牌沱巴风味小餐馆里就餐。杨洋没带香烟，却毫不知羞地一根接一根抽我的。我们漫无边际地聊着，最后聊到白时，张净离开了。张净开了一家服装店，她没日没夜地在店里干。有时打烊后就睡在店铺里，如果我去了，她便不让我走，要我陪她。她只卖白马牌服装，主要是女人和孩子的，当然也有少量男式的，只是为男人准备的都是价格昂贵的高档货。这座城市的人对白马牌服装备感兴趣，所以张净就非常的忙碌。她服装店的启动资金很大部分是我给的。太太对我的收入一向看管得很紧，好在办法是人想出来的，世上没有走不通的路。太太上有政策我下有对策，我的对策不显山露水而又效果特佳。服装店的事，张净父母给了些，加上自己的积蓄，服装店就开起来了。张净最初看不上开服装店的，没想到到头来她成了个服装店老板。这当然与我的建议和"威胁"有关系。张净身材好，天生的衣架子，她每天都套一件店里的新款在身上，这是一个生动的广告，经过的女士见了再忙也要进店看看。穿在张净身上好看的，在别人身上不一定好看，但是她们却盲目地以张净为参照，只要不是特别难看，她们就会买下来。生意很忙，张净没请员工，她不想把来之不易的利润再分给别人。昨晚我还劝她来着，告诫她不要太累，我说是肚皮大的吃得多还是命长的吃得多？她说道理明白，就是不想让别人分了利润。她答应过段时间请一到两个员工。

　　张净离开后，我和杨洋放下酒杯。我们沱巴人习惯喝自家烧制的白酒，我们叫它土茅台。度数不高，却很香。我们聊到白时，主要是互通有关白的信息。趁着酒性，杨洋讲了实话，他说他没见过白，就是白的师兄也没见过。去年炒股挣的一百万完全来自他酒醉前的梦想和酒醉后的胡言。他问我会不会把他的牛皮破给沱巴人听？我没表态。其实谁不吹牛呢，吹牛有时候是为了在人前有面子，提高自己的地位。他要我带他去见白，哪怕是白的师兄。我心里说，玫瑰镇让我呕吐。

　　杨洋身上没几个钱，他向我讨了两百元，他说了不还我，算我支援他。我说你都混得没饭吃了，还吹什么牛，还不回沱巴！他说他没脸回去。我说，炒股风险大，你可以把谎言编圆了，说去年挣的全吐出去了。我不少朋友就经常拿炒股说事，把贫穷的责任全部推给股市。真真假假的，令人难以分辨。

　　杨洋似是而非地说了些什么。他今晚的口齿时常不清不楚，像含着东西说话。我打了辆车送他回家。他住在东郊农民家，很破烂的地方。我劝他混不下去了就回沱巴，在沱巴，怎么也不会饿死。

　　我头有些晕，不是喝酒喝的，是被杨洋气的。早知道这样，我不该找寻杨洋，他不仅没有给我带来一点白的消息，反而吃喝掉我不少银子。我给张净打了电话，说今晚不过去陪她了。张净不高兴，说又在陪那个女人吧！张净说的"那个女人"是我太太。我说，没有。我换成家里电话给她打电话，大声地说话。张净这才相信我的话。太太不在家，她不想见到我，尽量与我错开时间。我们各过着自己的日子，大家相安无事，除了我的工资收入她要严加看管。

　　手机突然显示一个陌生号码，接通后，对方说，你想见白吗？我说你是谁？他说我是玫瑰镇。我说，很想见见这个神秘的人物。

　　他说，你想见白吗？

　　我说，是的。

　　他说，你想见白吗？

　　我说，当然。

　　他说，你想见白吗？

　　我说，你有病吧，老是说同一句话。

　　他说，白在你生活的城市，他住在 17 层楼。

　　我说，哪个 17 层楼？

　　电话断了，打过去时，再无人接听。对方一定喝得烂醉。酒后吐真言。我对酒后话历来都很重视。如果那人酒后豪言壮语，我就知道他是一个牛皮大王，要离他远一些。如果那人酒后沉默不语，他是一个城府极深的人，你要离他远一些。如果那人酒后说话轻轻的慢慢的，对于他的话你要相信。很多，很多。找个时间我会详细地向你汇报我的这项研究成果。

张净太忙，我就自己去玫瑰镇了。不是圩日，公路街上没几个人。他就像和尚头上的虱子显眼。我把车停在他面前。他一见是我，立即转怒为笑。

你想见白吗？他说。

我说，你脑子病得不轻。

他说，白在17层楼，生活在你的城市。

我说，我的城市有许多17层楼。

他说，你一定拜访过白了。你上回来时没车，这回开车了。见过白的人都会发财。

我说，放你的狗屁。

他说，我要见白，带我去见他。

我钻进车厢，发动汽车。他却拉开车门钻入后座。我说你下去，我没见过白。他不下，他把玻璃摇下来，对经过的一个女人说，我要去见白了，你去吗？女人说去呀。女人也钻进来。他俩死乞白赖地坐在我车上。我斗不过他俩，我打电话问张净该怎么办？张净说，能怎么办，凉拌！张净没给我任何主意。她挣钱挣得头脑里只有钱了。他俩不断地说着白的故事。这些故事我第一次听说。这些故事为神秘的白再次裹上一层神秘的面纱。

进入我们城市的北角，我看到了高耸入云的大楼。我把车开到一个小区门前，对他们说，去吧，白在10幢17层楼。他俩兴奋地跳下车。我赶紧加油逃离。

我立即去到张净的服装店，我告诉她我把玫瑰镇人给忽悠了，进行了很好的合理的报复。张净没有感觉，她甚至说我不想听，店里这么忙，你快帮帮我。我说你很扫兴。她服装店的事我帮不上忙，我最多能帮她管管闲事。但这么长时间以来，店里没丢失过一件衣服，没少过一分钱。我做的闲事也不算什么事。

我找个借口离开了她的服装店。

第二天，我手机响后，进来一个陌生号码。原来是玫瑰镇那人的手机号。他说他俩敲开过许多17层楼，没见到名字叫白的大师。我说，城市这么大，你都敲开了17层的门了吗？一家家地敲吧。祝你好运。

几天后，我在晚报上看到一则消息，说昨天傍晚一对不明身份的男女从"天下居"小区一幢在建房的17层楼坠落身亡。有目击者说，坠楼前，男女都喊着：白——

我出了一身冷汗。

第二天我到天下居。发生了外来人员坠楼事件，正在施工中的天下居禁止任何人进入。我问保安，那对男女喊着"白"是什么意思？保安说，谁知道呢。但在刚建完的17层，老何的那件白色衬衫就挂在通往还没封闭的阳台的门口。

大年前三天我回到沱巴。我买了新车，是城市越野型。确切地说是张净买的。我开着它回到沱巴。张净没有跟来，她生意忙得不可开交。但她让我给家人带回许多礼物。其中每人一套白马牌衣服。我也穿着白马牌衣服。见到我的人们都对我的衣服表示了赞赏。母亲换上白马牌衣服，衣服很合身，但她并没有感谢张净。白马牌衣服上有一个人像标识，大约他就是该品牌衣服的创造者。母亲发现了他，母亲说，这个人像在衣服上并不碍事。我说，张净卖这个人像衣服发财了。母亲说，张净不来沱巴我们可以过一个安静年了。我不同意母亲的定论。张净陪我回沱巴过年，恰恰给家里带来了新鲜气氛。张净是个勤快女人，整个春节家里的家务都是她一个人做。而从前，我带太太回来过年，太太从不干一点儿活。太太与张净的区别在于，太太为我们家生了一个儿子，可是这个并不算什么，张净也能生一个到两个。儿子已经大了，他在上海上着大学，因为有外公外婆宠着，对沱巴的爷爷奶奶并不记挂。在他那里，爷爷奶奶是可有可无的。

母亲弄吃的。我发现她有些手足无措。我说，要是张净回来就好了。母亲说，没有她更好。看得出母亲是言不由衷，这个春节缺了张净，母亲不仅会忙得不可开交，而且还会手足无措。我弟弟一家从石家庄回沱巴过年，妹妹一家也从北京回到沱巴。弟弟一家三年未回沱巴过年了，而妹妹一家从未在沱巴过过年。妹妹是嫁出去的女，就嫁在工作的北京。北京家婆怎么会让妹妹一家离开北京过年呢。今年不同了，妹妹家婆去加拿大的女儿家过年去了。都是不常回来的，母亲不忙那才怪。

弟弟生的是女儿，高三了，过完年就考大学，据说成绩特别好，是学校里考清华北大的种子选手。妹妹特别希望弟弟的女儿去北京上学。而妹妹的儿子学习成绩一般，最多能考个北京一般的重点大学。这个成绩要是搁在我们这里，二本线吧。北京多好，吃饭的时候妹妹自豪地说。妹妹是因为嫁了个博士才混进的北京。父亲喝着妹妹提回来的二锅头说着北京的坏话，妹妹一家不高兴，时不时地争辩几句。父亲说，不说别的，就这二锅头远不如沱巴的烧白酒。父亲换成家里自制的土茅台。

吃到大半，没料到张净出现在门外。我回到沱巴，她的魂就丢了。她提前打烊，包了车火烧火燎地赶来。妹妹弟弟不知道叫张净什么，都哎哎地叫唤。他们是第一次见，妹妹说，传说中的你原来是这样的。母亲为张净添了碗筷。张净说，妈，我自己来吧。母亲说，你饿了吧，快吃东西。张净受宠若惊，她端起杯子给父母敬酒，然后给妹妹一家弟弟一家敬酒。

张净把店子里的衣服都打包塞进包车里了。吃过饭，她为妹妹弟弟两家挑选合适的衣服。他们都非常满意。

白马牌衣服不比那些成天做广告的差。

哦，对了，白呢？

喝茶时，父亲说到了白。许多有关白的传奇故事被父亲收藏在脑子里。弟弟妹妹他们对白赞不绝口。

街上不时响起鞭炮声，沱巴的年味渐浓。

第二天早晨，我带领弟弟妹妹他们去沱巴河泡澡。这个温泉般的河流让妹夫和弟媳他们一见钟情。和往年一样，许多外地人也来沱巴过年，他们喜欢这里的安静和纯净，喜欢这里浓烈的年味。虽然还有三天才到大年夜，可是已经有不少人到达了。镇里的乡村旅馆早已被订走。沱巴河里人头攒动，人们在尽情地享受这个大自然的恩赐。张净扶着我，身子青蛙一般浮在水面。而此时杨洋游过来了。

见到白了吗？

我告诉杨洋说，没有。我说你什么时候回的沱巴？他说，喝酒的第二天就回了。我说你是对的。杨洋将老屋修缮好，做了农家旅馆。半年时间挣的强过他在外混的这些年的总和。我说，沱巴是金饭碗，外出打工就是拿着金饭碗讨饭。杨洋不完全赞同，他说，春泥呢？怎么解释？她出去三年多挣回了几十万！我说春泥是因为碰上了白，并不是任何一个人都能遇上白的。

我们把老屋收拾了一下，堂屋里摆挂起张净带回来的白马牌衣服。张净脑子真的好用。消息一下子传遍沱巴小镇。本地人外乡人都进入我家老屋挑选衣服。我第一次发现老屋的天井采光非常好。

白马不是什么名牌，但它是很好的衣服。他们都承认这一点。快过年了，他们嘴上说着贵，但下起手来一点不发抖。到大年那天中午，张净带回的白马衣服脱销，还有来自我们城市或者附近城镇的客人提前订货。在沱巴卖的白马牌衣服价格都上浮了不小，这个秘密只有我知道。但张净告诉他们，这是过年大促销。张净把获利的一部分当成红包送给母亲。母亲见钱眼开，假装推辞后说，我不要，我怎么能要你的钱呢，你又不是过门的媳妇。母亲收下钱后，在我们离开的那天还给了张净。父亲母亲在家开农家旅馆，收入够他们的生活开支。离开那天，母亲把我叫进她的房里，对我说，你和老婆实在过不下去就想办法离了吧，张净人不错。

说到这里，我就不能不说白。如果能和白交流两三个小时，白一定会告诉我与太太离婚的方法。

大年初一，沱巴镇上流行着白的照片。这是个脸略胖但白净的男人。我从老夸手中得到了一张。我说你见到的白是他吗？老夸凝视着照片出神。我拿走了他当中的一张照片时，他目光闪烁不定。我猜想，他没有真正见过白。许多人用手机翻拍了白的照片，这个春节白的形象便不再像去年一样飘浮。许多人去到春泥家，向她求证白的形象。春泥始终不表态，土巴很烦这些大年初一就上门来吵扰他喝酒的人。土巴说，你们都给我走，春泥也没见过白，她怎么知道白是不是这个相片呢？！沱巴人从去年开始就对土巴更没有好感了，土巴驱赶他们，他们心服口服。

沱巴镇因为旅游业的兴旺，南北巷那里有一家名叫春熙的照相馆；它是一个来自成都的摄影家赵平桂开的。成都有一条非常有名的春熙路，我们估计照相馆的取名跟这个有关。赵老板敏锐地捕捉到白的信息。他也翻拍了白的照片，他设备好技术高，制作的照片比谁的都清晰。他出售的照片有各种尺寸，顾客需要什么样的，他就立即打印出来。要大尺寸的人，把白的照片加上相框挂在家中墙上，要小照片的把白的照片收在口袋，更小尺寸的就夹在钱夹里。赵平桂一共卖出了多少照片，他自己也记不清了。反正他的相纸用光了，挣的钱可以买飞回成都的机票。

我母亲也从赵平桂那里买了一张白的照片。母亲仔细看后，说，白的照片跟白马衣服上的人像很像。赵平桂弄出来的白的照片跟我手上翻拍的原始照片不太一样，原始照片原本就不清晰，再经翻拍，就更加走样。而翻拍后经过精细的后期制作，首先清晰了，其次更像一张当下照片。原始照片翻拍后是十足的"资料照片"。

弟弟妹妹两家人很重视母亲的观点，他们将赵平桂制作的照片与白马头像进行比对。因为是是而非，所以说它像它就像，就好比一座山，有人觉得像猴子，有人觉得像鱼头，还有人觉得像某一个历史人物。母亲为了证实自己的观点，她向邻居们讨教，那些买了白马牌服装的邻居们比对后认为白很像白马头像。

沱巴镇人向我家拥来，我家屋里屋外站满了人。

搞了半天，那个名字叫白的人跟小妮婆关系密切。他们说。

他们要求我向他们介绍白。

我说，我没见过白，我也一直在找他。

他们不信，他们说如果你不告诉我们，我们就待在你家不走，一辈子不走。

母亲说，都是乡里乡亲的，小妮婆你就给他们说说白。

我说，关于白，你们知道的比我多。你们说的白的传奇故事我第一次听说。我示意父亲过来。父亲说，他们要听的是没有听过的白的故事。我叫父亲把他的记事本拿来。父亲年轻的时候喜欢收集沱巴河流域的民间故事和山歌。他的新记事本里记录了所有在沱巴流传的白的故事。我一个个地提示，每提示一个，他们就说听过了。我说，我没有别的关于白的故事了。我只有被骗的故事。

我也有被骗的故事。老夸说。

我也有。杨洋说。

过去的一年里许多人都被假冒的白的工作人员骗过，他们不仅没能得到智慧和点拨，反而破了财。我说，你们都回吧，我不是个小气的人，不会独自享受白给我的智慧和运气。

白是不容易见到的。白是不轻易见人的。我们都是平民百姓，白不会见我们的。只有你，小妮婆，才有资格去见白。他们说。而且你们为什么只卖白马牌服装呢？

我说，白马牌服装跟白没关系。那天我去福建出差在一个小镇上，那是一个著名的服装生产基地，偶尔地看到了白马服装厂的牌子，我就进去了。他们的销售人员很快把我的生意做成了。回来后我就叫张净开白马服装专卖店，没想到这个服装很受市民的喜爱。

　　杨洋站在离我不远的地方，他看了手中的大照片后，大声地说，我越看越觉得小妮婆像照片中的白。在场者目光在我和照片之间停留和来回移动，然后一致觉得其实跟我才是最像的。

　　小妮婆就是白，原来白就是小妮婆！白是小妮婆一个江湖名字！

　　赵平桂也站在人群中，我发现他在偷偷地笑。我叫喊道：赵老板！

　　赵平桂挤出人群，向外跑去。我在后面紧追。追到沱巴河边，赵平桂一头跳入河中。我犹豫了一下，没有跳下去。穿着冬天衣服到沱巴河泡澡是最最错误的选择。赵平桂想上岸，我不让，我手持一根半枯萎的柳树枝在岸上痛打落水狗。他求我说，快让我上来。我说，不让！告诉我，照片怎么回事？他爬到岸边，想上来被我踢回去。他说，我跟你说实话吧，我制作的照片已经不是原来的照片了，原来的照片模糊不清，这怎么能卖得出去怎么能卖得了好价钱？我重新修理照片，制作照片时我脑子中想到的是你，我承认我是按照你的形象制作照片的。我说为什么想到的是我？他说，制作照片的头一天，我连续五次见到了你，你的影子老是在我脑子里闪动，晚上躺在床上你的影子也没有放过我。第二天，恰好要制作白的照片。咦，把你的形象移到照片上后，我脑子里便再没有闪出你的影子。

　　我模仿成都口音骂了赵平桂一句。

　　赵平桂爬上岸来。

　　赵平桂的解释不少赶过来的沱巴人都听到了。他们要求退照片。赵平桂答应下来。事后，赵平桂埋怨说，本来想依靠白赚一笔，到头来却亏了大本。他把钱如数地退还给购买者，而相纸本钱就搭进去了。

　　人们还是相信最原始的照片，沱巴再度掀起翻拍高潮。

　　杨洋是死脑筋。他提着礼品向我家来。他说，虽然你不是白，但我深信你见过白，与白有过深入的交谈。

我很累，我轻声地说，也许我真的是白。我提议张净开白马牌专卖店，她发财了；我建议杨洋不要再在城里混，回到沱巴求发展，杨洋也算是发了。张净补充说，你妈对我越来越好了，看来她就要答应我当儿媳妇了！你就是白。

但是，玫瑰镇那对从17层楼坠下身亡的男女，又算谁的呢？想到这个，我不寒而栗。

大年初四，沱巴镇突然来了许多人，这些人大多来自附近十里八乡。沱巴镇被挤得水泄不通。昨天就听说了，白初四要到沱巴镇来。消息比风传得还快。

我和张净相拥着站在我家顶楼，大街小巷黑压压一片，每个角落都塞着过来看白的人。白什么时候到？白会在沱巴的哪个地点出现？白以什么方式出现？人们相互打听。

他们都准备好了相机，那些站在高处的人将长枪短炮瞄来瞄去。

整个沱巴乱成一锅粥。

时间一小时一小时地过去，饿了人们就吃自带的干粮，没带干粮的争抢小店的食物。开农家小餐馆的食材严重告急。

我的相机非常一般，当初是5千元买的，单位出3千我自己补了2千。但是张净并不嫌弃，她离开我的拥抱向四面八方取角度拍照。我们家大致位于镇中心位置，这座五层楼高的私家别墅视野比较开阔，能够直接看到春泥家的新洋楼。春泥家楼顶也站着人。小外甥有一架望远镜，他递给我看风景。我对着春泥家。春泥穿着红色衣服，她在吃着瓜子，土巴手里拿着酒壶，不时喝一口。去年春泥又出去打工了，不知道她在哪里干什么工作。家里有很宽的房子，但土巴没有改成旅馆，仍然懒洋洋地过日子，不时进城找女人玩。春泥去年在外挣了多少钱？没人知道，但她的脸色告诉大家，她又发了。

人群虽乱，但大家都有耐心。弟弟说，这架势使我想起"文革"天安门广场红卫兵集会。我说，你见过"文革"吗？弟弟说，我看过有关资料图片。资料图片说，人群过后，广场上狼藉一片。我没有顺着弟弟的话题，却说，据说去年春节白也到沱巴了。我一直纳闷，白到沱巴来干什么呢？如果是来旅游，那是说得通的，如果不是这个理由，他来干什么呢？

张净拍了许多照片，她凑过来让我欣赏，有远影近影，还有人物的特写。照片很清晰。弟媳和妹妹、侄女则下楼去了，她们说头有些晕。她们还劝母亲也下楼去。母亲经不住劝就下楼去了。

楼顶上风比较大，清朗的天气也叫人感觉到冷。接着，小外甥也被他妈叫下楼去。看完照片，张净说她要下去为大家做饭。张净动作麻利，不到一个小时她就叫我下去吃饭。这一个小时我在楼上走来走去，观察几条进入沱巴的路口。准确地说进入沱巴有三条路。沱巴镇地处一个死角，北面是连绵的大山，这大山孕育了美丽的风景和秀美的沱巴河。神秘的白从任何一条道路进入沱巴都有可能。但是路口也挤着人，不断地有人进入和出去，只是进入的多出去的少。

张净让大家吃火锅。她杀了只活鸡，做了一盘蒸腊肉，洗尽了一大篮蔬菜。我家大门紧闭。这是张净的功劳。当她闻讯人潮涌动时立即与母亲把大门关闭。我们家井然有序，外面乱糟糟无序。外面不时有人拍我家铁门，请问能卖些吃的吗？我们没人理外面。

父亲呢？

大门一直未开，父亲在关闭大门前就已经出去了。母亲埋怨父亲行为错误，现在你在任何一个地点都是徒劳的，因为没人确切知道白会出现在哪里。大家的肚子都在闹革命，我们就没等父亲了。但是为了表示孝意，弟弟给父亲打电话。打到第三遍父亲才接。外面喧闹无比，弟弟费了好大劲才明白，父亲说他不饿，不回来吃了，就算想回来也挤不过，所有街道像围墙一样封得死死的。

下午三点，街上人群动乱起来，伴着人们大声的叫喊。

白!

白，白，白!

我们赶紧奔上楼顶。只见从东南方向飞过来一只白色球体。我们判断这是一只热气球。怎么也想不到白会乘热气球来。人们头望蓝天，随气球运动方向拥挤。热气球速度不算太快，但高度都超过了沱巴镇最高的7楼，估计在9楼以上。人们欢呼着叫喊着。热气球从我们头顶飞过，我们看不清白色气球里的人是什么样子，后来发现，留在相机里的热气球像一只正在下降的降落伞。

热气球从西北方向飞过去了。人群追了过去。

巨大的踩踏事故也在白气球进入沱巴上空时开始发生，待热气球飞出沱巴镇已到了无法控制的地步。

事后有关方面统计数字说，死伤137人，其中死亡17人，年龄最大的76岁，最小的仅3岁。

这个统计数字是不完整的，还有失踪人数没有统计在其中。

父亲失踪了。这一年父亲79岁。

从知道发生了重大事故开始，我们全家便分头寻找父亲。小小的沱巴镇被我们翻了个底朝天。当场死者的脸部我们都查看过了，不是父亲。送往各医院的伤者我们也看过了，不是父亲。

父亲能到哪儿呢？

父亲接电话时，他在哪里？我问弟弟。

弟弟说，谁知道啊！

我严厉批评弟弟是个废物。父亲当时一定告诉过他的位置的，是弟弟没有上心。

批评还能有什么用？就算知道当时父亲的确切位置又能怎么样？热气球来了，父亲是会移动的。张净说。

也许父亲被挤下沱巴河了。

我们来到沱巴河边，河岸到处是踩踏的痕迹，每一处痕迹都有人落水的印记。我感觉父亲就是掉下沱巴河了。弟弟妹妹不同意这个判断，他们的理由是父亲水性很好。我说，那是父亲年岁不高的时候，现在不同了，而且父亲早上还喝了不少酒。张净蹲下来大哭。早上要不是张净跟父亲斗酒，父亲不会喝这么多，结束早餐时，父亲的舌头有些不利索了。父亲喜欢跟人斗酒，而在家里，没人愿意跟他斗，弟弟、妹夫酒量酒胆都差。我酒量稍微好一点，但跟父亲斗酒总是觉得很别扭。张净为了投父亲所好，每餐都要和父亲斗好一会儿酒。前两天父亲就表态了，说这个儿媳妇好！父亲说好，当然不只是因为张净陪他喝酒。张净各方面真的是好。

我弯腰去拉张净，她不起来。我拍拍她的脑袋。弟弟妹妹他们分别从源头往下游寻找。而我也终于把张净拉了起来。她痛苦地捶打着我的胸膛。我知道，此刻她和我一样心尖在滴血。

三天过去了，沱巴河沿岸没有浮尸的报告。

这似乎又是一个好消息，也许父亲还活着。父亲的手机是关着的，警方定位说，手机就在沱巴。这是开始的时候，一天过后，父亲的手机就没有任何反应了。一种可能是，父亲的手机掉进了水里，功能丧失。

我们使出所有办法，最终还是没有找到父亲。弟弟妹妹他们必须回他们工作的城市了。他们洒着泪水离去。他们准备了祭祀的香烛和酒肉，他们的目标是沱巴河，但是我没让他们做。我说如果父亲还活着呢，你们这样做就太不孝顺了。再说，你们怎么就断定父亲掉下河了呢？

我和张净留下来陪母亲。此时已经正月十七，十几天来，沱巴上空弥漫着浓厚的悲伤之气。从正月初七开始，张净的电话就响个不停，那是她的顾客们催要白马牌衣服。张净找着各种理由搪塞他们。正月十七十点，母亲对我们说，你们回城吧，有了消息我通知你们。母亲憔悴不堪。张净放心不下母亲，坚持要陪母亲。母亲说，这么等着不是办法，你们有自己的事业。

准备好行李，叮嘱母亲注意身体后我们跨出家门。张净在大门前跪下来，磕了三个头。母亲拉起她说，起来吧，我的好儿媳……

事后，我有精力去关注那只白色热气球了。新闻报道里说，几万人拥向沱巴镇等待一个名字叫白的人的到来，当那一只白色热气球飞来时，人群动乱，灾难就发生了。

多方打听才知，驾驶那只白色热气球的是三个摄影家。当天他们是想拍摄沱巴风光，当发现地面黑压压的人群后便取消计划，驾着气球飞走了。我在5月1日的前一天来到其中一个摄影家的工作室。我告诉他说，你们是凶手，杀死了17人，弄失踪了至少一人。我说，你们为什么要驾驶白色热气球呢！

摄影家用低沉的声音说，理论上我们是凶手，但真正的凶手是白。我们最初计划是初六去的，鬼使神差的，怎么偏偏就提前了呢？

沱巴那边没有父亲的消息。父亲失踪的消息我回城里后就告诉了儿子。儿子说，怎么会失踪呢？沱巴人怎么那么荒唐呢？包括老爸你，太荒唐，居然抛弃妈妈去搞婚外恋！当时儿子准备启程赴上海上大学，我没有提出让他回老家看看。而五一时，儿子竟然从上海回来。他来到我的新家，他说张净阿姨呢？

我带儿子去张净的专卖店。儿子叫了她阿姨。张净欣喜若狂。她让儿子挑一套衣服。儿子就挑了一套。穿上白马牌服装的儿子十分帅气。我趁机把儿子带回沱巴。张净开的车，我和儿子坐后排，儿子头靠在我肩上假寐。儿子这一依靠，幸福传递我全身，让我想起了他小时候，那时儿子是多么地黏我崇拜我！

沱巴镇人还在谈论白。17个死者中，沱巴镇上的占5个。

我们去找白吧，找到他，就把他杀掉。他们说。

踩踏事故之后，沱巴镇人个个精神萎靡不振，所有的农家旅馆餐馆都关闭。长住沱巴的外乡人也一个个相继离去。5月本是旅游旺季，而现在眼前却极少见到一个游人。

进入沱巴的三个路口都设了检查站。这是沱巴人自发设立的。每一个进出沱巴的人都要接受检查询问。

沱巴人认为,白不只是外乡人,也有可能是包括沱巴人在内的任何一个人。我们的车被拦下来。

下来!杨洋说。

我说,是我,我一家。

下来!杨洋吼道。他旁边还站着张杰平、黄天浩。

我说,你怎么这么凶。

他说,过去!

我们被带到旁边的一座临时搭建的工棚。

你们是谁?从哪里来?到哪里去?老夸、春泥、炳嫂等熟面孔负责审问。

我说我是小妮婆,他们是我的儿子和太太。炳嫂要查看我们的身份证,她的眼睛仍然不时地流着泪。老夸说,除了真名,还有诨名吗?我说,我的小名叫小妮婆,没别的诨名了。

见过白吗?

没有。从来没有。

老夸仔细打量我儿子,说,你穿的是白马牌衣服,一定见过白。儿子年轻气盛,说,我还见过黑呢红呢蓝呢!你们是一群混蛋!

老夸说,如果见到白你会杀死他吗?

儿子说,不会,我为什么要杀死白?白有错吗?

老夸说,白杀死杀伤137人,其中你爷爷也在内,你居然没一点仇恨,你不是沱巴人的后代!

他们确切地认为我们不是白后,这才允许我们进入沱巴。

我带着儿子、张净去沱巴河边。我们提着香烛、钱纸和酒肉。完成祭祀仪式,我们跳进河里泡澡。5月的沱巴河很清凉,两岸的野花蓬勃开放。

　　当晚我们留下来陪母亲,缺了父亲的家少了许多生机。父亲生不见人死不见尸,成为我们全家心里最大的痛。对这个敏感话题我们始终没有提起。

　　第二天上午,有消息传来说,在进入沱巴的西北路口抓到了白。我们立即赶过去。

　　白躺在泥巴地上,已经被打得遍体鳞伤。

　　他的名字叫肖白,来自外地的自助游者。他有长长的头发长长的胡子,他有画板有相机。他说他是一个著名的艺术家。

　　儿子抢前拦住了打人者。儿子打电话叫来救护车。

　　我说,他虽然叫肖白,但他不一定是我们说的白。

　　沱巴人说,管他是不是那个白,只要叫白,我们就要狠狠地打,打死最好。

　　回城路上,还是张净开车。儿子在玩微博。其中他的一条微博是:名字叫白的人,近期千万不要去沱巴游玩。

　　沱巴的路卡设了一年。一年里,他们抓获了二十来个名字中有白的人。现在他们相信,那个名字叫白的人一定就在这二十来人之列。他们对所有抓获的白进行了武力教训。一年后,心头之气开始消散。另外,这一年的封路让沱巴人经济损失惨重。据统计,整整12个月,到沱巴旅游的不到30人。路再封下去,沱巴的旅游就要崩溃。他们决定明天开始销禁。

　　父亲却在这一天出现在路口。父亲头发杂乱衣衫褴褛,全身肮脏不堪。因为全身奇臭,一群苍蝇围绕着他。

　　我是白,我来了!父亲大喊着。

　　撤卡的是老夸。老夸已经对"白"麻木不仁。他说,白也好黑也好,爱怎么样就怎么样吧。父亲连续地叫着,老夸听声音耳熟,便细看了一下。但他不敢确定那是我父亲。老夸叫来炳嫂、杨洋。经过辨认，认出了我父亲。

父亲已经疯了。因为神经错乱，我们无法与他交流。谁也不知道这一年父亲去了哪里，干了些什么。但是，有一点我们都认同：他的行动与"白"有关。

渐行渐远的阳光

1

正午的风在池塘里旋转,一股股恶臭直钻人的鼻子。吕得林对这种恶臭从来不拒绝,他还不时张大鼻孔吸食。恶臭能使他混乱的思绪得到短暂的安慰,甚至能嗅出炒猪肝的香味。

我要吃炒猪肝!他又大喊大叫了。

但是吕得林的叫喊只引来回声,却得不到家人的回应。

听到了吗,臭婆娘,我要吃炒猪肝!

吕得林那个大屁股妻子叫汪小麦,她正在炒菜。她的锅里、案板上都没有炒猪肝。她不喜欢吃炒猪肝,她宁可吃肥肉也不吃炒猪肝。她不想吃猪肝,吕得林也别想吃到猪肝,这是她的原则。汪小麦炒菜声渐去渐小。她要吃饭了。

吕得林没有食欲。就算有炒猪肝,他也没有食欲。炒猪肝能使他的眼睛明亮,他认为。整个池塘边上没有多少声音了,邻居们都在吃午饭。这些来自遥远乡村的农民工们吃饭时都不喜欢说话,特别是大声说话。吃饭就吃饭，弄那么些废话干什么呢？

不想吃饭的时候，吕得林通常会想一些无聊的问题，比如，池塘为什么不养鱼，我为什么是农民，华东升为什么是大学老师，等等。想问题能够使人忘记时间。

此时，一个声音向吕得林走来。吕得林睁开眼睛。天黑了，天怎么就黑了呢？吕得林右手向后抓握，他抓住一只小腿。这只小腿精瘦而有力。吕得林没判断出这是大胡的小腿。

说说，天为什么就黑了？

大胡停下脚步，挣脱吕得林的手说，睁开你的眼睛好好看看，太阳还在头上呢！

我一直睁着眼睛的。

你眼睛病了，你得去医院。

太阳真的还在头上吗？

你摸摸我的手，上面还有阳光呢。

吕得林在大胡的指引下，摸摸大胡的手掌心，说，你的手掌很烫，这不是阳光的温度，是撒谎的温度。自从我的眼睛时明时暗后，你们谁都对我撒谎。

大胡说，你的眼睛真的病得不轻，再不抓紧时间上医院就要坏了。

我哪有钱看病，连炒猪肝都吃不起，哪有钱看病。

大胡的脚步声带动其余人的脚步，他们陆续离开屋子，爬过桂城工业大学围墙去挣钱。他们大都在附近的菜市场卖蔬菜水果，只有少量的人在路口蹲点给人拉货。

汪小麦用脚碰碰吕得林的后背说，你还吃不吃午饭？！吕得林说，吃不下，我只想吃炒猪肝。汪小麦说，吃你娘的炒猪肝，天天就知道吃炒猪肝不挣钱。如果吃炒猪肝能挣来钱，我陪你吃猪肝。你眼睛病得不轻，吃炒猪肝是吃不好的。快起来，我带你上医院。

我不上医院，我要吃炒猪肝。

这回我们去医科大学附院,让医生看看你的眼睛怎么回事。汪小麦拉住他的手。

你拉我干什么,我什么也看不见。

汪小麦骂了一句,蹲下身子,说,老娘背你总可以了吧。

不,我不上医院。

汪小麦试了两回,还是不能把吕得林弄到背上。她回头看看破烂且紧挨着的一个个棚子,想找个帮手。可是邻居们在她和吕得林对话时,都默默地从身边走过去爬过围墙了。

我要背吕得林过围墙,哪个来帮我?

声音越过池塘,传到对岸的柑橘林里。一个头发蓬松的男人钻出头来:我就来帮你嘛。

是二良。二良是池塘和柑橘林的主人。二良对吕得林一帮人免费住在池塘边,什么意见也没有。池塘边的人对二良总是很客气和尊敬的。

要我背他吗?二良说。

不用,只要你把他弄到我背上就行了。汪小麦说。

他怎么了?

病了,要上医院。

二良抱起吕得林放到汪小麦背上。汪小麦不仅屁股大,力气也不小。她不太费力就把吕得林背过了围墙。二良跟在后头,想帮忙却没帮上,除了趁机推了她几把屁股,什么忙也没帮上。

汪小麦用来贩卖青菜的人力三轮车停在围墙里面,桂城工业大学的围墙堵住了所有池塘边人家的车辆。三轮车里有一些叶子发黄的青菜,太阳下闪着紫铜色光芒。二良从她背上将吕得林抱下来放到三轮车里,说,你扶住他,我帮你骑。汪小麦摇头,说,不用,我能行。我拉的青菜比吕得林重多了。二良说,吕得林是轻了许多,他得了什么病?汪小麦说,不知道,这不正要去看医生吗。

医科大附院离得较远,汪小麦沿着只能走三轮车的路线行进,路程更远。她的喘息声比任何时候都大，汗水也渐渐地透出来。汪小麦在离医院两公里的地方停下来，再往前，三轮车不能通行了。

你能爬到我背上吗？汪小麦说。

吕得林昏睡着，他听不见她的声音。

汪小麦捏住他的耳朵，说你能爬到我背上吗？

吕得林身子微微动了动。没出息的狗东西。汪小麦骂道。平时晚上爬上我身子不是很迅速的吗，现在怎么了！

汪小麦斜抱住吕得林，转过背，终于把他弄到了背上。

街上人山人海。每移动一步都会碰着人。汪小麦一只手扒着人群，缓慢行进。突然被扒开身子，有人转身骂人，有人刚想骂人，见汪小麦吃力的样子，就主动避开。

艰难地走完两公里街道，汪小麦累得不行。她把他放倒在医院台阶上，想休息一下。那个戴红袖套的老大爷走过来，说，快把他弄开，这里不是病房也不是你们家的床，这是千千万万人要走的道路。汪小麦弯下腰想弄走吕得林，发现双手竟一点不听使唤。汪小麦一气之下，离开台阶，进大厅排队挂号。

挂完号，她总算恢复些了体力。她用恢复的体力把吕得林背到眼科。

他的眼睛有严重问题。医院检查后说。必须住院。

他眼睛有什么病？

我怀疑是恶性黑色毒瘤。医生开了一张住院单，说，交了押金，去住院部。

要交多少钱？

先交两万。

"两万"弄醒了吕得林。他坐起来，说，两千也不交。

如果真的患了毒瘤，不治疗的话短则三个月，长则半年，你就要和我们永别了。

死也不交。

吕得林往门外走。汪小麦跟在后头,说,医生吓唬你的,你走什么走?我们和医生说说,先交两千吧。吕得林说,住进去了,本来只需交三千的,你必须交四千。医院比煤球还黑你知道不知道!

吕得林走了几步走不动了,他扶住墙,喘息着说。

那你怎么办?

我吃炒猪肝,只要我天天吃炒猪肝,眼睛就什么病也没有了。

汪小麦说,那我就给你买猪肝。她背他下楼。刚走几步,医生赶过来了。医生说,你们别走,他的病真的很危险,必须马上住院治疗。我绝不是危言耸听。汪小麦说,可是我们没钱。押金就要交两万,出院的时候不要交五万?

五万?医生说。他这病何止五万?你们看报纸了吗,前不久人民医院做的首例手术花了多少你们还记得吗?

我们不看报纸,我们只卖青菜和砌墙挑水泥。我们怎么知道别人的事呢?

你们是干什么的?

我们是农民工,我们赚你们城里人的钱才一点点,你开口就要我们几万,太不公平。吕得林眼前突然有了一丝光明。这一丝光明令他信心百倍。他说,50元猪肝能抵五万元医药费,你信不信!

吕得林迈开步子。医生说,你们住哪儿?他必须治病!

我们住池塘边,我们不治病。

明说了吧,他得了眼癌。医生追上来说。

十癌九死,我们更不治了。吕得林说。

眼癌不同其他癌,眼球摘除了可以保命,如果再移植个眼球,你又看得见了。医生说。当然摘除眼球手术也可能不成功,而且要找一个匹配的眼球也是非常难的事,但是有病不能不治啊。

得花多少钱?

医生说，我不敢说，说出来怕把你们吓着。

那还追上来干什么呢？

医生说，办法总是人想出来的。没钱，不可以借吗？

吕得林说，你别拦住我，我要回家吃猪肝。

回去时，汪小麦轻松多了。吕得林能看见路，因此能慢慢地行走。到了离家最近的菜市汪小麦买下半斤猪肝。

太阳藏进云里，吕得林眼前暗了许多。他说，快给我做炒猪肝，不然天又要黑了。

汪小麦说，吃你娘的猪肝，为了你的猪肝我生意不做了？

汪小麦骂是骂，还是拉着吕得林往家走。

二良在他的柑橘园里走动。他意不在伺弄柑橘。这些柑橘他早就放弃了。他不靠桔橘挣钱，他在三环路上开着个农用车修理铺。

二良，你能帮我一把吗？汪小麦站在围墙上喊他。

二良丢下手中的一把青草，说，行呀。

二良快步走过来，踩着简易楼梯爬过围墙。

他的眼睛没什么大事吧，有大事的话怎么这么快就回来了？二良说。

他眼睛的事太大了，所以这么快就回来了。汪小麦说。

多大的事？

眼癌。

我的天，赶紧住院呀，你们回来干什么？

医生要求交押金两万，还说五万也拿不下来，还说钱可以借呀——我到哪里去借。你二良肯借吗？

二良说，我不借。你们这么穷，借了拿什么还。你靠卖青菜什么时候才能卖出五万？

汪小麦抓住吕得林一只胳膊说，快帮我一把呀。

二良背上吕得林踩着楼梯翻越围墙。

锅铲相碰的金属声叮叮当当,汪小麦为吕得林炒猪肝。炉子火力很小,可能是她的火开得很小,也可能是煤球快燃完了。

吕得林躺在床上,他眼前是无尽的黑色泡沫。一定是猪肝炒糊了。他想。他想提醒汪小麦,却力不从心。

2

我得了眼癌,只吃炒猪肝没有用了。

吕得林对经过他身边的人说。他眼里的光线时明时暗,明的时候只亮一点点,暗的时候一片漆黑。他干脆就闭上眼睛,这样还很省力。眼睛不好,耳朵却好使多了,他能听清每一个向他传来的声音。

大胡说,我们都知道你得了眼癌。我们不是医生,我们没有办法。没有钱借,也没有钱捐,我们只有一颗善良的心。你感觉怎么样?

我感觉我在死亡,我走在离你们越来越远的路上。如果你们不伸出热情的手拉我一把,你们就永远也见不着我了。这么快就见不着我是你们一生最大的遗憾。吕得林手向后扫去,期望能抓住大胡的腿。大胡早知道吕得林想做什么了,他在吕得林手扫过来前一秒挪了地方。吕得林扫了个空。吕得林叹息说,你们不仅不拉我,连我想抓住都不让。你们对不起面前这口池塘。

大胡说,你想吃什么?我送给你。

吕得林说,我身体好的时候你没少吃我的东西,我病了只送点吃的给我算什么呢。

大胡说,我只有这个能力,请你多包涵。

大胡回到家,拿来一些瘦肉和一袋水果。

吕得林不置可否。

不多时,整个池塘安静下来。吕得林也困了,他昏睡过去。一个声音却在半个小时后惊扰了吕得林的梦。这是一只黄色公狗,它追捕着一只老鼠而来。吕得林醒了，他睁开不明亮的眼睛。他不知道在他身后站着的是一只黄色狗。吕得林双手四下抓握，自然什么也抓不到。你是谁？能握握我的手吗？

黄狗伸出舌头快速喘气。

我得了眼癌，你知道吗？

黄狗呆了几分钟，又去捕它的老鼠去了。

黄狗的主人是二良，黄狗出现的地方，一般情况下就有二良的出现。二良走得大摇大摆，弄出的声音你远远就能听到。

吕得林，就你一人在家吗？

吕得林说，是的，他们都出去挣钱了。我多想挣钱啊，可是我不行了。

你还没上医院？

没有。我不上医院了，我要让渴望我住院的医生们气死。

医生是气不死的，只有你等死。二良掏出香烟，说，你吸不吸？

吕得林说，没胃口，有胃口的话，我就吃炒猪肝了。

反正要死了，你熏熏也无妨。二良点燃一支烟塞到吕得林的嘴里。

吕得林吸起烟来，他说，这烟很不错，什么牌子？

二良说了一个牌子。这个牌子吕得林从未见过甚至都没听说过，但他说，这是好烟。我不想死，世上好烟太多，我还没有抽过，我不能死。二良你借给我钱，我要上医院。

二良说，我不能借，我的钱要留来讨老婆。

吕得林说，你长成这个样子，年龄又太大，再有钱又怎么样？哪个女人跟你。你不借钱，握握我的手总可以吧？

二良说，我从不握病人的手，特别是癌症患者。

谈话中，吕得林想起了华东升。中午汪小麦回来，吕得林要她去找华东升。华东升是他们邻村的，小时候他们一起上过学。汪小麦说，桂城这么大，我怎么找得到他。再说我只见过那么一眼，我哪里认识呢？

午后，汪小麦用人力三轮车拉着吕得林去桂城大学。桂城大学是一所综合性大学，有很多院系和多个教学区，汪小麦和吕得林瞎子摸象一般去问门卫。

你知道华东升吗？

门卫说，不知道。

他在外语系，你怎么不知道呢？

外语系在西区。

吕得林看不清路，他只能坐在车上指挥汪小麦。左找右找都不对。吕得林脑子很混乱，原本不太熟悉的路线被他弄得扭曲变形。他们似乎进入了一个迷宫。汪小麦不耐烦了，说我说过桂城这么大，哪里找得到华东升。也许华东升就在我们眼前，他早躲开了。你得了眼癌，他不躲开还等到什么时候。这些势利小人。

吕得林不说话，任由汪小麦骂人。后来一个好心人给吕得林出主意说，给华东升留一封信吧。

这天傍晚，池塘边有一个邻居往外搬东西。汪小麦说，你要干什么？

邻居不言语，他们的眼里发出冷漠而愤怒的光。

告诉我，他家要干什么了？汪小麦问别人，别人不答。

第二天，又有两户人家往外搬东西，他们搬走了所有东西，连棚子都拆掉了。汪小麦明白了他们在搬家。

住得好好的为什么要搬家？这里不用房租水电，为什么要搬家？租房当然好，可是那不是我们这些人享受的。汪小麦站在出入池塘的路口大声说。

好狗别挡路。搬家的邻居用家具撞开汪小麦。

你们搬到哪里去？汪小麦脑子空落落的。

他们不回答。

到下午只剩下大胡一家了。大胡最近跟人学会了杀猪，正准备摆肉摊。卖猪肉比卖青菜赚钱。大胡把大大小小的菜刀磨得闪闪发光。汪小麦来到大胡家门前，说他们都搬了，为什么你家不搬？大胡直起腰来，给了汪小麦一耳光。

汪小麦吓了一跳。大胡是池塘边脾气最好的男人，今天他为什么要打人？

你干吗打人？汪小麦按住被打的脸，目光转向大胡的老婆，期望得到帮助。大胡老婆吼大胡说，打女人算什么本事，有本事你把吕得林杀了！

大胡跳出去。

池塘边的人谁没有怨气？自从吕得林得了眼癌，谁没有怨气！他们也舍不得搬走，可是有什么办法？谁敢挨着你家吕得林？大胡老婆说。

汪小麦说，我的气也没地方撒呢，我也想杀人呢！

大胡一家最后搬离了池塘。不过离开前，大胡递给了汪小麦五千元钱，说是曾经的邻居们捐的。接过钱，汪小麦眼睛湿润了，心想忌讳病灾人之常情，邻居们也没什么错。

池塘边上一片狼藉，曾经有过的"繁华"如过眼烟云。吕得林一家孤独地靠在围墙上，那盏油灯在风中飞舞。儿子小威吃过饭就偷偷翻过围墙找伙伴玩去了。汪小麦发现后已是半小时以后，她扯开嗓子叫唤：

小威，小威！

声音在池塘边回响，凄惨而悲凉。

随后，池塘又死一般的静。不远处城郊的灯火从乡村滚过，无声无息。二良和他的黄狗向池塘走来。二良手持一把电筒，黄狗则远远地跑在了前面。见到黄狗，汪小麦走出屋子，眺望二良。二良走得不紧不慢，全然不知汪小麦内心的焦虑。

二良近了，汪小麦说，你来干什么？

二良答非所问地说，吕得林好点了吗？

他都快死了，好得了吗？

这样下去不行,你得想办法。

我没有办法可想。你来干什么,要赶我们走吗?

二良用电筒照了照吕得林,说,他睡得很香,和死了差不多。

汪小麦递给二良一张小板凳。二良坐下,掏出香烟。说,他们搬走得挺快,他们都是被迫的。换了你们也会搬走。不是池塘的风水不好,是吕得林命不好。你想不想给吕得林治病?

汪小麦说,想。

我可以给你钱。但是我知道你们没有偿还能力,我有个条件。

二良望着茫然的汪小麦,说你嫁给我。尽管你三十多岁了,我还是愿意娶你做老婆。嫁给我你就不用天天起早贪黑地去贩卖青菜了。小威我也帮养着。

汪小麦想了想说,再多的钱也治不好吕得林的眼睛。你花了大笔钱还是治不好吕得林,我又要嫁给一个不喜欢的人,大家都划不来。

二良说,我去医院问过了,医生说摘除吕得林的眼球,就没事儿了。他还能活下来。

我嫁给了你,他一个瞎子怎么办呢。

世上有很多瞎子,瞎子自有瞎子的活法。

那样还不如吕得林死了。我带着小威再嫁个我喜欢的男人。

二良冷笑,说只怕你以后连我这样的男人也找不到。

汪小麦不再说话,她的目光投向屋外的黑夜。

吕得林的身子动了动,他醒了。他说,我要喝水。汪小麦倒来一杯温水送到吕得林嘴里。吕得林嘴唇焦枯,喝水时不停地颤动。

天亮了吗?吕得林说。

没有,黑夜才刚刚开始。二良说。我是谁,认得吗?

吕得林说,我看不见,不知道你是谁。

听不出我的声音吗?

听不出,你不会是大胡吧。

大胡他们全搬走了，他们都害怕见到你。二良为吕得林点燃一支烟。吕得林摇摇头，表示拒绝吸烟。二良就自己抽上了。

我是村里的二良，你听到我和汪小麦的对话了吗？

吕得林说，没有。你们说什么了，是讨论如何埋葬我吗？

二良说不是，我们在商量如何救你。你不是很想活下去吗？

吕得林说，太想活下去了。

你是要活命还是要婚姻？

吕得林说，这个问题太深奥，我想不明白。

二良说，我准备出钱给你治病，然后娶汪小麦。

吕得林说，我不要死亡，也要婚姻。我活着让你娶走汪小麦，我不干。

汪小麦说，二良你走吧。我们夫妻两人都不同意你的办法。

二良说，不要轻易否定，好好想一想，多想几次你们思想就通了。我是个思想品德高尚的人，我不是趁人之危。我的办法两全其美。

3

仲春的沱巴依然阴冷而静谧，山岭上露水滴滴，数不过来的花朵冲天竞放。沱巴河水清悠充沛，无声且猛烈地向前奔涌。班车在沱巴街上停下来。汪小麦坐在原地不动，眼盯着乡邻们拥下去。急于出门的人却急于拥上来。一扇车门不够用，有人从窗户爬进来。爬窗户抢座位是沱巴人一道见怪不怪的风景，如果哪天你见沱巴人很有秩序地从车门上车，这天你可能眼花缭乱，脑子出了毛病。

急什么，吕得林还没下车呢。司机转过身大喊。爬车人全然没听见，他们将带泥土的脚踩到座位上，再坐下，然后对窗外人发出得意的笑。

出门的人并不多，经过一阵混乱的争夺，仍有少量座位空着。

汪小麦双手分别插入吕得林的脖子后面和脚弯,用力抱他。吕得林变得很轻了,汪小麦根本用不着用那么大的力。司机说,能行吗?汪小麦说,能行。

小威跳下了车,他呆呆地看着母亲抱着父亲下车。

行李还没拿完,你上去帮拿一下好吗?汪小麦对小威说。

小威说,我累了,我拿不动。

比蛇还懒的东西!汪小麦骂了一句。

司机说,我来帮你。司机从座位上拿起她的行李,放到地上。

一会儿车开走了。沱巴街上再次安静下来。今天不是圩日,时间也还早,乡里干部有的还没起床,有的仍缩在家里。清晨的街头令人迷茫无助。

吕得林的家在一个叫古木林的村庄里,那里离乡政府5里路。公路不宽,而且坑坑洼洼的。汪小麦抱起吕得林朝家的方向行走。

我饿,我要吃面条。小威跟在后头,他不停地重复这句话。

汪小麦说,街上一丝炊烟都没有,哪来的面条?快走,回家妈给你下面条。

汪小麦行李里有几扎面条,它们和为数不多的现金放在一起。

我饿,我要吃面条。小威说着话,超过了汪小麦,一路小跑着。

行走一两里,汪小麦手酸了,她把吕得林放到草地上休息。呼吸家乡的空气,耳听乡音她竟有无尽的酸楚。当年她和吕得林带着快乐和希望出门,如今却携着痛苦回家。

草上躺着谁?有人经过,好奇地问。

吕得林,他病了。

病了?上医院呀。古木林又不是医院。

汪小麦难看地笑笑。

他走近来,察看一眼吕得林,说,吕得林瘦得不是吕得林了。他得了什么病?

汪小麦说，是治不好的病。

来人摇摇头，表示一声同情离开了。

汪小麦重新启程。小威已跑得无影无踪。快到村口，汪小麦看到一些人立在那里张望。小威就站在他们中间。

快去帮汪小麦一把。女人们提醒男人们。

两个男人抢步上来，接过吕得林。汪小麦眼冒金星，就势坐到地上。你怎么了？女人们围过来，七手八脚弄汪小麦回家。他们分别把吕得林汪小麦放在不同的床上。

我饿，我要吃面条。小威在汪小麦的床头说。

汪小麦打起精神下床。

吕光柄从山上下来，他手里拿着镰刀和一只死山鼠。吕光柄是小威的爷爷。家门口聚集那么多人，他心感不妙。

吕得林得了眼癌，他就要死了。

吕光柄丢掉镰刀和山鼠，奔到吕得林的床边。吕光柄抱抱吕得林，说，你太轻了，还不如我捕到的一只野兔重。你才多大，怎么就要死了？老子还没死，你怎么可以死了？要我给你送终，天理何在！

对眼前的一切，吕得林全然不知，他背负着沉重枷锁行走在布满荆棘和黑色泡沫的水底。行走得十分艰难，但只要走过这一段，他就解脱了。

村里人陆续来到又陆续离开。他们在村里的每一个角落传递有关吕得林的情况与自己的感受。

汪小麦弄出的炊烟钻出屋脊，随风飘向沱巴河。小威终于吃到了他渴望吃到的面条了。小威狼吞虎咽，吃食之声噼啪作响。

吕光柄蹲在大门边吸烟，无序的烟雾填满他额上深深的沟壑。就一点办法没有了吗？他说。你们没到医院治疗吗？

去医院了，医生说，五万元还拿不下来。

五万元？天塌下来也没有五万元呢。吕光柄说。可是一条命又怎才值五万元呢。

吕光柄摁灭烟头，走到村口。

大樟树下人们的话题全都围绕着吕得林。吕光柄来到后，他们全都闭上了嘴。吕光柄对他们露出一个虚假的笑容。吕得林的病你们知道了，医生说，他还有救，只要拿出五万元，他就有救。我带来了笔和纸，我会把你们借给我钱的数目一一登记起来。

人们后退了一步。吕光柄跪下来，说，求你们了。

议论的人中有不少辈分年龄都比吕光柄小，他们受不了这种反常行为，急忙跑开。

一个老者说，我没有钱，我只有稀稀拉拉的头发和胡子，要是它们都是钱，我会全部送给你。

另一个年龄小，但辈分高的人说，银行里有很多钱，可不是我的；田地里有很多叶子，可那不是钱。你向我借钱就是给我出难题。我不喜欢你出这样的难题。

说是那么说，他们还是回家拿钱去了。接着吕光柄走完全村的每一户，最后借得八千元。吕光柄把钱交给汪小麦。汪小麦没接。她说，你能借到八千元已经很不错了，村里人谁有钱啊。村里人都有钱，我们自己也就有钱了。八千元能办事什么事呢，还不够医院打一针的。

吕光柄说，家里有一头牛，一些谷子，我还有一口棺材，我全把它们卖了。

汪小麦说，你卖棺材我不管，卖了牛拿什么耕田，卖了谷子全家吃什么？就算不耕田不吃饭，这点钱够吗？钱够了，他的病能治得好吗？你老人家想想我和小威吧。

吕光柄走出家门，把刚才借的钱一一发退还给他们。

汪小麦说得对，还花那个冤枉钱干什么？他们说。

第二天，木匠被请了来。该木匠是沱巴街上棺材铺第十代传人，他手艺精湛，收费合理，深得沱巴人的欢迎。汪小麦花1500元选了最好的木料，这个在沱巴相当昂贵的费用，她汪小麦花得起。她在桂城卖青菜好几年了，这个钱敢花。村里的男人拿她给老婆举例说，我死了，你舍得花这么多钱吗？老婆说，我不是汪小麦，我花不起，思想也比她落后。男人说，吕得林这一趟人生走得值。老婆就吃醋了，说吕得林就要死了，等他一死你就跟汪小麦过吧，免得留什么遗憾。男人说，我早就想着汪小麦了，长得俊，屁股大，还喝过城里的水用过城里的电。

木匠把工作场地设在堂屋里。他刚刚与吕得林分享了一只鸡，喝了三两酒。确切地说，他一人吃掉了一只鸡，吕得林只喝了一点汤。一支乡村纸烟夹在他的耳根。烧酒将他的脸涂成枣红色，饱嗝一个接着一个。

木匠拿着软尺去到吕得林房里。吕得林身子弯曲着，像一只河虾。木匠量吕得林的身高，木匠量得仔细认真，绝不让身高出现偏差。木匠常对人说，做棺材好比做鞋子，大了太松，小了太挤，只有恰到好处才睡着舒服。量完身高，量肩宽，量身子的厚度。看到这样一丝不苟的木匠，你就会打心眼里佩服。木匠最后把所有得到的准确数字记在随身带着的小本子上，说，吕得林你用了会感谢我的。

另两个帮手在木匠指挥下下料。木匠不时低头斜眼，观看锯齿走向，一旦发现有丝毫偏差立即纠正。

锯木头声和斧砍木料声传出屋外，人们听了很不是滋味。古木林是他们的家，否则也许有人会选择搬走的。有人听了这些特别的声音，心头如刀锯轻轻划过。

另一队人马也在下午进驻吕光柄家。她们是一群妇女，她们的工作是负责做吕得林的寿衣寿鞋。她们说话细声细气，不像木匠大声骂两个帮手，又说一些乡间黄段子。

汪小麦挑着谷子去碾米厂打米，还顺便打听谁家有黄豆。按沱巴规矩，死了人可以少肉，白豆腐是绝对不可以少的。她算了一下，村里人能卖给她的黄豆还不够，她必须到村外去筹集。碾完米，她只身去沱巴街。经过一个村庄,她忽然想起沱巴著名的风水先生就是这个村的。

吕得林葬在哪里最好?汪小麦问风水先生。

风水先生问清吕得林的生辰八字,说,现在还定不下来,还要看他是哪天哪个时辰死的。

等吕得林死了,我一定请你。不请你请谁呀,你是著名风水先生。汪小麦事儿办的都很顺利,她走起路来也就轻快无比。

4

村委干部陪同镇长检查工作来到古木林。镇长脸上布满阴云,说,照这样下去,本乡年底在全县还得耍尾巴龙。镇长对发展经济充满疑虑,经济上不去,他没有政绩,怎么升到县里?镇长一路上骂着人,说,你们这群废物,怎么就想不出一个好办法?要是有枪,我统统毙了你们!

木匠弄出的声音传到镇长耳朵里。他说,这个声音是什么,是发展经济的声音吗?走,去看看。

木屑被堆放在吕得林家外。汪小麦是个整洁的人,她很勤快地打扫木块和木屑。因此,户外就有了一大堆。

这是谁家?镇长问。

吕得林家。村委主任说。

吕得林?他好像在桂城做工。

村委主任说,镇长真是体察民情,这么小的事都记得。

镇长并不受用,阴着脸说,这个马屁拍得毫无用处,你们村经济上去了,我反拍你的马屁。

村委主任一脸尴尬,说,请进屋吧。

你们在干什么?镇长问木匠。

木匠认得镇长,木匠对镇长没什么好感,说,我做棺材你也要收税?

镇长说,谁死了?

木匠说,反正不是你死了。

镇长说,你怎么能这样说话!眼里太没有领导了!

汪小麦走上来,村委主任给镇长介绍说,她是汪小麦,和吕得林一起在桂城打工。

镇长看着她说,长得不错,要是搁在城里就是一个性感女人。你家做棺材做什么?

汪小麦眼泪出来了,说,吕得林要死了。他得了眼癌。

镇长说,我还指望你们赚多多的钱,像往年一样好在年底农民收入的统计数字里大写一笔呢。怎么就要死了?

镇长心里满不是滋味,急忙退了出来。春风从这一行人头上扫过,发出古怪的类似下雪的声音。你给我站住!镇长对村委主任说。村委主任立即站住,脸上叠起笑容。你带我到古木林村来干什么?这么一个穷乡僻壤能发展企业吗?这倒好,发展经济路子没找到,倒撞上一个要死的人!

村委主任赔了罪,接着将吕得林一家大骂了一通。镇长哼哼几声,说,说这些有屁用,这些话能抹掉我撞上吕得林的事实吗?你给我闭嘴。镇长向前边的小车走去。他要回乡里。村委主任说,酒菜已经准备好了,你不能不吃呀?镇长说,一肚子是气,能吃得下吗?

无奈地送走镇长,村委主任回身去到吕得林家。

木匠做棺材的声音很有节奏地响着,它不时唤醒昏迷中的吕得林。现在是白天还是黑夜?每当有一个声音从耳边经过,他都要问一声。大多时候得不到回应。因为大部分的声音不是来自人。

是白天还是黑夜?吕得林问一个声音。

这个声音是汪小麦发出的。汪小麦有事进入他的房间。她想目测吕得林身材大小,再去量一量寿衣的大小。虽然寿衣不要那么精细,但总得一个基本大小才好。汪小麦的脚步声让刚苏醒过来的吕得林听到了。

是白天,怎么不是白天?你一点看不到吗?汪小麦说。

我的脑袋好像山那么大,目前还在猛烈生长。你摸摸看,摸着生长的脑袋是挺有意思的。吕得林说。

汪小麦说,好吧。

汪小麦没有摸他的头,她明白他在说胡话。他的脑袋已经成了糨糊。

你摸了吗?

摸了。

我怎么感觉不到你的手?

你的脑袋像山一样大,你怎么能感受到一只小小的手?

吕得林声音很小,耳背的人是无法与他对话的。吕光柄就时常遇到这种问题。吕光柄时常在半夜的时候去看吕得林,白天的时光他要下地,要去庙里烧香,祈求吕得林少些疼痛,平静安详地死去。

吕得林的耳语,汪小麦不怕,她的听力特好。

这两天堂屋里有人弄木头,他们在干什么?过了两分钟吕得林说。

汪小麦还呆在他房里,她正在察看被老鼠咬出一个洞的老木箱。她回答吕得林说,是一个木匠和他的两个帮手,他们能做什么?

他们是在做棺材吗?我闻到了一股棺材的臭味。

你的鼻子有问题,你不该闻出棺材的味道。

我要亲自看一眼。

汪小麦出去了。她不能帮吕得林实现愿望。

村委主任此时来到吕得林家。受了镇长的气,他必须撒到别人身上,否则浑身不舒服。停下来,别做了!村委主任说。木匠和他的两个帮手并没有停下来。我叫你们停下来,听到没有?村委主任提高了声音。木匠说,为什么要停下来?村委主任说,吕得林死了吗?他还没死就不应该做棺材。

木匠说，你父亲死了吗？

村委主任说，你敢咒他老人家？

木匠说，他不也做了棺材吗！

沱巴河流域有生前做棺材的习俗，当然这主要是指上了五十岁的。

村委主任脸涨红，脖子骤然粗了。他在生气，生大气。

木匠说，吕得林马上就要死了，现在不做到时来得及吗？

村委主任无话可说，他没觉得木匠他们做得不对，可是镇长给他受气，他不出不行。村委主任随后借机乱骂了一通，骂过心里好受多了。汪小麦给他端来茶。茶叶是新买回来的，汪小麦买了不少，她是为办吕得林的丧事准备的。开始的时候，她舍不得拿出来给人享用，后来一想，吕得林的丧事其实已经开始了，木匠以及做寿衣寿鞋的理所当然可以喝茶。村委主任喝了茶吃了一点瓜子，说，你看，这算什么事？年纪轻轻的就要死了。以后你怎么办？汪小麦眼噙着泪水，说，能怎么办呢？走一步算一步吧。村委主任说，你长得俊俏，就在桂城找一个吧。现在城里很多男人都希望找乡里女人，说是勤劳可靠。

汪小麦为村委主任添了茶，说，吕得林还没死，我们不能讨论这些问题，人家笑话的。

村委主任说，实事求是嘛。谁笑话？

枯坐几分钟，村委主任感叹说，癌症就是一盏灯，油烧完了，人也就没了。

汪小麦说，只怪吕得林命不好，要是生在有钱人家，他就死不了。

村委主任走到那群做寿衣寿鞋的妇女身边，指指点点。沱巴有沱巴的规矩和风俗，村委主任年龄比这几个手脚麻利的妇女大，见识广懂得多。她们听村委主任的。村委主任指挥这几个妇女比指挥木匠及其帮手容易多了。村委主任提出要去看望吕得林，他说，你们，全都停下来，陪我去看望吕得林。这群妇女听后心惊肉跳。这两天她们互相壮胆，因为按大家的说法，吕得林随时都有死掉的可能。

在汪小麦的带领下，妇女们跟在村委主任后头来到吕得林病房。吕得林昏迷着，嘴张开，不太黑的牙齿露出来。妇女们的目光赶紧躲开。

就走了？村委主任疑惑地看着汪小麦的脸。

汪小麦说，不知道，也许吧。

村委主任手指贴近吕得林的嘴巴鼻子，说，还有气，活着呢。

吕得林，吕得林！汪小麦叫唤。

数秒钟后，吕得林头动了动。醒了，村委主任笑着说。汪小麦说，村委主任来看你了。吕得林脑袋又动了动。村委主任说，还好吗？想吃点什么？

我要死了，感觉一点不好。我不想死。你们救救我吧。

傻孩子，我们不是一直在救你吗？

怎么不送我去医院，怎么没人给我打针吃药？

村委主任说，你不要胡思乱想，好好养着。

出了吕得林的房间，村委主任对木匠和做寿衣的妇女说，你们都要抓紧时间，我看吕得林也就是这两天的事儿了。听了村委主任的话，妇女们心头一阵紧缩。

村委主任走在村道上，他对每一个遇上的男人都说，近几天不要出门，吕得林可能就在这几天死亡，他家里需要帮手。

村口聚集着不少人。村委主任把在吕得林家得到的信息向大家发布，一种压抑和恐怖的气氛笼罩在人们头上。他们不自然地掏出旱烟或香烟，哆嗦着点火吸烟。

吕光柄下地或烧香回来，人们的目光向他投去。吕光柄向他们散烟。这些天他口袋里随时都装着两三包香烟。这是汪小麦的主意。吕得林随时可能死亡，吕光柄随时会求人办事，没有香烟是不行的。吕得林的后事就要靠大家了。吕光柄说。他们说，你客气什么呢，都是近亲和同家族，客气什么呢。吕光柄说，村委主任，你还和往常一样做总指挥。村委主任说，行，这个治丧委员会主任我当。我不当，谁当？

天下起毛毛细雨，他们的头上有了轻轻一层小水珠。他们一动不动地呆在原地。沱巴人不怕毛毛细雨，他们时常在毛毛细雨天不戴雨具地下田地、走亲戚、一起聊天。他们大都不说话，只听以村委主任为首的一两个人说。

小威从村口跑过。村委主任的话题就从吕得林的病转到小威身上。如果吕得林不得病，小威就还生活在桂城。小威所得到的见识，村里没一个孩子能比。城里人长一个脑袋，我们也长一个脑袋，我们为什么没人家聪明？因为他们有文化。村委主任一个劲儿地说着。人们似听非听地听，不时有人抠鼻子玩脚丫。

5

古木林村时雨时晴，吕光柄不得不戴着雨具。他站在山上极目远望。山下是通往沱巴街的小道，站在他的这个位置，能看到每一个行走在小道上的人。

你天天来这里，你在看什么呢？打柴人问他。

我在等人。

等什么人呢？

华东升。华东升是大学老师，他有可能带着人把钱送来的。钱送来了，吕得林就有救了。

都这么多天了，他们还会来吗？

会的。

打柴人发出嘲笑的声音，说着再见，然后唱起山歌离开了。

吕光柄不光在山头眺望，他时常下到路上来，通过移动，希望就会产生。在路上张望等候一阵，他再次上山。行走在山上的过程，就是他认为华东升及其送钱人出现的时刻。

几天过去，吕光柄终究没等到华东升和送钱人。他知道这是痴心妄想。汪小麦说过了，他们并没有找到华东升，只是留下一封信。信是靠不住的。华东升又不是神仙，他怎么知道吕得林得了这个病！

汪小麦有时站在自家屋前张望，也去别的地方张望。她在张望吕光柄。当她看到吕光柄阴着脸回来，她就知道，这一天又毫无希望地过去了。日子越往后走，她觉得希望越小。

吕光柄不和汪小麦说话，他去看吕得林。

屋子里有一盏松羔灯，这灯日夜亮着。点灯是谁的主意，你问谁谁都记不住了。松羔灯点在吕得林的脚边。沱巴只有死了人，才这样点灯。吕得林虽然活着，但人们都把他当死人了。吕光柄手去碰火苗，火苗舔着他树皮一样的皮肤。火苗没把他的皮肤怎么样，但熏黑了他的皮肤。吕光柄用黑着的手指摁上吕得林的脸。吕光柄触到吕得林皮肤下的骨头。骨头好像是软的。吕光柄说。手指一划，吕得林的脸就有了一道黑印。吕光柄的行为令人费解，你猜不出他是渴望吕得林活下来，还是希望吕得林早点死掉以解脱。

爸。

吕得林轻微地叫了一声。

是我，儿子。吕光柄说，你居然还能认出爸。你真是我好儿子。

我想活。

我知道，我们大家都要你活。吕光柄抚摸吕得林的头发。

吕得林累了，才说几句话就累了。他昏睡过去。

从堂屋里传来油漆的味道。这是一种黑油漆。木匠已完成了棺材的制作。木匠不仅会木工，还会油漆。人活着的时候棺材是不涂油漆的，等到人一死才上油漆。这是沱巴的规矩。上油漆的活通常交给这个木匠。做好棺材后，木匠建议顺便把油漆上了。汪小麦同意了。吕得林没几天活了，现在上漆，并不破坏沱巴规矩。上什么色好呢？沱巴人有两种棺材颜色，一是朱红，一是大黑。汪小麦说，用黑色。关于朱红或大黑，没什么讲究，全在亲属喜欢。黑油漆就买回来了。木匠即将漆棺材时，认为之前应该做一件事。

木匠走进吕得林的房间。

我想让吕得林看看裸棺材。木匠和吕光柄商量说。

吕光柄说，不行，看见棺材，吕得林就会吓死。

木匠说，真的吓死了倒好，他不会痛苦了。就怕吓不死。我要让他看看我做的棺材合不合他的意，如果他有什么意见，我可以做一些修改，直到他满意为止。我知道你没有任何救他的办法了，你别自欺欺人地硬撑。吕得林也是，现在的问题不是想到活，而是应该想到如何死得舒服。要把死看作一件美好的事情才好啊。

吕光柄说，你狗日的没有一句好话。

木匠说，按电视里说的，这是最人道的。

吕光柄说，你狗日的呀。吕光柄走出房间。

木匠叫来汪小麦，汪小麦默许了他。

村里两个壮年人配合木匠把吕得林抬到堂屋里，这时他们才发现吕得林什么也看不见。

你们是送我上医院吗？

不是，我们是让你见棺材。木匠说。我是个非常实诚的人，不想骗你。我为你做了一口漂亮的棺材，就准备上漆了。上漆前，我要让你看看我的手艺，到了那边你可以自豪地告诉你的同伴们，你有一口好棺材，它出自沱巴著名唐木匠之手。愿意的话，还可以让他们到你棺材里躺上一晚。

吕得林不说话。其实他一直在说话，他的话只说在心里。因此我们不知道他要表达一种什么意思。

木匠叫帮手抬吕得林到手能触摸到棺材的地方。木匠拿起吕得林的手触摸棺材，一边说，是不是很漂亮？你不出声，说明你是满意的。

吕得林眼泪从眼角渗出来，木匠说，你感动得流泪了，这很好。

吕得林被抬回屋里。

木匠开始给棺材上漆。刺鼻的味道四下散去，有人咳嗽起来。

吕光柄返回家里。木匠已经结束了吕得林的触摸棺材仪式。吕光柄说，刚才发生了什么？木匠无言。木匠认真负责地刷着油漆。看到吕得林眼角的泪水，吕光柄知道那事儿已经发生了。

你醒着，想说什么就说吧。吕光柄说。

吕得林摇摇头。又一股泪水涌出他的眼眶。

别怪爸，爸没有能力。

吕得林摇头。

风水先生来到古木林村。他手持一把镰刀，肩背一个帆布袋。他的嗅觉特别灵敏，还在村口就闻到了油漆的味道。什么意思？他问在村口蹲着的人。人们面面相觑。风水先生总是把问题问得莫名其妙，以显示自己高人一等。去了，我知道，吕得林去了。风水先生还自作聪明。人们仍然面面相觑。也许吕得林在前几分钟真的去了，风水先生先知先觉。蹲着的人站起来，向吕光柄家张望。

风水先生朝吕光柄家走去。越来越浓的油漆味，使他更加坚信吕得林死了。

几时几刻？

风水先生又把一个令人费解的问题抛向正在忙碌的木匠。木匠想了想，捞起袖子。木匠没戴手表。他用墨水在腕上画了一个手表递到风水先生眼前，说看懂了吗？风水先生认真地看了，说，看不懂，你不懂画手表。

汪小麦从房里出来。

几时几刻？

汪小麦抬腕看看手表，说，快12点了。

风水先生生气地摇头，说，我是问吕得林什么时候死的！

还没死，不过快了。汪小麦给风水先生倒了茶。

风水先生脸上红一阵白一阵，泄愤说，人还没死怎么可以刷油漆了呢，你们还懂不懂规矩？！

木匠不吃风水先生那一套，说，人还没死你又看哪门子风水呢？你懂规矩吗？

见两人要吵，汪小麦支开风水先生。她撒谎说，这两天我也正想去请你，没想你亲自来了，很好。

风水先生说，虽然吕得林还没死，我看风水的事也可以介入了。风水先生向山岭看去。他的目光左右移动，最后停留在一座山上。这里不错。

汪小麦炒了菜请风水先生吃。木匠与风水先生刚闹了些不愉快，坐在一桌吃饭都有些尴尬。他们是沱巴两个门类的大师，完全有理由不向对方低头。看风水，风水先生是木匠的老师；做棺材或木工，木匠是风水先生的老师。能够互为老师，谁甘愿向对方低头，谁又敢在自己面前牛逼呢。

默默无言地喝过酒吃过饭，风水先生上山去了。

风水先生的出现，引起村里人几多猜测。风水先生同时也是半仙，天上的事儿知晓一半，地上的事儿全知道。这回吕得林真的要死了。村民有理由这么推断。

有两个男人跟在风水先生后面，他俩是来为汪小麦做事的。他们的任务是记下风水先生初步定下的地点。风水先生手中的镰刀时不时挥动，砍掉沿路的荆棘。翻过一山再一山，风水先生终于停下来。

就是这里了。

两个男人砍出一块光地。下山时，两个男人做了记号。

就是那里了。下得山来，风水先生对汪小麦说。

与他的死亡时间有冲突吗？汪小麦问。

风水先生说，那是块好地，加上他的生辰八字，能克任何死亡时间。

风水先生的话，他们信。

既然如此，墓坑也叫人挖了吧。汪小麦说。

几个男人在第二天上午，手持工具去到风水先生定下的那块坡地。劳作的人不懂风水，听说这是块宝地，从哪方面看他们便觉得是块宝地了。

吕得林的墓坑在接近中午时分挖好。几个男子很卖力。随后赶来的风水先生检查墓坑，发现了一些不足，便提出意见。男子们心服口服地按风水先生的意见修理，直到风水先生验收合格才下山来。

棺材做好了，墓坑挖好了，寿衣寿鞋做好了，黄豆准备好了，大米碾好了，所有该准备的都准备好了。就等吕得林死亡了。汪小麦松了一口大气。吕光柄也在不同场合向所有帮助和支持他们的人们表示了感谢。

吕得林的掘墓人为村里人反复描述那个墓穴，他们使用了在村里流行的最好的语言和词汇。你听到聆听者嘴里发出鱼儿们到水面吸氧气的哑哑声。他们通常蹲或坐在村口。在这个不成文的聚集地点，他们张望吕得林家的火烟，一天天期待那个事情的发生。对于吕家而言，对于村里人而言，万事俱备只欠东风了。那些即将用来抬吕得林棺材的木棒被集中在一个人家里，那些将做粗绳——用来套吕得林棺材——的稻草成捆地堆在汪小麦西厢房。做粗绳的事儿，他们不急，村里有这方面的高手，高手只需一两个小时。

阴云笼罩下的古木林村，人们开始有些松弛，原来的那种恐惧消退不小。特别是听了掘墓人对吕得林墓穴的详细描述，紧张的心更加缓和。甚至有人希望吕得林的死亡早点到来，免得难受，就像紧张的学生希望大考立即到来，以紧张对付紧张。

汪小麦脸上有了些红润，站在村道上她能够与人说很久的话，如果你要她介绍桂城的情况，她会滔滔不绝地告诉你。在她面前村人基本不提及吕得林的事，大家都觉得吕得林的事已不算什么事儿了。

什么时候回桂城？有一天一个外村人冒出这么一句。这个外村人忽

- 155 -

略了吕得林，话出口后知道闯祸。

汪小麦并没有责怪这个外村人，只是很沉重地叹了一口气，说快了，眼下就是这个吕得林拖着后腿。

在桂城的生活虽然不好，但比起乡下，在桂城的日子美好多了。人们都生活在比较之中。也许城里太好，许多乡下人有一种恐惧，所以不敢去闯。无数的乡下人进入城市，就像无数中国人去到欧美，在天堂与地狱之间穿梭。

提到吕得林的墓穴，我们不得不把笔墨转到吕光柄身上。吕光柄在掘墓人的带领下来到吕得林的墓穴。吕光柄一言不发地看看墓穴和四周，突然声音嘶哑地痛哭。陪同人员劝不住，就不劝了。

为什么死去的不是我？

因为你身体健康。

为什么我给了儿子生命，却救不了他的性命？

因为你没有钱。

为什么我没有钱？

因为你穷。

为什么我穷？

因为你没钱。

吕光柄躺到墓穴里，他说，去，告诉他们我替吕得林死。

陪同人员说，你叫我告诉谁？谁做得了这个主？是天还是地？是祖先还是阎王？

请你们往我身上推土，把我埋葬。

陪同人员纷纷摇头，说今天埋了你，过几天还得埋吕得林，这种吃大亏的事情我们不干。

吕光柄闭上眼睛，一会儿他说，很好，你们终于肯用锄头铁铲击打我的心脏了。对，用力点，再用力，直到把我的心脏打碎。谢谢。

陪同人员说，我们手里什么工具也没带，我们怎么在击打你的心脏呢？那是你心在痛。陪同人员跳下墓穴将吕光柄抬出来。

痛痛快快地大哭一场，吕光柄头脑清醒许多。他突然想起曾听说过的一句话：只要摘除眼球，吕得林还可能活命。

把吕得林的眼珠挖出来。吕光柄对汪小麦说。

不行。谁下得了手？挖了出来，他就活得成了吗？汪小麦不同意。他活成了，我们不是更麻烦了吗？他不是更麻烦了吗？

我要挖他的眼珠！吕光柄不再跟汪小麦商量。

吕光柄把家里那把尖刀磨得锋利。而当吕光柄将吕得林捆紧，备好了治疗刀枪所伤草药时，举刀的手便没有一点力气了。他大叫一声瘫痪在地。

谁挖吕得林的眼珠，我给谁钱。吕光柄走向村口。他一路的哀求在村里回荡。人们向他拥过来，又撤离几步。吕光柄手上拿着尖刀，他把刀尖朝向自己，尽量地不让别人误会。

一个年轻的长辈说，吕得林就要死了，挖他的眼珠又有什么用？我劝你别动坏脑筋了。

反正是一死，我们为什么不搏一搏？吕光柄说。

吕光柄在人群中看到了村里的杀猪好手。每到杀猪时节，村里百分之八九十的猪都请他杀。吕光柄说，你杀过无数个活蹦乱跳的大肥猪，难道还挖不了一个手无吃饭之力的人的眼珠？我知道你有比我更锋利的尖刀，快，你去把吕得林的眼珠挖了！我给你钱，给你钱。

杀猪能手拒绝着后退，然后飞逃而去。

吕光柄目光落在小猛子身上。

小猛子，你是村里坐牢第一人，你的胆子比谁的都大。我请你把吕得林，你叔叔的眼珠给挖了。

小猛子吸着烟，他笑着说，光柄爷爷，我以前是对那小子动过刀子，可是，你知道那小子有多可恨。可是得林叔与我无冤无仇，我怎么下得了手？

吕光柄说，你就不能把他当作仇人吗？你在初中的时候演过戏，吕得林是你戏中的仇人！现在就行动！

小猛子丢掉香烟，眼望人群，人们个个表情凝重，一副不支持不反对的神态。小猛子说，凭什么让我去挖人眼珠，村里这么多人呢！

小猛子急忙离开。

人们开始议论这件事，绝大部分人觉得吕光柄处理不当。你手中的刀是菜刀，不是医生手里的手术刀；你有什么能力挖掉他的眼珠？既然要死，人死也要留全尸呵。

人们把吕光柄架回家去。

第二天是沱巴乡圩日子。吕光柄识不得几个字，他请人在白纸上写了一封"挖眼珠请求书"。他站在坡地上。他像一处风景吸引了赶圩人的眼球。

一个戴眼镜的中年男人来到看热闹的人群中，他说，开什么玩笑？别说一般人，就是乡里县里的医生也动不了这样的手术！你快回家去。

吕光柄说，你是什么人？

他说，我是乡医院的医生，毕业于桂城医学院。我难道还不懂吗？你以为摘眼珠像阉猪？快回去，别在这里丢人现眼。

医生轰了一下，轰不走，找来一个乡干部。乡干部说，可惜镇长不在，他要是在就好了，谁敢不听。乡干部象征性地轰了几声，就钻进人群去了。

古木林有人得了眼癌，他爸要请人挖眼珠。这个消息随着圩日的散场被带到四面八方。

吕光柄空手而归。

阳光明朗朗地照在窗台上，几只无聊的公鸡在村里的某个角落鸣叫。又一个上午到来。你是千里耳，你听到吕光柄父子的对话了。

你怕疼吗？

不怕。只要能活下来，什么疼痛都不怕。

我做好了准备,你的眼珠是我的敌人——坏眼珠难道不是敌人吗?只要有爱和恨我就能下得了手。这两个条件我都具备。

旁边的碗里是一大碗民间止血止痛长肉草药,现在它粘糊糊的,散发着清香。吕光柄抽了一支烟,他的身子还是有些微微发抖。

别紧张,你能行。吕得林以微弱的声音说。

我还得抽支烟。吕光柄又点上了一支。

房间的门被吕光柄栓住,他不希望任何人来打扰来阻止。他要在没有任何帮手的情况下首次对儿子进行一次眼球摘除手术。

门外出现一双眼睛。这双眼睛通过门缝看到了室内的一切。这双眼睛默不作声,然后离开了。这是汪小麦的眼睛。木匠鞋匠风水先生先后撤走后,屋子里的人便通常都孤独而寂寥。

再一支烟过后,吕光柄情绪还是没有完全稳定,他持尖刀的手仍然晃动厉害。心里恨的那部分始终不能成长茂盛。

爸,你需要喝点酒。酒能壮胆。吕得林声音虽微弱,吕光柄却能听清楚。

吕光柄拉开房门去酒坛里打酒。这些酒是汪小麦特意为吕得林的丧事准备的。汪小麦坐在堂屋里,目光呆呆地停在棺材上。

吕光柄仰起脖子给自己灌酒。

酒放好些天了,一定跑气了。汪小麦说。再往下放恐怕没酒味了。

喝过酒的吕光柄对此没作任何评论。他又回到了吕得林的房间,栓上门。

酒劲上来了,吕光柄眼睛里喷出酒气,说坏眼珠,我要把你挖出来给狗吃!听他声音,你就知道他的愤怒上来了。

绳索紧紧捆住的吕得林一动不动。

吕光柄接近吕得林,手中的尖刀向下划去。

酒后,吕光柄的胆子倒是大了,手却不准了。他的刀子划在吕得林的眼角以及脸上,两三道浅浅的血痕显现出来。试过多次,他的尖刀竟然对不准吕得林的眼珠。

我没用，我水平太臭了。

吕光柄痛苦不已。

伤痕带来的疼痛使吕得林头脑清醒，精神也有所增加。他说，爸，你还是下不了手，你也和汪小麦一样，希望我早点死。

吕光柄跑出房间，跑到户外，他手中的尖刀在阳光下挥舞。他的叫声惊天动地。村民们寻声而来，谁也无法靠近。

拿一桶水来往他身上浇。有人出主意。

可是没人去打水。

吕光柄挥舞得更疯狂。

拿一根长棍，把他打昏。又有一人出主意。

长棍很快拿来。拿长棍的这个人将长棍递给下一个人，下一个人又往下传递，转了一圈，也没人最后接下长棍。

你们都是胆小鬼！吕光柄对所有围观的人进行了一句有力的批评。他手里的尖刀随着话语运动，闪出耀眼的光芒。

你也是胆小鬼。这是小猛子的话。小猛子年轻气盛。

谁说的？！吕光柄冲出人群，冲进了房间。

紧捆下的吕得林还在昏睡。吕光柄大吼几声。

不多久，人们进入屋子，却发现吕光柄悬梁自尽。

6

农民工吕得林患眼癌，因为没钱治病而回了老家。现在他十分需要得到帮助。这是一篇新闻报道的核心内容，它出自于张亚妮之手。张亚妮是桂城早报的记者，与华东升是朋友。汪小麦拉着吕得林去找华东升的那天，他正在外地讲学，回来后也没有得到汪小麦留下的那封信。那封信现在仍躺在桂城大学西门门卫室的一个旮旯里，守门员已经完全忘记了这封信。华东升是从沱巴镇镇长那里得到消息的。从古木林村回到镇上半个月后,镇长突然有一天在酒后想起了"可恶"的木匠,接着联想到痛苦地等待死亡的吕得林,良心大大发现。镇长觉得自己太麻木不仁了,于是给华东升打了电话。华东升是沱巴镇第一个北大生,是名人,每一届镇领导都以华东升感到自豪,有什么困难都爱找华东升,而华东升总是不厌其烦地帮忙,并且十有八九都能办成。

得到消息,华东升就给张亚妮打电话了。张亚妮根据华东升提供的情况立即写成文章,第二天即在"民情"版见报。

文章见报后,张亚妮的电话响过几次,"民情"版编辑的电话也响过几次。有人对吕得林表示出同情和关心。可是,这一套路报社用得太多,好心人已捐过许多次钱了,现在都有些麻木。就连报社记者也都有些麻木。社会上需要帮助的人太多太多,都帮不过来。三天下来,报社只收到七八千元的捐款。但这已非常不错,华东升请求张亚妮联系医院让吕得林先住进去治疗再说,一边就赶回沱巴。

汪小麦正在给吕光柄办丧事。吕光柄终于如愿了,因为吕得林死在他后面,为他送了终。人们说。华东升给吕光柄上了香,埋怨说,光柄叔你也太着急了,你死得太不值! 华东升一说,在场的人就大哭起来。

华东升忍住哭,但泪没少掉。擦干泪后他对汪小麦说,办完光柄叔的后事就去桂城吧,越快越好。

在张亚妮的活动下,医院立即组织力量为吕得林动手术。第一次手术是成功的,但医生说,吕得林的生命仍然随时都有危险,谁也不能保证第二次甚至第三次手术能成功。这是一方面,医疗费更是一个大缺口。这个手术费用大得惊人。因为这方面的专家国内很少,这次为吕得林做手术的一个来自北京一个来自香港,都是远道而来的名家,报酬哪能少呢。

张亚妮的跟踪报道又见报了。她呼吁有更多的爱心人士来帮助吕得林,挽救他的生命。张亚妮的呼吁有一些作用,捐款越来越多,但医生说迫于新闻媒体的"压力"就算医院减免一些治疗费用，这点钱也是杯水车薪。医生说的费用当然包括眼球的摘除及购买眼球和移植眼球，其实最头痛的买眼球，极少不说，价也是天价。

二良看到了张亚妮的第二篇报道。他在上午九点钟的时光来到医院。汪小麦坐在走廊的长椅上，小威趴在她的膝盖上。她和小威都睡着了。走廊里的光线不充足，二良看到的是一个模糊的汪小麦。模糊中的汪小麦却很漂亮，二良心里说，这么一个美人生长在遥远的沱巴乡村并且嫁给吕得林真是命苦。二良挨汪小麦坐下，见没别人注意，他身子紧挨着汪小麦。几分钟后他竟然胆大妄为地把汪小麦扳到自己怀里。连续的守夜，汪小麦十分困倦，现在她就是站在刀尖上也能睡着。

走廊里不时出现医生或护士匆忙的身影，他们对二良视而不见。二良的胆子越发大起来，他伸出手抚摸汪小麦的头发和脸。尽管她头发因为多日不洗而变馊，二良仍然喜欢得不得了。一弄二弄三弄，汪小麦就醒了。她见自己躺在二良怀里，急忙弹开身子。

你太辛苦了。二良说。

汪小麦不置可否，心想自己的遭遇不是辛苦二字能概括和形容的。

你知道我到医院干什么来了吗？二良说。我帮助你们来了。我看了报纸，好心人捐的那点钱全用完了，还大差钱。

汪小麦不说话，一提医疗费，她神智又开始混乱。

小威也醒了，小威说，我饿。

二良说，叔叔带你去吃东西吧，想吃什么？

面条，我要吃面条。

好的。

二良牵住小威的手，说，小威不应该在医院，他应该上学。等下我就把他带走，送他去幼儿园。

在医院附近的西北面馆，二良给小威买了一大碗刀削面，小威竟然一口气吃了个精光。小威才5岁，食量真是大得吓人。过来收拾残羹的服务员夸奖说，你儿子这么小就这么能吃，长大了一定是干大事的。二良笑了，说谁说不是呢！二良又买了一碗饺子打包好带到医院。汪小麦没有拒绝二良的饺子，她甚至连个谢字都没有说便狼吞虎咽起来。她很饿，这些天几乎没有进食。她为吕得林忙前忙后。吕得林一直处于昏迷或半清醒状态，有时候他对死去的父亲说，爸，来吧，剜我的眼珠吧，我不怕疼。每当这时候，汪小麦总是要掐住他的大腿，说醒醒吧，你爸上吊死了。你现在在医院。吕得林说，我怎么看不见？汪小麦说，你的眼珠已经被摘掉了。医生说，他们正在帮你找新眼珠，有了眼珠你又能看到光明了。

在汪小麦吃饺子的时刻二良进入病房。吕得林双眼被白纱布裹着，嘴巴微张。二良的手指贴在吕得林鼻子前，发现吕得林还活着。二良无法与吕得林交流，不久走出病房。汪小麦已经吃完饺子，在喝饭盒里最后的那点汤。二良说，我带小威走了。

汪小麦没有表态。

事实上二良不需要她表态，说话时，已把小威抱在怀里。二良个子与吕得林差不多，但目前比吕得林强壮多了。二良也没有吕得林长得好，可以说二良是属于丑男人那类。如果相貌不丑陋，都三十五岁了怎么仍然是单身呢。在农村哪怕是城市郊区，三十五岁都是一个非常大的年龄了。二良家在城乡结合部，他家有果园也和池塘，但是果园并不怎么长水果，其实也长了的，只是往往水果还没长大或者还没完全长熟，就被人偷走了。他守过几回，不能完全守住。他的池塘也不养鱼。他在紧挨村庄的三环路上开农用车修理铺。他的小洋楼里住着他和母亲，很大的一座小洋楼。他的两个姐姐出嫁到东郊、北郊，都忙，只在过年的时候回来一下。母亲说，我现在什么都不缺就缺儿媳和孙子。二良也着急的，他在选择和被选择中把时间耽搁了。

二良把小威带到家。母亲说，他好像是汪小麦的儿子。二良说，是的。吕得林得了眼癌，正在医院动手术，弄不好还会马上死掉。二良叫小威叫奶奶，小威嘴巴动了动没有叫出声。二良母亲说，真乖。二良说，从今以后小威就住在家里了。母亲说，孩子很可怜的，我没意见。二良母亲为小威收拾出一间房子，这间屋子在三楼，与二良的屋子相邻。二良问小威喜不喜欢，小威点头。二良说，想不想爸爸？小威说想。二良说，爸爸得了重病，如果他死了，你怎么办？你妈妈怎么办？小威说我爸爸不会死的，前些日子他们都说爸爸就要死了，给他做棺材挖墓坑，到现在爸爸不是还活着吗？

幼儿园在不远的地方，村里小孩都去那里上。幼儿园里孩子除了村里的还有农民工子弟。二良带小威到幼儿园时，得到了学校所有领导老师的欢迎。

安顿好小威，二良再次去到医院。

7

寻找匹配眼球的信息发出去后一直没有反馈，寻找眼球难，寻找匹配的眼球难上加难。不过医生说，没必要了。因为，吕得林眼眶细胞已坏死，彻底地不能安置眼球。吕得林命保住了，可是他必须在黑暗中走完这一辈子。

出院前一天，华东升和张亚妮来到医院。作为老同学、同乡，华东升给过吕得林应有的帮助；张亚妮呢，为吕得林写了最后一篇报道。由于事情不新鲜，没有更多的新闻价值，稿子见报后，反响平平，几天后人们大都淡忘。

出院那天，二良一早就来到医院。他帮助汪小麦办理出院手续，前天才交进去的两万元钱，结账时，只剩二百，就这二百医院也没退，说是另外一项什么费用忘记录了，现在要补上。算下来，二良先后为汪小麦垫付医药费6万元。

二良叫了一辆的士将吕得林夫妇拉到自己家。一楼里有一间房，原来一直空着,现在二良母亲腾出来给吕得林。

你也不要有怨言,更不能怪我们趁火打劫。二良母亲对吕得林说。这是一种最好的处理结果。你想想,汪小麦一个女人,拿什么养活你和小威?跟着二良,你们一家也算是进城了。

吕得林面无表情地坐在沙发上。

一个月后,二良开着车把吕得林汪小麦拉回到沱巴。吕得林和汪小麦办理了离婚手续。就在办事员盖章时,汪小麦对二良大骂不止,她说,你这个丑八怪,你这个王八蛋,你这个趁人之危抢人家老婆的强盗!二良一言不发地走开。大骂过后,汪小麦心情十分平静。回到桂城不几天,二良与汪小麦到区民政局登记结婚。

二良与汪小麦的婚礼办得非常隆重,前来祝贺的亲朋好友挤满了偌大的小洋楼。小威在人们中间穿梭,一副天真无邪的模样。而汪小麦表里不一地笑着,应酬着客人。

婚礼过后,屋子平静下来。汪小麦有时候去二良的铺子里帮忙,有时候就去侍候地里的青菜或果园。

一到晚上吕得林便集中所有精神听楼上的动静。新房在二楼,房里所有声音吕得林听得清清楚楚。一听到汪小麦那熟悉的声音,吕得林便使劲地拍打自己的胸膛,就会大喊大叫。大叫过后,胸口是一阵剧烈的绞痛。

空房子

严咏春在灯塔小区有一套60平方米的二居室，是当年单位的房改房。买了新的宽大的商品房后，这房子就一直空着。严咏春不想出租。出租也是件麻烦的事，特别是如果碰上租客是坏人，比如说搞传销、犯罪后躲藏等，就得负连带责任。这种事在身边经常发生。同事老刘就被派出所传唤过，还罚了三千元。严咏春每个月要去空房检查一次，看看电表水表，看看是不是被撬。他还真被撬过两回，家里的老家具被搬空，报了案，公安没查出结果。严泳春换了锁，不久又被撬。那天他照例去检查，开锁时居然打不开。正在纳闷，门打开了，一个蓬头垢面的黑脸男人大声说，干什么？严咏春跨进一只脚想推门进去，里面的男人死死堵住，说你要干什么，我要报警了！严咏春说，报啊。男人就一边用力堵着一边掏出手机报警。不多时，来了两个警察。男人说，报警的是我，他撬我家门！后经警察调查才搞清楚，住在里面的是两个乞丐。他们已经住了五天，说发现这门未关已经三天，以为没人就换了锁芯住进来。前段时间严咏春出差半个月，没时间来检查，没想让人钻了空子。警察建议严咏春把房子租给良民，或者换把真正防盗的好锁。和老婆一商量，仍然是原来的主意：不租。老婆还说了，反正房子除了墙壁什么也没有了，别人想撬就撬吧，乞丐流浪汉想住就住吧。换了新锁后，就再没发生过被撬事件。果真是把好锁。

严咏春家有一套空房的事，他的同事朋友都不知道。都什么年代了，谁还傻乎乎地把房空着，现在的租金多高啊，都相当于一个人的月工资呢！严咏春朋友中有好几个圈子，圈子之间因为爱好气味不相投而不同，但这些圈子也有一些相同之处，那就是谈论女人，圈子里总有那么几个人养小蜜或者搞婚外情。严咏春很羡慕圈里的朋友。但圈里的朋友几乎都没有空房子，家里有空房都拿出去出租了。他们渴望有一套空房子。有房无小蜜，有小蜜无房，这就是他们圈子里残酷的现实。

机会终于来了。朋友请吃饭，饭桌上有一个女人严咏春很有感觉。她叫周东君，人家叫她周老师。她在春蕾幼儿园工作，说话细声细气，爱微笑，笑起来甜甜美美的，严咏春全身都要融化了。周东君不回避严咏春色情成分极浓的目光，他也能从她的眼里能看到柔情蜜意。饭桌上有还有许多男女，他们都在积极地说话，可能并没有注意到严咏春和周东君来来去去的目光。饭局进行到小半，严咏春找了个借口坐到周东君身边。她没拒绝，还为他清空桌上的碗筷。周东君身上有一股淡淡的清香，而且近看时，更漂亮。严咏春心跳加快，说话就不流畅了。周东君倒落落大方，谈吐自如。饭后，严咏春提出送她。她说，她还不能马上回家，得先去少年宫接孩子，孩子上一个兴趣班。严咏春说，你都有孩子了？还上了兴趣班？周东君笑着说，怎么了，不允许？严咏春说，哪里，你这么年轻漂亮，我还以为你没结婚呢？周东君开玩笑说，我结婚了你是不是特失望？

严咏春执意要把周东君送到少年宫，客气一阵周东君就接受了。从饭店到少年宫的确有些远，打的得好几十呢，而且打的并不是享受。严咏春开着凯美瑞，档次虽不高，但也不错了。严咏春很爱自己的车，平时都把它收拾得一尘不染，谁坐上都会感到舒适。严咏春车技不错，他的车像泥鳅一样在车流里自由滑行。到了少年宫，周东君接连向严咏春道谢，并说女儿还有半小时才下课，让他先回去。严咏春说，等下我继续送你吧。周东君住在桂林路，有点远，严咏春这么热情她就不好再拒绝。

两人坐在少年宫院子里的石椅上，和别的家长一样一边轻聊一边静静等待。院子里种着花花草草，还有小凉亭，是个休闲的好地方。时间过得很快，好像是眨眼工夫，她女儿就下课了。她女儿七八岁的样子，非常可爱。她按照母亲的意思叫严咏春叔叔，然后就扑到母亲怀里撒娇，喋喋不休地汇报今天兴趣课学的知识。周东君抱着女儿坐在前排，母女俩当严咏春不存在似的说话。严咏春不时找些话题，母女俩回答完又继续说自己的话。严咏春心情失落，他想这小东西把那种气氛抢占了。不过失落归失落，他还是很高兴。

车子拐进桂林路，周东君叫他停车。他说，就到了？周东君说就在前面了，她们自己走回去。严咏春犹豫一下，将车停住。母子俩立即跳下车，周东君照例接连道谢。母子俩依偎着往前走，严咏春悄悄跟在后面，跟了大约30米，母子俩岔进一条小巷子。为了不让母女发现，他加大油门离开。

关于周东君，他知之甚少。他非常想了解她的情况。回到家，老婆还没睡，她半躺在床头上网。老婆爱聊天，还半夜三更起来偷菜，神神道道的。严咏春不爱聊天，他连QQ都没有，他觉得聊天特没意思。无聊上网时也只看看新闻看看别人如何针对热门事件发言，对于热门事件他是有话说的，可他偏不说。老婆头也不抬，继续玩。严咏春开玩笑地把头伸过去，老婆急忙用双臂盖住手提屏幕，说滚开。严咏春说有什么见不得人的事？严咏春拿上自己的枕头到另一间房去。老婆也久不久地和他分居，一个人一间房自由自在，想半夜起来偷菜也不会影响到别人。家里一台台式机一台手提，手提基本上是老婆专用。严咏春脑子里闪着今晚和周东君在一起的画面，心中春心荡漾。他非常想了解她。他给今晚请客的主人打电话，主人说，他也是第一次认识周老师，是朋友小聂带来的。饭局上经常这样，朋友拉朋友，一大桌。有的朋友认识后就不再来往，有的就成为新朋友。许多都只是在饭局上见面，永远也成不了朋友。相互敬酒时都说是朋友，而过后谁也想不起去发展对方做朋友。对于小聂，严咏春没有什么印象了。坦白地说，今晚严咏春眼里只有周东君。

周东君牵着严咏春的魂，过了两天，他主动约那晚做东的朋友吃饭，叫他把小聂也叫上，叫小聂一定把周东君叫上。饭局订在"湘竹泪"，朋友们都按时到来，小聂也到了。严咏春目标是周东君，他问小聂周东君为什么还没到？小聂说，说好了6点到的，应该快了。大家坐在沙发上吸烟闲聊。到6点半，严咏春叫小聂再催催周东君。小聂说，我没她号码，平时不常联系，那晚是在路上巧遇强拉她来的。不过，老骨头有她的号码。小聂打老骨头的手机，对方关着机。朋友们说，联系不上就算了吧，大家肚子都饿了。无奈，严咏春叫服务员上菜。酒杯一端，大家的热情立即高涨，严咏春表面上很热心，内心却特别沮丧，看这般胡吃海喝的朋友都恶心，特别是小聂更让他恶心。如果不是想请周东君怎么会轮到小聂来喝酒！严咏春偏不敬小聂的酒，小聂过来敬酒，他也应付过去。酒席快结束，小聂表态说，周末我请大家，原帮人马一个也不能少。许多时候，这种许诺都是不了了之的，所以大家都很江湖地说着好呀好呀。小聂强调说，别人可以有事不来，你严哥绝不可缺席，这回我一定要约上周老师。严咏春想这才叫句人话，他就兴奋起来，高声说，拿酒来，我要好好地再和聂老弟喝几杯！

已经等不到周末，严咏春就急切地想见到周东君。这天是周四，他想起来了，上周也是周四，周东君的女儿上兴趣课。晚上8点左右，严咏春来到少年宫，在院子里他终于见到周东君。周东君惊讶地说没想到在这里碰上你，你孩子也上兴趣班？严咏春说，我儿子都上大二了。周东君说，看不出，你还这么年轻，一定是早婚早恋吧，呵呵。他们找地方坐下来。严咏春心咚咚咚跳得厉害，他为了强压住激动的心，有意把语速放慢把气息拉长。这种心跳的感觉只有年轻时候有，第一次见对象他就是这表现，特别是首次见老婆。当年他对老婆也是如此思念和心焦的，时过境迁，他对老婆已没有了激情。他特别希望老婆出差，老婆出差嘴巴笑歪。

聊了一阵，周东君说有事你办去呀，别在这里陪我浪费时间耽搁事情。严咏春说，我没事，真的，说说话挺好的。等会我送你。她说，不用，真的，太麻烦了。严咏春试探地说，等会你爱人接你？周东君说，不是，真的太麻烦了！严咏春说，闲着也是闲着，就让我送呗。

时间过得很快，就到女儿下课时间了。女儿见又是严咏春送，有些不高兴，她都看出来了，严咏春动机不纯。周东君拗不过严咏春，一路上女儿沉默寡言，周东君就和严咏春说话。严咏春为照顾她女儿情绪，找些好话来说。她女儿叫典典，对严咏春的热情和马屁爱搭不理。严咏春知道她家的巷口，车直接停下。周东君说，真是谢谢啊！严咏春说，别和我客气，都是朋友！严咏春要了她的手机号，也给了自己的号码给她。

小聂说话算话，周五就回请了一桌。小聂是一家单位的小头目，可以签单，因此他就把饭局订在千岛湖大饭店，这饭店可是四星奔五星的。大饭店的菜基本不好吃，但那可是一种档次，平常大家也难得到这样的场合。朋友们都非常开心。严咏春意不在吃，现在就是请他吃总统大餐他也不想，他意在周东君。今天上午接到小聂的电话时，严咏春特别问到周东君。小聂说，请了，你喜欢的人我能不请吗。临下班，严咏春给周东君打电话，说是去接她。她说不用，她自己骑电动车去或者打的去。严咏春说，别，你在单位门前等着我去接你。他以不容反对的口气说完并且挂断电话。熬到下班，严咏春开车去到春蕾幼儿园。他把车停在幼儿园门前。幼儿园早放学了，门前显得比较冷清。严咏春凑近铁门往里看。周东君和两个同事在说话，听到叫唤，周东君走出来，笑着说你太客气啦。她的两个同事跟在身后,她们对他进行了特别的注意。周东君便向同事介绍说,这是严哥。同事叫了严哥好,就含意深刻地离开。她俩的笑,严咏春很满意,说,要不我送送你们?她的两个同事说,不了,我们就不当灯泡啦。周东君说,瞎说什么呀,只是好朋友而已。两同事说,是好朋友呀!两同事都开电动车,两人丢下一串笑声就没了踪影。上了车,严咏春说,你这两个同事真逗。周东君说是的,她们时常拿我来调侃,我们是同事也是好姐妹,你别见怪。

上的是大饭店,又是周末,大家来得都比较准时。严咏春周东君一到,就开席了。小聂讲究,他把严咏春安排到上席位置,这样就和周东君分开了。严咏春执意要坐到周东君身边,朋友们都起身劝阻,说这是小聂的一片好心,可不能辜负了。他和周东君斜对着,心想这小聂真是不懂事,想着想着就不快乐了。好在酒一喝,场面就乱了,也乱坐起来。严咏春趁机抢占周东君身边的一个座位,他俩客气地相互敬了酒。周东君关切地说,你别喝太多,要开车的。以后要记住喝酒别开车,开车别喝酒。严咏春听了全身舒畅。这些年老婆从来不这么温柔地说,老婆说,喝死哪个埋哪个!严咏春赖着不走,那人没办法,只好知趣而不舒服地坐到严咏春的座位上。

严咏春喝得不多,结束时他却装醉,说头有些疼。周东君摸摸他的头,说有些发烫,是不是感冒了,快把衣服穿上。出了包间,周东君说到大堂休息一会吧。大堂里有一批刚来的西方客人,他们把所有的座位占住了。周东君用英文请求老外让出一个位子。老外很礼貌地让出两个来。严咏春想不到她的外语如此好。严咏春说不好,但听得懂,她的发音比较标准。周东君叫服务弄来热茶和热毛巾,她把热毛巾贴住他的前额。严咏春其实什么事也没有,头脑也十分清醒。他头往她的方向沙发上靠过来,离她很近。她再次摸摸他的头,他就趁机把头靠在她的肩头。她身上的味道很好,他偷偷吸着,还偷偷睁开眼睛观察她的前胸。现在是初冬,这座南方城市不冷不热,她身上的衣服也不多不少。

四十来分钟后，严咏春终于抬起了头。他真诚地道了谢。今晚他很满足，才见第三次，他就触碰到了她的肉体。严咏春要开车送她，她建议他别开车，明早上再来取车。严咏春说，头不疼了，酒也醒了，精神很好。他的精神的确很好，一路上与她说说笑笑。到了那个巷口，她下了车，说，今天太晚了，下回上我家喝茶吧。

　　严咏春一路哼着歌回家，进了家门歌声仍未打住。老婆说，这么兴奋，是不是找到小蜜了？严咏春说，你真是神仙，一猜一个准。老婆说，瞧你那人模狗样，谁会做你的小蜜，你有那条件吗！躺在床上想着今天的美事，严咏春翻来覆去睡不着，老婆心烦，一脚将他踢下了床。

　　十足的野蛮老婆，悍妇！严咏春轻声说着不满的话，去另一间房睡。看手机时，他看到30分钟前周东君发来的一条短信。她说，安全到家了吗？他激动起来，立即回复说，到了，谢谢牵挂！接着那边又发过来一条短信：这么久不见你回复，我还担心来着呢，正要打你的电话。他回过去说，放心，我命大着呢！那边说，嗯，你是个命大的人。这样，我就放心了。晚安！

　　现在他对她有了许多了解，她毕业于师大幼师班，爱人是工程师，三年前在支援非洲人民的建筑现场出了事故，客死他乡。幼儿园的同事对严咏春说，周老师可是一个优秀女人啊，你可要好好待她！了解到她的这些经历，严咏春对她就怜爱有加，一到她女儿夜晚上兴趣班时就去接送。少年宫不远处是明月湖，严咏春和她去散步。这段时间月色都不错。严咏春已经多年没有见到月亮了。在都市人们很少见到月亮，人们见到的都是高楼大厦，包括天上的太阳，如果不提醒，他还真忘记了天上还挂着太阳和月亮。不喜欢散步不喜欢放慢生活节奏的人，是难得见到月亮的。周东君敞开心扉谈起她的过去。她的生活除了爱人不幸去世，一切都平淡无奇，日子也过得普普通通。但严咏春感觉到她过得充实有序，有滋有味，而他自从儿子到上海上大学后就闲得慌。除了散步，他们还去附近影院看电影，一场电影下来，她女儿正好下课。他热情不减地一次次陪她排解掉等人的无聊和寂寞。

周东君告诉他，她有QQ，有几个好友。她还在自己的空间上写文章。为投其所好，他申请了QQ，谦虚地向同事请教使用QQ的知识。那东西很上瘾，他和她对接上后，晚上就泡在QQ上，胡乱加了许多好友，要是有一天她没上QQ他会坐立不安。那天10点钟仍然不见她上线，他便给她打电话，她说，家里的网线出了故障，报修两天了还没人管。放下电话，他在朋友圈里打听电话故障如何排除如何尽快修复。打了一个小时电话，托了十几个人终于找到一个分管桂林路那片的维修员。严咏春硬是出高价要求维修师傅立即去抢修，看在钱的份上，姓秦的师傅赶紧过去，这边严咏春开车过去。他的车一到，那边就修好了。周东君很感动，这么点事他很当回事。当晚她为他做了宵夜。他是第一次上她家，她和父母住在一起，一家四口住一套小三房里，条件不好不坏。

有了第一次就会有第二次。没事的时候，特别是在周末，他就上她家去。一去就观察她家电器或线路是否出问题。她家的煤气热水器恰好因为针孔被残渣堵塞而一打火就嘭嘭响，像放炮一样吓人。严咏春原来是学工科的，对于这些东西容易分析判断出原因，也能很快找到排除的方法。周东君说，这热水器每年都要修，很烦。严咏春说，煤气质量不好燃烧不完全，很容易堵的，年年修又繁琐又花钱。他说方法有两个，一个是买个新的带调节功能的减压阀，加大压力，把残渣冲出去；第二个方法就是用嘴吹。最简便的当然是用嘴吹。严咏春取开管子，对准管子使劲吹，反复多次，再接好胶管，一开，异常响声没有了。故障排除，就像身上的脓包消退似的，人舒服多了。同时，他还解决了她家里煤气灶火小火不绿的原因。

她父母对他有好感。多次接触，典典对严咏春的态度也有了许多改变，虽然还谈不上友好但敌意没了。

又是一个美丽的月夜。借着月色,严咏春的身子向她紧靠过去,她只是轻轻地避开。接下来看电影时,他抓住她的手,她先是回抽,但力不大,结果就让他抓着。她附在他耳边说,你爱人呢?他没有回答,说,好好看电影吧。由于他没有回答,后来她就再没有问过。有些问题是比较敏感的,不应该问,有些问题得让别人自己说。

昨晚他胆子更大了,在湖边,他一把将她搂在怀里,说,我喜欢你!他感觉她身子在颤抖,一动不动地任由他亲吻。他激动过后,她喃喃地说,别这样吧,我不能这样,也不该这样。

迈出这一大步,他感觉胜利正在向他招手,他离有小蜜的日子不远了。平常朋友聚会,总有那么一些人带着小蜜来炫耀,让人羡慕又忌妒。到那一天,他也会带着可爱的周东君让人羡慕羡慕!

这段时间光顾着与周东君约会,冷落了他的空房子。该去看看空房子了。灯塔小区是本市最早的一个生活小区之一,全是二十年多前机关事业单位建的,当年很牛,现在就大踏步落后。单位上的人都买了新房搬出去住,现在住着的是清一色外来务工人员,小区是敞开式的,没具体人管理,非常混乱。街道对此也爱理不理的,他们的理由是我们只管"街道"不管小区。每次进来,严咏春都庆幸不再在这里住。也有人建议他把房子卖掉,他没听。他在这里住也有近二十年了,房子相当于他的老屋,对于老屋他是不轻易卖的。房子在三楼。他认真地查看了门锁,没有发现被撬痕迹,一开门,门很顺利开了。房子空空的,因为长期没人住,房子显得阴森无光,还有一些发霉的气味。严咏春打开所有窗户通风,深秋的风穿过房间时发出嗡嗡声响。他打开灯,灯亮的;拧开水龙头,水哗啦啦流出来。一切正常,水表电表也正常。这房空着着实怪可怜的,就像一个人,老是不和外界发生关系,时间一长就会变傻。房子空着的结果是折旧更快。站在空房子里,他给周东君打电话,说你猜我在哪儿?周东君笑着说,猜不出来。他说,我在我家空房子内,正在呼吸着它发霉的味道。周东君说你有空房子?他说,有啊,60

平米呢！虽然小，但是楼层朝向通风采光都非常好。

要通风就必须通个彻底，这得花两个小时以上。他计划着把这房子装修一下，刮刮腻子，添置家具等。灯塔小区不远处就是一个装饰城，那里有包工包料服务。对方说他们的工人师傅腻子刮得又快又好。严咏春在老板的建议下要了最好的腻子，要了最好的工人。老板说，最多三天，就能把房子涂得白白净净。老板带着工人师傅随严咏春来到空房子，细看了房子，老板表态，三天拿不下来或者主人不满意，可以不付余款。余款都80%呢，生意谈得大家很满意。老板说干就干，他的工人立即回去备料。

严咏春将钥匙给了工人师傅，以便于他们加班加点。严咏春打算房子装修好后要换锁的。现在的这把锁，老婆手上还有三把钥匙，换了锁，就算哪天她突然发觉来抓现场也进不来。

傍晚，他把周东君接到灯塔小区，在楼下他指着三楼说，那是我的空房子，正在装修，一星期后它就会以崭新的面貌迎接主人。周东君说，这个小区乱糟糟的。接着上楼进屋。工人们正在干活，严咏春指指点点，还仔细检查工程质量。周东君说，装修这么漂亮你准备干吗？严咏春含意深刻地笑着说，你说呢？周东君脸红了。她娇羞的面容让严咏春身子麻酥酥的。她在屋子转了转，说，这房子虽然小，结构却很好。工人师傅接话说，这房子建筑质量也挺好。严咏春说，说的是，还是以前好，现在什么都假。

第三天，整套房子就刮好了腻子。房子像换了张脸似的可人。严咏春很满意，结完账，还奖励了老板两包好烟。严咏春打电话向周东君汇报说，房子好漂亮啊！周东君说，可以想象。接着，严咏春把房门也换了，地上也铺上新的复合木地板，并将房子重整了一遍。十来天后，大变样。接着他又买来家具电器，换上新锁。

空房子的事老婆一向不管，都交由严咏春管理。好多时候她都忘记家里还有一套空房子，她成天忙着聊天偷菜呢。

严咏春得和她谈空房子的事。一听空房子老婆反应就比较激烈，说，空房子又怎么了？那些破事你自己处理就行了，别告诉我！严咏春说，空房子没事。但有一个好朋友，他和太太闹离婚，被赶出来了，无家可归。老婆说，你是说让你那朋友借住？那就住呗。有人住着是好事，房子受保护。

这么不费周折，严咏春没想到。他心里一阵狂喜，并且大胆地说，告诉你吧，我早就给朋友住上啦。他立即出门去接周东君。来到新房，周东君赞叹不已，说装修得简朴而有品位，她很喜欢。严咏春说，这床很宽大，睡在上面一定非常舒服。严咏春把她搂在怀里，说，你满意吗？周东君不说话，他俯下身吻她，她一动不动。他突然想起，这么些日子以来她一次没有主动吻过他。他端着她的脸看，发现两行泪从她眼角流出来。也许这是感动的泪。严咏春兴致高涨，将她抱起来，然后轻放到床上。

周东君挣扎。

有朋友告诉过他，女人嘛，开始都是扭扭捏捏的，只要你要了她，她就服了你，以后就会主动。严咏春想这么做。周东君却翻身起来，说，屋里的气味太浓。严咏春承认装修留下的气味还没有消退，在这里呆久了鼻子痒痒的。周东君整好衣服，说，我们离开吧。严咏春说，好吧。心里却想，你跑得了初一跑不了十五。

老婆竟然问起严咏春空房子的事。当然主题是关心他的那朋友。她问他朋友和老婆是怎么回事？严咏春没有思想准备，只能瞎编，说两人感情一向不好，早就在闹了，这回闹得比以往凶，可能真会离。她说，你的朋友叫什么？他说，你不知道的。她说，我是不知道呀，你大部分朋友我都不认识，但你以前说过吧？他说，没有，这朋友好早认识了，前些年来往少，这两年来往密，关系非常好。她说，既然是好朋友，就得劝劝他，约个时间请他两公婆吃个饭，我们一起劝劝。他紧张起来，一紧张就来了气，他说，你瞎操什么心？清官难断家务事，你算什么？

- 176 -

老婆也来了脾气说，你怎么就知道我断不了？要是我断得了呢？要是因为我的努力他们和好如初了呢？好朋友的事你都不管，算什么好朋友？你不出面可以，那你把你朋友家的电话给我。

神经病！严咏春退出去。

没想到老婆会来管这个子虚乌有的闲事，弄得严咏春措手不及。这个事老婆并不是过问一次，而是没完没了。一到晚上只要他一回家，她就说起。说着说着还会眼含热泪，说，要是真离了，多可惜啊。有什么大不了的事一定要走离婚这条路呢？严咏春说为什么有人要自杀，因为没有比自杀更好的选择了，选择了就是幸福了，懂吗，你？！严咏春凶她也没用，她仍然说，仍然缠着要朋友的电话号码。严咏春说，那房子不给他借住了，行了吧？她说，这与房子没关系。严咏春说，我错就错在多嘴。严咏春抽了自己一记耳光。

清晨，所有小朋友都入园后，周东君走出幼儿园。严咏春等她好长时间了。她笑盈盈地说，什么事这么急呀？她坐在他车上。他说，没什么就是想你，又有两三天没见你了。她说，我不是忙么。他说，我知道你忙，我不怪你，但我真的想你。严咏春从包里掏出一把钥匙，说，这是灯塔小区的钥匙，你拿着。晚上我们去住吧，下班就去，里面气味已经没了，我还喷了空气清新剂。她期期艾艾地接了钥匙，说，那房子装修得很漂亮，我的确很喜欢。周东君跳下车。

严咏春告诉老婆，今晚有应酬可能回来得很晚，也可能不回来。老婆说，爱回不回吧，不回更清静。

焦渴地等到下午五点，周东君打来电话求助，请他将女儿典典送到她爷爷家。五点半严咏春在典典放学前来到学校。典典不愿上爷爷家。爷爷家在郊区，而且典典从小跟外婆长大，对爷爷奶奶没有感情。但这是妈妈的意思，她没办法拒绝。周东君说过，她婆婆家在东郊一个叫钓鱼岛的河边村庄里。从这里出发，得沿桂林路拐向武汉路，再走向自由

- 177 -

路，出普陀路，然后上东一环，穿过东二环东三环。高峰期在行进过程中到来，到达自由路后车速就不得不慢下来。缓缓爬到普陀路，街灯亮了。严咏春看了表，这已经花掉了一个小时。上了环城路，情况虽然好多了，但仍不理想。

车至东三环路口，严咏春记不得该往哪个方向走了。他打电话向周东君咨询，周东君说往西走一百米，有一个路口进去就是典典爷爷家。快到路口，周君又来电话，说，现在才打通电话，典典爷爷奶奶都不在家，上典典姑姑家了。姑姑家在电缆厂宿舍。天啦，严咏春说，电缆厂在西郊呢，送过去得花多少时间，而且他并不知道电缆厂具体在哪里，得一路问。周东君说，的确很费劲，那你就把典典送回我家吧，我叫外婆赶回去等她好了。

门铃响了。周东君拉开门。

你就是莫卉？女人说。

是的，不好意思，让嫂子跑这么远。莫卉说。

没事。这房子装修后真是漂亮，像新房一样。女人说。

她们坐下来，莫卉倒上茶。

你长得很漂亮，孩子多大了？女人说。

孩子上小学三年级。我哪有嫂子漂亮，常听咏春哥提起你，说你漂亮贤惠，今天一见果真如此。莫卉说。

妹妹真会说话，我老喽。听咏春说你们闹离婚，听了我很紧张，真不希望你们走这一步呢。现在好了，你们又和好了，值得祝贺。女人说。

我们有一些误会，通过这些日子冷静反思及沟通，我们之间所有误会和矛盾都化解了。莫卉说。再次谢谢嫂子，谢谢你和咏春哥为我提供房子，给了我们一个冷静思考的空间。我现在把钥匙还给你。

女人笑起来，说，那天咏春和我说有个朋友要借住，我还以为是男的呢。人有时就爱犯经验主义错误。

莫卉附和着笑笑，然后准备离开，女人起身送她。女人叮嘱说，好好过日子啊，多多理解沟通和包容。

莫卉点点头，说，不久我们就要搬离这座城市，到上海发展了，到时一定要请嫂子和咏春哥到上海玩。

把典典送回家，再赶到灯塔小区，时间就到了8点半。虽然紧张，严咏春还是感到神清气爽，为周东君办事，她高兴，他也高兴。她一高兴，事情就好办了。

严咏春急忙打开门，坐在沙发上的老婆让他大吃一惊。老婆说，莫卉听说你没空，把钥匙转交给我了。

莫卉？严咏春脑子转了几转，他似乎明白了一切。

老婆说，看得出莫卉是个好妻子，一定很够朋友。遗憾的是，不久她要和老公去上海发展了。他们能和好如初，都是上辈子修来的福分呢。

严咏春决定把空房卖掉，老婆不置可否。决心已下，他就不再改变。灯塔小区地段其实不错，而空房又经过一番精心装修，非常抢手。消息发出去不到一天就有好几个买家来谈。最后，他选择了那个出价最高看起来比较顺眼的秦先生。

穿过半月谷

毫无疑问，去马拉村穿越半月谷是最佳路线。

多年以前徐星子就来过半月谷。那时半月谷还是一块处女地，除了附近前来打柴打猎采蘑菇的村民，从没有外人来过。有一天，徐星子在离半月谷十几公里的小镇上写生，旁边两个人的说话声他听到了。

到我家吃饭吧，我在半月谷采了野菌。一个人说。

好，我去。另一个人说。

"半月谷"三个字让徐星子感兴趣起来。他停住手中的画笔，对他们说，半月谷在哪儿？他们用手指给他看。远吗？他问。他们说，十几公里的山路对你来说，不知道算不算远。

当天徐星子就住在这个小镇上，第二天一早，他去了半月谷。徐星子是个画家，他对色彩线条以及板块有着特别的喜爱。半月谷有特别的山水和色彩，这些东西一下子抓住了他。徐星子画了一整天，拍了三卷照片，后来他还专门为半月谷开了一次画展，画展在桂城轰动一时。作家、摄影家、新闻记者纷纷赶往半月谷，他们写成文章拍成照片在桂城的各家报纸上发表，半月谷名声大震。有一个人抢占先机，将半月谷租下来搞了一个相当规模的度假村。可是自然景观上面架着现代建筑，整个半月谷的味道一下给破坏了，徐星子发誓不再进半月谷。

现在，他觉得有必要穿过半月谷。美协在马拉村搞活动，他已经迟到了。如果绕道走需要很多的时间，而他越过半月谷，只需要一个多小时。

半月谷度假村收门票，徐星子刚想买票，想起别人对他说过，凭美协会员证可以免票，他想试一试。把守大门的那个老头，看了徐星子的证件，为他打开栏杆，说，你可以进去了。徐星子说，你们把整个半月谷的美都破坏了，简直在犯罪。这样的话徐星子说过多次，在很多场合说过。他曾经写成文章投给桂城的各家报社，都被枪毙了。报社人说，上面不让发。想说话，连个说话的地方都没有，徐星子苦恼了很长一段时间。

穿越半月谷的水泥路弯弯曲曲，蛇行一般靠在那条同样弯弯曲曲的小河边。这条小河曾经是那么的清澈和浑厚，如今被人糟蹋得不成样子。河岸枝条上挂着红的白的绿的黑的塑料袋，细心一看，你还能在岸边找到用过的避孕套。小河主要被用作漂流，行走在路上，你常能听到从河面传来的浪笑声，那是漂流人戏水或打情骂俏的声音。

又一只气垫船漂流而下，徐星子看到了一对男女，他们身上的救生衣在明丽的阳光下耀眼无比。

停船，我要下去！女的大叫着。水太急，女的害怕了。此时，那个开船掌舵的水手用他特别的方法将气垫船速度减下来。在水手操纵下，气垫船靠岸。

徐星子放慢脚步，他想看看这对男女身上湿了没有。女的惊魂未定的样子，身上的水珠直往地下掉。徐星子看清了这对男女的脸。他们的年龄不相称，可能是野地情人，那男的是沈晓阳的老公陈家鱼。徐星子突然觉得有意思，他步子停下来。

陈家鱼是桂城一家大公司的董事长，沈晓阳和徐星子是大学同学。

同学间每年都有一两次聚会，通常情况下都是沈晓阳埋单。在所有同学的印象中，陈家鱼是一个大企业家好丈夫，他们是一对恩爱夫妻。

陈家鱼搂着那女的朝徐星子前面爬上来。

徐星子忍不住笑出声。沈晓阳的谎言突然破灭，徐星子当然忍不住笑。这个谎言也许不一定是沈晓阳在撒，而是被道貌岸然的陈家鱼蒙蔽了。

陈家鱼发现了笑个不停的徐星子。陈家鱼认识徐星子，他们至少喝过五次酒。陈家鱼惊恐万状，他松开搂着女孩的手臂，避开徐星子的目光。女孩却把他搂得更紧，陈家鱼想挣脱却挣脱不了。

徐星子笑着摇着头继续赶路，他的笑声蛇行一般在上空绕来绕去。

二十分钟后，从徐星子身后跑来三个小伙子，并停在他的面前。人来得突然，正在想马拉活动的徐星子吓了一跳。

上哪儿？A说。

马拉村，徐星子说。那里正在举行一次美术活动。

你是画家？B说。

徐星子说，是的。

你很有名吗？C说。

徐星子说，这个问题不好回答。

我要看你的画。A指着徐星子的画说。

徐星子说，你看得懂吗？

A说，拿来。

徐星子犹豫不决，B抢过他的画夹。这些画是徐星子准备拿到马拉活动上展出的，是他近年来画得最满意的。

抢过画夹的B并没有交到A的手上，B撒腿向山上跑去。

喂，我的画，你要干什么？徐星子大叫。

B的身影像只野兔，一会就淹没在草丛中了。徐星子想追上去，身子却被A和C拖住。我的画。徐星子说，别拦我，我要去追我的画。A

说，我俩要和你谈画，不让你追画。徐星子说，放开我，你们这群强盗。徐星子欲上山追画，AC将他往后拉，时前时后，像一架摆钟。AC完全控制了局面，幅度摆多大，全在AC高兴。

B得意的声音从山上传下来。徐星子往山上看，却看不到B的身影。把画还给我，听到没有，你这狗杂种，把画还给我。我还要赶路，马拉的美术活动已经开始了，徐星子朝山上大喊。

上来呀，你来取呀！B发出挑战。

A松开手，向山上跑去。C却还是紧紧拖住徐星子。C说，你先挑战我吧。如果你能从我手中挣脱，你就赢了。徐星子试着挣脱，可力不从心。他的力气刚才在与AC的拖拉中用得差不多了。

A也像一只野兔，转身就消失在草丛中了。

C说，画家，你能赢我吗？

快放开我，你们在干什么？徐星子说。

你能赢吗？C说。

我输了，我认输还不行吗？徐星子狠狠地说。

C笑起来，说，那我就放开你。松手后，C也朝山上跑去。C年轻力壮，看得出有钻山的经验，不久，也不见了人影。

还我画夹！徐星子往山上爬着。如果他的力气不用在与AC的争斗上，爬行的速度应该要快一到两倍。徐星子常年在野外行走，从体力到爬山的经验都不错的。

呜喂——

声音从上方三个不同的地方传来。徐星子知道，这些狼嗥一般的声音是ABC分别从不同的地方发出的。画夹也许还在B手上，也许到了A或C手上。徐星子认定一个声音并朝那个声音追去。不管追上谁，徐星子都将好好地揍对方一顿。

可是那三个声音永远在离徐星子一百米的地方响起。ABC的身影时隐时现，位置换来换去，画夹也倒来倒去，ABC像鬼怪。

别玩了，行吗？我求你们了！徐星子爬上一块突出的石头，大喊。他想借机看看他们的藏身之处，看看画夹在谁手里。林子太厚，徐星子看不到他们的身影，他只看到几簇红艳的鲜花。开在盛夏季节的这是什么花？徐星子不知道。徐星子忽然发现，他们其实已经离开半月谷度假村很远了。

鬼怪一般的ABC现出身子，他们吹起口哨，做着下流动作。

你们是什么人，为什么要这么做？如果你们缺钱，我给。千万不能抢我的画，那是我的心血，凝结了我近年来的艺术追求。画没了，我不仅不能参加在马拉村举行的美术活动，这些年的努力也白费了。

我们不要钱，我们只要画。他们说。

好说，我以后专门为你们画。徐星子说。

不，我们只要今天的画。他们说。

太阳渐去渐远，山鸟和蝉虫发出迎接傍晚的叫声。山上的傍晚很像一道门，门一关就来了。

天快黑了，快还我的画来！徐星子说。

他们没有回答，等到他们回答时，他们已经站在另一个山头了。那是一个离度假村更远的山头。山那边是什么地方，有没有村庄，徐星子不清楚，但他会记住，他的画以及ABC是从那里消失的。

天黑下来，徐星子往回走。半月谷度假村的灯火锁定他的行走目标，因此他不会迷失方向。

有目标有方向，人就能顺利到达吗？当然不一定。半月谷的山山岭岭只有为数不多的一两条路，那是山里人集体踩出来的，现在正集体地使用着。徐星子不知道这两条路在哪里，从这里出发能不能找到出半月谷的路。他的前方被荆棘杂草丛林占据着，在没有光线的行走中，每迈出一步都要付出很大代价。他的裤子被刺破了，身子被刺出一道道血痕。他被迫停下，因为前方还有突如其来的一道紧挨一道的荆棘等着他，它们会毫不留情地刺伤他。

有人吗？我迷路了！徐星子一遍遍呼救。

他的呼唤四下传去，却没有传到一个人的耳朵里。灯火辉煌歌舞升平的半月谷度假村，是一个冷血动物，里面的人只管快乐，丝毫听不到一个人求救的声音，更想不到有一个人正困在山林里。

半月谷里明亮的灯火和舒适的床，还有香喷喷的食物刺激着徐星子的神经。我要灯火我要床我要食物和水。你听听徐星子心底里的声音，它们柔和却又像一根针般坚硬。现在，徐星子已坐到了地上，那是他经过一段时间的清除而获得的一块只能容纳屁股大小的地儿。接近午夜，冷空气四起，并紧紧包裹着他。山岭白昼的温差如此之大，很出乎他的意料。

半月谷里的灯光渐渐弱小然后熄灭，他们可能都睡了。没了灯光，徐星便失去了方向，他一度分不清哪儿是半月谷，哪儿是ABC及画作消失的地方，哪儿是马拉村。马拉村里的美术家们不会睡去，他们一定正在热烈地讨论画作，同时他们一定会谈论徐星子。徐星子呢？他怎么回事？他凭什么缺席？他们会这么问，相互打听。但他们得不到答案。

徐星子身子缩成一团，一些声音在身边或在不远处响起。那不会是飞禽，可能是走兽。凭他的经验，飞禽不会在夜晚轻易走动，它们往往躲在某根树枝或自己的窝里休息。而走兽就不同了，它们喜欢在夜间活动，像城里游走的不眠者或婚外恋者。走兽都有一只特别灵敏的鼻子，远远地它们就能闻出肉的鲜味。半月谷没有狮子老虎，但有狼。多年前，徐星子就亲眼看到过当地村民打回来的像一只山羊一样壮实的狼。那狼还没有完全断气，两眼发出凶光，叫人不寒而栗。徐星子轻轻呼吸，怕粗重的呼吸把狼召来。

山林里的声音其实远不止飞禽走兽各类虫子，还有一些声音你闻所未闻，你更无法知道这些声音来自哪里，是什么东西弄出来的。这些无法知晓的声音组成了两个字：恐怖。

一个声音由远及近。是大蛇吗？通过判断，徐星子觉得是狼。的确是一只狼。这只狼走得悠闲而得意。山中无老虎，老狼称霸王，所以它很得意。狼在荆棘布密的山林穿行，就像我们穿越满地跑车的街道，看似危险，但只要你遵守某些规则就没任何危险。徐星子将身子压缩成一个小点，当狼快接近自己时，他屏住呼吸。你知道，狼有狗一般的嗅觉，并且徐星子身上的血腥味是那么的浓。任凭你装死，狼也能来到你身边。

狼在徐星子面前停住。光线很暗，徐星子看不清它的长相，也许徐星子根本不敢看狼的长相。在狼接近自己时他首先把眼睛闭上了。这只狼突然嗷叫了一声，嘴巴像桂林的溶洞一样张开。它饿了吗？困了吗？还是吃人前的一种特有的习惯？

徐星子吓昏过去。

十几分钟后，他苏醒过来了。狼并没有离去，现在它躺在徐星子身边。它可能睡了，也可能正等着徐星子醒过来再吃。只有干掉强者才是英雄，打败弱者，那只是狗熊。徐星子醒过来时，狼身子动了动，嘴巴也动了动。徐星子认为它不是在咀嚼甜梦，是在为吃人做好准备。

徐星子又吓昏过去。

再次苏醒过来，又过去了十几分钟。徐星子看不到身边的狼。是狼走了，还是自己已经被狼吃掉了？他捏了一把自己的大腿，发现还有知觉，狼走了。当他刚舒完一口气时，他发现狼并没有走远，它在两米开外的地方站立着。

它想干什么？徐星子紧张不已。

天上没有月亮，只有几颗星星。山林里的能见度始终没有改善。即使是大白天，又怎么样呢？遇着了狼，就是光天化日之下，它也会设法把你吃掉。

哟嗬嗬——

另一种声音在山头响起。那是一种无法用文字表达的古怪而恐怖的声音，它响得没有规律，停顿得没有规律，那种感受就像你突然遇上几具尸体。

徐星子又吓昏过去……

半月谷的清晨来得很快，就像拉门，一拉光线就进来了。

徐星子醒了过来。

我还活着。他感到非常奇怪。

我还活着！徐星子大声喊叫。

他支撑起身子，他一眼便看到了半月谷度假村里的现代建筑，它们在清晨的微光里摇摇晃晃。度假村就在直线两三里的山脚，而徐星子却走不到。

徐星子开始向山下走，但每走一步，都要付出很大的力量。眼前的荆棘他看得一清二楚，他却避不开它们。

有人吗？我要下山。徐星子发出求救声。

他的声音得到了回应。

你在哪里？

我在这里。

那人循声来到徐星子跟前。

你怎么了？全身是血，衣服也被弄破了，那人说。那人是一个清早来收获野兽的猎人，昨天下午他在只有自己知道的地方，装好了套子。

我迷路了，我要下山。你能背我吗？徐星子说。

猎人说，你走不动吗？

我需要帮助。徐星子说。

猎人说，我要收获野兽，去晚了会被别人收走的。

徐星子说，我给你补偿。

好吧。猎人说。

猎人蹲身把徐星子背在身上。横走不远，就到了山里人常走的路。

山路离徐星子困住的地方不过二十米。

你身子还在发抖,现在已经安全了,你为什么还在发抖?

徐星子说,我他妈的想哭!

山路上偶尔能碰到上山打柴或采野菌的山里人,每碰上一个,徐星子会叫猎人停下来对路人说,我还活着。路人有的笑笑,有的说,你死了还会说话吗?你死了,他敢这么背你吗?他敢背,也背不动呢,死人比活人重。

总之我还活着!徐星子用同样一句话来回答他们的无言或者话语。

半月谷度假村有几个保安,他们都是懒洋洋的样子。徐星子走到一个保安身边,说,昨天下午6点钟左右,半月谷发生了一起抢劫案。保安略显紧张,说没有。你看到我这个样子就应该想到发生了抢劫案。保安的眼光在徐星子身上扫了一遍,说我没听说。保安把另一个保安叫来,说昨天下午半月谷发生了抢劫案?过来的保安说没有。

所有的保安都说没有发生抢劫案。

徐星子原谅了他们,因为抢劫案发生在几乎没人行走的路上,而且他一直没有时间报案,徐星子把昨天发生的事从头到尾说了一遍。

除了几幅画,他们还抢什么东西了吗?保安说。

没有。

不就几幅画吗?抢了就抢了,你追什么呢?明知追不上了天要黑了,为什么还要追呢?你是我们的客人吗?保安说。

徐星子说,可能算不上,因为我一没买门票二没消费。可是你们不知道那画的价值。就算一文不值,那也是我的东西呀!

保安说,我们很同情你,可是我们帮不了你,你向派出所报案吧。

徐星子得到辖区派出所的电话,用电话报了案。民警说,画值多少钱?是名画吗?徐星子无法回答。民警说,案子太小了,而且难度很大,我们尽量吧。徐星子心里明白,案子将会不了了之。

徐星子向保安描述了 ABC 的相貌特征，并请求如果发现请及时通知他，保安答应了。徐星子买了些吃的，又要了一间房，他想休息好后就上山去找 ABC 和画。

昨天一夜无眠，徐星子太困了，他醒过来时，到了下午两点。他下床，推开窗户，眺望昨晚呆了一宿的山头，他全身颤抖不已。昨晚的经历刻骨铭心，这样的惧怕将植入他生命最深处。

画作和 ABC 在山头那边的山头消失，但画作和 ABC 不会在山头那边的山头出现，并且我有一身的伤痛。他给了自己一个台阶。他决定放弃上山寻找画作和 ABC 的想法。再上山去，好比刻舟求剑。

徐星子想起了陈家鱼。如果陈家鱼还在半月谷度假的话，也许能够给予他帮助。徐星子向总台打听陈家鱼住哪个房间。总台告诉他，陈家鱼昨天下午已经退房离开。

宾馆走廊里响起一些脚步声和说话声，又一拨客人到来了。即使不是周末，半月谷也有很好的生意。徐星子走出房间，去找保安。保安们腰上别着警棍，分别在他们的岗位上懒洋洋地执勤。

抢劫嫌疑犯出现了吗？徐星子问其中的一个保安。

保安指着新到的客人和即将离去的客人说，你自己看看，他们当中有嫌疑犯吗？

徐星子看了他们的脸，说，一个都不是。他们怎么会再次出现在这种场合呢？

保安说，你既然知道，为什么还向我打听？

徐星子给派出所打电话，说你们的人出发了吗？那边说，没有，万宝村丢了两头牛，我们要去调查；鱼花村发生了强奸案，我们要去抓凶犯；市里领导到乡政府视察我们要去保卫，我们哪里有人手去管你的画？

可是你们知道，那画对我来说意味着什么吗？放下电话，徐星子说。

抢画不抢钱，说明 ABC 是画商。那个看上去比较善良的保安对徐星子说。保安自称侦察兵出身。

徐星子认为保安分析得对。还有可能他们认识徐星子，对他的画有一定了解。徐星子的画能卖不少钱。

下午四点有一趟开进半月谷的旅游班车，一天中也只有这么一趟班车进出，不坐就错过了，徐星子决定离开。接近大门的地方，他朝马拉村方向遗恨地望了一眼。

你是画家吧？昨天你就从我手上进去的，守门老头把徐星子叫住。徐星子说，你记性真好，我很不幸碰上你。如果你不给我免票，我兴许不会进去。因为我有很强的自尊心，也就没有后来发生的令人不堪回首的事了。

老头没听徐星子的啰唆，回头取来一样东西。老头说，这是画夹，有三个小伙子要我交给你。

徐星子眼睛一亮，急忙接过画夹。他打开画夹。一张张画作还在，可是全被涂抹了墨水和泥浆。

画作变成了废纸。

徐星子离婚两年了，他一个人租住在彩虹小区的两居室里。除了一个画友，没人来过他家，就是他8岁的儿子也没来过，前妻不让。前妻说，你要来看儿子可以，儿子绝不可以去看你。前妻带着孩子住在他们原来的家里。那是一套138平米的跃层式，它花掉了徐星子两夫妇所有的积蓄。他们搬到新房后，前妻把旧房给卖了。旧房很小，不到60平米，那是单位里分的福利房。地段也不好，租不出个好价钱，前妻就把它卖了。卖房的钱前妻一个人拿着，离婚时她说，这笔钱我要了。徐星子没说什么，前妻一个人带孩子不容易。妻子又说了，这房子我也要了，你不可能让儿子跟我租房住吧？徐星子也没意见。

你要问徐星子是为什么离的婚，我不想告诉你。因为，他离婚的原因跟这个故事没关系。

彩虹小区里很多老人都认识徐星子，知道他是个长年在外奔波的画家，他还把彩虹小区的地貌画了下来，挂在物业管理办公室，小区里就有很多人认识他了。有一天两个买菜回来的老太婆问行色匆匆的徐星子说，你老婆孩子呢？徐星子笑着摇摇头。老太婆说，没结婚还是离了？徐星子说，离了。老太婆替他可惜，接着说，你要找个什么样的，我们帮你介绍一个。是要小区内的还是小区外的？徐星子一个劲儿地傻笑。老太婆说，别不好意思，我们一定给你找一个比前妻好的老婆。

闲得无事的老太婆喜欢给人介绍对象。这两老太婆手头真还有些货，不几天便给徐星子物色了一个。这个女的在旅行社当会计，老公被一个空姐勾走了。这天老太婆把女的带到了彩虹小区，老太婆知道徐星子住几楼几号。

这是一个多雨的季节，天上太阳刚才还很大，一会儿就被乌云遮住了。

谁要搬家？

楼底堆放着家具，却不见一个人。

谁要搬家？快要下雨了，家具还摆放在这里干什么！老太婆朝楼上喊。但仍没有人出来回应。

两老太婆引那女的上四楼。四楼二号是徐星子的家，门是开着的。看来徐星子真的在家，两老太婆兴奋起来，在此之前两老太婆还不敢肯定徐星子在家。

画家，我们给你领人来了。老太婆的声音先进入徐星子的家。

屋子空空荡荡，也不见徐星子的影子。

楼下家具一定是徐星子的，一个老太婆对另一个老太婆说。那么，人呢？

老太婆敲开一号的门，说你见到隔壁的画家了吗？一号说，没有，好长时间没见着了。

你怎么能好长时间见不着呢，他正在搬家呢。老太婆说。

一号进入徐星子的家，看看了空荡荡的屋子说，说搬就搬呀，以前没听他说过。他要搬到哪儿？是回前妻家吗？

老太婆看看带来的女的，严肃地对一号说，瞎说，徐星子怎么会搬回前妻家呢！

乌云往大地压下来，天上电闪雷鸣，要下雨了，雨在打完雷后就下起来了，很大，像人用桶泼一样。

徐星子的家具还在楼下。老太婆说。

两个老太婆和那女的跑下楼，一号也跟着下来。暴露在天底下的家具已经被雨水淋湿，要搬来不及了。

徐星子，徐星子，徐星子……两个老太婆使劲叫唤。

一号是个快退休的男人，他的勇气被眼前的瓢泼大雨死死压住。他说，家具没什么可惜的，可惜的是他的画。你们看，他的画成了纸浆。对画家来说，画作就是他的生命。

这个徐星子是不是疯了？老太婆说。就算他疯了，帮他搬家的人呢？他们人呢？难道全疯了吗？

雨在一个小时后，渐渐变小，最后停下来。

谁的家具？物业管理的一个工作人员撑着雨伞走过来。

徐星子的，他人不见了，而且全不见了。老太婆说。

家具遭遇大雨还会是家具吗！太不爱惜东西了。物管说。

对这个问题你怎么看？老太婆问那女的。

那女的抿着嘴，没作任何表示，不知是在痛惜还是在讥讽。物管查看了一下家具，说，家具已经旧了，不过还是挺可惜的。一号提醒物管说，你没看到那些画吗？物管说，这画怎么了？不就一张纸上有几个图画吗？一号说，弄不好，他这些画能买一幢房子。物管说，不可能，这么值钱的话，徐星子会让它们淋大雨？一号说，所以事情很蹊跷。

徐星子于傍晚回到彩虹小区，他身上背着画夹，脸上有些疲惫。走到楼下，他说，谁把家具搁路上了？太没有公德。上了四楼，家门大开，家具全无，他愣住了。我走错了吗？徐星子走出来，看看周围的环境，他感到周围环境似是而非。他敲开一号家门。一号说，你终于出现了，你怎么了？

我怎么了？徐星子说，我刚从野外画画回来，我怎么了？

你难道认不出楼下的家具？一号说。

徐星子奔下楼。被雨淋湿的家具和成为纸浆的画作像一把刀在心中旋转。

徐星子报了案，公安人员做出结论，锁是被撬开的。但徐星子清点家具，发现一样没少。抽屉里的现金和存折也一样没少。

这个案子太离奇。小偷想干什么？

有人向公安提供消息说，下午两点多，有三四个人从四楼往下搬东西，以为是正常的搬家，便没在意。

你离婚了吗？公安说。

离了，刚一年。徐星子说。

会不会是你前妻干的？这一年她过得不好，对你怀恨在心，搬你的东西晒太阳淋雨报复。公安说。

徐星子回到了前妻家。

你干吧要搬我的家？徐星子说。

我没吃饱没撑着，我干吗搬你的家。前妻说。

离婚了便离婚了，不要使用这种下三烂的手段。徐星子说。

我使什么手段了？前妻说。

你叫人把我的家具搬到楼下让太阳晒让雨淋，还弄坏了我所有的画作！徐星子痛苦地蹲下。你心太狠了。你知道，一幅画，就是我的一块心头肉呵！

前妻说，报案了吗？谁这么缺德，一定要让他下地狱！

通过侦查，公安排除了徐星子前妻作案的嫌疑。偷盗者想达到一个什么目的？也许他们什么目的也没有。他们知道徐星子经常不在家，想连锅一起端，不料以为被发现，急忙逃走。

徐星子离开了彩虹小区，这里让他伤透了心。你偷现金也罢，偷存折也罢，拉家具也罢，千万不能破坏他的画作！除了仍留在前妻家里的十几幅画作外，徐星子所有的画作都没有了。前妻对他说，如果愿意的话，你可以回来画画，你的画室仍保持原来的样子。徐星子说，我不能再回到那里，我不能影响你的生活。前妻说，还会画下去吗？徐星子说，还会画下去，不管遇上天大的困难我都会画下去。前妻说，如果你不再长时间到外面去画，我就再次嫁给你。离婚一年了，我仍然没和别的男人谈恋爱，没有和别的男人睡觉，还不如再次嫁给你。徐星子说，我做不到，我还会在外面画的。前妻说，我已经给你机会了，你不娶我，说不定明天我就会嫁人的。

徐星子住到一条老街附近，那是桂城曾经著名的烟枪街。一两百年前，这里是大富豪相聚交流抽大烟心得和显摆二奶的地方，当年的热闹和奢华并没有从桂城人的记忆中抹去，这条长不足两百米的古街成了省级重点文物保护单位，搞艺术的人常来这里找灵感。他们找的当然不是当年的奢华，而是这里颇具民族特点的民居。

徐星子住在五楼，推开窗户就能看到烟枪街。在家的日子每天他都要行走在烟枪街上，每在烟枪街上行走，他的耳边便浮出当年富豪抽大烟的哑吧声和他们二奶的荡笑声。

可是一场袭击在夏天的夜晚发生了。地点就在烟枪街上，被袭者正是徐星子。那时还不到零点，烟枪街外还有一些人来来往往。这些人一般都不行走到烟枪街上，烟枪街虽然没有明令不给行人走动，但街上只有几盏昏暗的路灯，没有商铺没有酒馆，更没有发廊。人们不走烟枪街只是觉得没意思，徐星子却感到有意思极了。这里安静，不会受到汽车自行车和行人的干扰，你可以想喜欢想的东西。

徐星子被人堵住去路。

站住！他们说。

徐星子说，你们想干什么？我是本地人，我会叫来许多打手。

他们仰天大笑，说，你一个人跑到烟枪街来干什么？想嫖娼吗？想抽大烟吗？可那已经是上个世纪的事了，你一定是想盗窃国家文物。他们说的是一口桂城话，他们也是本地人。

我一个人走走不行吗？我走走就是盗窃国家文物？那你们为什么也在这里走动？徐星子说。

我们因为要来揍你才进入烟枪街，他们说。他们一共是三人，站成三角形围住徐星子。

你们是ABC吗？徐星子说。徐星子突然想起了恶徒ABC。

不是，我们就想揍你。他们说。

站在徐星子后面的那个首先给了他一拳。徐星子回过身，说，你凭什么打人？话还未说完，背上又遭遇第二个人一拳。第三个人说，该我了。第三个人从侧面击打徐星子的脸。徐星子捂住头说，别打了，我和你们无冤无仇，你们打我干什么呢？

三个暴徒对徐星子一顿拳打脚踢之后，扬长而去。徐星子一边呼救一边向街外走去。路上没有一个人，还没走出烟枪街他就昏过去了。

徐星子命大，有一个骑三轮车的农民工从烟枪街经过，发现了倒在地上的徐星子，农民工用三轮车把徐星子送到医院。

第二天，前妻来到医院。前妻说，如果你搬回家住就不会遭到恶徒的袭击。你一定得罪什么人了。接二连三的事情发生在你头上，你不觉得奇怪吗？徐星子回忆来回忆去没想起什么地方得罪了人。

是半月谷度假村的人干的吗？因为我说他们破坏了半月谷的自然景观吗？

是那个日本人出价太低，我不卖画给他，他打击报复吗？

所有的疑问都被徐星子和公安人员否定了。

徐星子伤得不轻，医生说，那三个人一定受过专业武术训练，打的部位既准又狠。徐星子在医院住了二十五天才完全康复。

徐星子遭歹徒袭击的消息后来在同学们中间流传，他们决定集体慰问徐星子。他们把徐星子约到东方大厦餐厅，每个人都为他买了一件礼物。

沈晓阳呢？她怎么还没到？徐星子发现后说。

站在窗户边的那个同学叫道，你们看，沈晓阳！

同学们的目光向窗外看去。户外的光线很好，楼下所有人的面目都能看得一清二楚。陈家鱼和沈晓阳手挽手，向东方大厦走来。他俩卿卿我我，非常沉醉的样子。陈家鱼是桂城有名的企业家，他有一辆豪华小轿车，但同学们很少能看到。陈家鱼很少用车送沈晓阳来参加同学们的聚会，他总是把车停在离聚会地点较远的地方，然后轻搂着她送到同学们中间。

黑幕，黑幕，快给我黑幕！一位女同学说。这样的场景太让人羡慕和嫉妒了！

这位女同学转过身来。同学们都知道，她的婚姻很不幸，因此她再次受到了打击。谁说世上没有一个好男人？世界上有钱有情有趣的男人还是有的，比如陈家鱼。她说。

陈家鱼在东方大厦门前停步，轻轻吻了吻沈晓阳。去吧，尽情地玩吧。他说。结束的时候，我来接你。

谢谢你，老公！沈晓阳用嗲嗲的甜甜的声音说。走了一步，她回过身来，扑到陈家鱼身上拥抱他。

他们的举止，突然让徐星子想到了半月谷的陈家鱼和那个无名小姐。徐星子恍然大悟。

第二天，徐星子去陈家鱼的公司找陈。

徐星子说，我无意中发现了你的秘密，你怕我告密，所以你要对我下毒手，想以武力来阻止我的嘴巴——抢我的画，搬我的家，烟枪街事件都是你指使人干的!

看来你是个聪明人,实际上这一招很有效。陈家鱼说,如果有一天,你真说了出去,更大的灾难也就会降临到你头上。

你威胁不了我,你必须向我道歉。只要你道了歉,这事就划上句号了。

办不到!

徐星子写了一份材料,他把它打印三份,一份准备交给公安,一份准备交给沈晓阳。材料从半月谷写起,他想告诉公安,抢画,搬家,袭击,不是三个孤立事件,它们有着同一个背景。他想告诉沈晓阳,陈家鱼欺骗了她的感情,严重地背叛了她。

现在是晚上8点,徐星子给沈晓阳打电话说,我要见你,我想告诉你一个天大的秘密。

来吧,我对天大的秘密很感兴趣。沈晓阳灿烂地笑着说。

沈晓阳在他们生活小区的凉亭里等徐星子。凉亭边有一条小溪,汩汩水流更衬托出小区的幽静。徐星子坐到沈晓阳左边。亭子顶上幽暗的灯光照着徐星子难看的脸。

我是被迫的,你千万不要怪我。徐星子说。

你在说什么?沈晓阳说。

沈晓阳的手机响了。

是陈家鱼发来的信息。外出的日子里,每天晚上他都要给我发很多的信息。沈晓阳说。

沈晓阳打开信息。她脸上露出幸福的笑容。

陈家鱼和他的手下正在半月谷度假,他说他很想我,沈晓阳说。你去过半月谷吗?

徐星子答非所问地说,你真的感到很幸福?

那还用说,你们看不出吗?难道我在做秀?沈晓阳说。

不,不,我们没这么认为。徐星子说。

天大的秘密呢？说吧，我很想听。沈晓阳说。

其实……我根本没有什么秘密，徐星子说。我要告辞了。

你怎么了？沈晓阳说，碰到什么难题了吗？

徐星子站起来，说，我真心地祝你永远幸福。

徐星子喝醉酒一般，迈着醉步走出凉亭。

楼上的

　　楼上叮叮当当的装修声响过一二十天后,又新搬进来一户。单位里的这两栋楼住得越来越杂,算算现在就只有他老史和东头顶楼的黄大哈没挪了。老史早两年也买了商品房,楼盘不错,就是离单位远了点,生活也没有这里方便,家里人都不愿搬。最主要的是,老史一家都恋旧,觉得生活了二十多年的地方住着更踏实。

　　那天老史发现厕所墙壁上有污水,仔细查看厨房,墙角也有污水,黄黄的一长条,把白白的墙壁糟蹋了。老史大声地叫老婆过来,说,你看看,你看看! 老婆说,你对着我吼什么,又不是我干的! 准是从楼上流下来的。老史上楼敲门,门未开,狗吠了。过了两分钟门打一小半,伸出一颗头,他非常不友好地说,敲什么敲,手痒是不是? 老史说,我住楼下,你家脏水漏到我家了! 对方说,是吗? 那就流对地方了! 门砰地合上。老史再敲,里面不再有回应。老史带着一肚子气回到家。老婆正在默默地擦拭污水。

　　他倒有理了!

　　老婆说,他不道歉?

老婆丢开抹布上楼去。楼上的听到敲门声,走到门边,说,楼下的吧,鬼缠身了吧?老婆说,你们讲不讲理,脏水都漏到我家了!里面说,人往高处走,水往低处流,脏水不流到你家,难道还流到楼上去?!

老婆吃了一肚子气回来,老史说,找物管去。这才想起,物管早就没了。住的人杂,许多人不交物管费,人家早支撑不下去。楼上最早住的是同事简鹏,老简搬出去后,第一个把房子卖掉。而且老简调到财政局,多年不联系。打了一圈电话才找到老简,老简说,我已经没有购房者电话,不过据说,那人又卖了下家。这时,老婆已经清理完污水,厕所瓷砖恢复了原貌。厨房墙壁腻子就恢复不过来了。老婆说,改天再刷一遍腻子就行了。屋子去年夏天才重新装修了一遍,室内室外一个天一个地。房子年龄三十年,地段非常好,老史还指望着哪天城市改造回迁。

两天后,厕所厨房墙壁污水再起。老史不让老婆擦洗,要留下证据。老史上楼去,敲门后,照例狗先叫门才开。对方说,怎么又是你?你有完没完!老史说,楼上的,你把我家弄成什么样子了,你自己下去看看!对方说,我不去,你拿上来给我看好了。老史说,你怎么这么不讲理?你到底是干什么的?对方说,这跟我干什么的有关系吗?老史说,你简直就是恶人。对方说,你才是恶人,三番五次来敲门骚扰。老史说,我可要报警了。对方说,行啊,报吧。

老史报了警,不多时辖区派出所来电话询问详细情况,然后说,你们找物管解决,没物管可以找街道调解,态度一定要和善,不要节外生枝。老史说,对方不仅不道歉不赔偿还强词夺理,双方就差点动武了。警察说,我警告你不要动武,一动,性质就变了。老史说,你们不来调解,可能就会动武。

派出所迟迟不来人调解,老史又打110,接着辖区派出所来电话,说,多大点事儿啊,双方就不能协商解决?邻里之间和为贵嘛。老史说，你们再不来，就出大事了。

这回派出所来人了。来的人态度不好，说辖区里的事儿堆积如山，不是我们不管，实在管不过来。警察敲开楼上的门，楼上的态度很好，在警察要求下，他下楼来看污水。警察说，你们装修质量有问题，责任在楼上。警察让楼上出示身份证，然后说，你们租的谁的房子，怎么没到派出所登记？楼上的说，房东准备卖给我，现在我相当于房东，房东还需要登记吗？而且装修质量有问题，也不能怪我，只能怪黑心装修公司。

虽然楼上仍然不讲理，但总算答应重新装修，并且日后帮老史家刷白厨房墙壁。

调解过后，楼上并没有装修的动作。老史时不时地上楼去听动静。想起这个事老史就睡不好吃不好，说给单位同事听，大家都为老史抱屈。听来是解气，可是，最终还得自己面对。说给亲戚朋友听，都非常气愤，有人说，对付这种人要以恶制恶。老史说，我很想恶，可我恶不起来。亲戚说，就你老实，难怪别人都叫你老史（实），除了你我们史家还没人叫过"老实"的。老史说，楼上的心也是肉长的，我不信他是石头长的。

有几个民工模样的人从门前经过，老史心头不禁一喜，心想楼上的总算动工了。只要动了工，问题就解决。等动工时，老史要上去帮着监工，说到底是为自己监工。老史回身拿起那包特意买的烟。老史不抽烟，抽烟没好处，但抽烟有时能办事。可是，民工却往楼上的楼上去了。老史走到楼上门前，小心敲门。狗叫后，门开了。

老唐，在家呢。老史说，一边撕着烟纸。

你怎么知道我姓唐？

水电费通知单上写着呢。

那不是我的名字，房东的。不过我恰好也姓唐。你是问什么时候翻修吧？快了。你们也太急了点吧，污水又没滴你头上，又没流到锅里，忍忍就过去了。

老史说，老唐你说得轻松，水漏到你家试试！

老唐说，我最近一段时间忙，等忙过这段时间就动工。

都知道老唐在耍赖，可是又拿他没有办法。老史大侄儿说，怎么没办法？你往他家门前倒垃圾呀！第二天，侄儿带上两个朋友到老史家吃饭，喝了许多啤酒。朋友中途想上厕所，老史侄儿说，我带你们上厕所。老史侄儿带两个朋友上楼。朋友说，厕所呢？老史侄儿指着老唐的门说，这就是呀。朋友说，没有坑我尿不出来。老史侄儿说，就当在野外林子里吧。老史侄儿带头对准老唐大门就尿。朋友忍不住了，跟着尿。三人的尿水淋湿了老唐的大半条门，尿水顺着楼道往下流。第二天早上，整个楼道都是尿骚味。老史并不知道侄儿去报复，临近中午，侄儿打电话来问楼上有什么反应老史才知道尿尿的事。老史说，这种事不能干的！往人门上撒尿是什么行为？太流氓了。侄儿说，人家在你头上拉屎，你往人家门上撒泡尿怎么啦？老史说，叔叔家的这个事你以后别再管。侄儿说，那不可能，只要楼上的敢欺负，我就跟他没完。老史怀着半过瘾半担忧又有一丝愧意地等着楼上的反应。可是一天过去了，楼上没有任何反响。老婆说，看，污水还在流。老史知道，只要上面住着人，厕所就会漏水。但是因为前两天有侄儿撒尿的事，老史心态就平和了许多，说，楼上总会翻修的，他都在警察面前承诺了的。老婆说，他有心翻修还等到现在？老史心里堵得慌，希望楼上不是这样的人。

老史带着香烟去找老唐。开了门，老史笑着说，你家狗很凶。老唐说，我人老实，总是受欺负，再没一只凶狠的狗撑腰，我还能活吗我？老史递给老唐一支烟，老唐犹豫一下接了，说，我其实戒烟了的。老史给老唐点上。两人站在楼道里说话，楼道里尿骚味仍然比较浓，因为没有物管，这楼道就没人管。清洁工只负责来倒垃圾，不负责清扫楼道。老唐说，吸了几口烟，这尿骚味就盖住了，这人也是，喝不了就别喝，喝多了不省人事，到处小便。老唐竟然没有怀疑到自己，老史越发感到有些理亏。通过聊天，老史知道了老唐早年就下岗了，现在帮一家白酒批发公司送货。公司在虞山食品批发城。老史说，离你上班的地方有点远。老唐说，有什么办法？这套房子不错，价格也便宜，我正准备买下来。实话跟你说吧，房子主人就是公司的老板，他说到他手里房子转过三个主人了。老史主动告诉老唐他在市文化局工作。老唐说，我一眼就看出你是当官的。对了，文化局是干什么的？老史说，怎么说呢，文化局就是挖掘研究传播管理文化的。老唐摇摇头，表示不能理解。老史说，电影院知道吧，歌舞团知道吧？老唐说，知道一点。老史说，我们就管这些单位。老唐说，你是局长？老史说，以前是副局长，现在是副调研员，退二线了。白酒批发很赚钱吗？老唐说，赚啊，很赚。老板天天都有数不完的钱，狗日的赚的钱装不下了，要拿到国外去，说是准备移民到澳洲。老史说，好啊，公司有钱，你们的待遇就高。老唐说，狗屁，天下哪条蛇不咬人？我们工作时间长强度大，月收入不过两千，一点不值。老史点着头说，老板太抠门。你们没提要求吗？老唐说，提了，赤发鬼还差点揍他，没用。嫌少，你就走人，你奈何不了他。老史说，老板准备把这套房子平价卖给你，说明他人不错嘛。老唐哼哼没表态。

改天，我们喝一杯吧。老史说。

老唐不置可否，回身把门关上了。

在与老唐聊天中，老史眼睛不时偷看屋内，屋内光线非常暗，几乎看不清。

老史是三个月前被组织部门"判"为副调研员的。得到通知那天，老史看眼前所有班子成员都是坏人，是他们联合起来陷害他。当晚班子集体请老史吃饭，老史拒绝参加。老史直接回了家。老婆得知他退二线，可高兴了。老史一气之下，给了老婆一耳光。这耳光下去，老史后悔死了。好在后来老婆大度，没有太多计较，换了别人离婚都有。饭还没做好，老史想替老婆做饭，以弥补过错。可是，老史不会做饭，儿子大二那年暑假，老婆跟单位同事旅游，他做的饭被儿子定名猪食，拒绝吃，并且为此与他怄气一个假期。老史突然来了主意，他对老婆说，我请你去天岛。"天岛"是本市著名的茶餐厅，环境非常好，去的人都是年轻人或者有身份的闲人。老婆说，不去，谁和你这没文化的人去！老婆在气头上，老史不知道如何劝。老史虽然是副局长，但他只有高中文化，高中毕业就去当兵，最后当到正团长转业到文化局，在文化局干了二十多年。人家都去搞文凭时，老史不为所动。他时常对人说，我是文化局里最没文化的人。但是在同事们眼里，老史有文化，脾气好，态度好，为人谦和，虽然是外行，分管的工作却非常出色。做好了人，手下行家自然会为你卖命。对气头上的老婆正束手无策之时，门被敲响了，开门一看，是局长带着班子成员，他们手里提着饭盒。局长说，老史啊，你不赏光，我们只好打包直接杀到你家里来了。老史说，既然来了，就进屋吧。他一边叫着老婆的名字，老婆变色龙一样，答应一声，笑脸相迎。当晚，大家喝得很高兴。老史觉得，大家对他还是非常尊重的。自己年龄大了，不退二线讲不过去。退下来后，局里的同事还像从前一样尊重他，年轻人工作上有拿不准的谦虚请教。老史心里很舒服，不到一周，心态平和了。三个月后，他就很少去办公室了。他是这么想的，无所事事还去办公室无形中给后辈们带去压力，不好。

　　局里有好事，总还忘记不了他，比如艺术节发礼品、有轻松的饭局之类。

　　今天，饭局又来了。老史说我能不去吗？局长说，哪能不来，你不来我们吃不香。两个副局长三个科长轮番给他打电话，老史再不赴局就太矫情了。大伙给老史留着上座，推不掉，老史就坐下了。菜上了，酒还没上。局长问一位科长，说酒呢？科长说，我叫人送的，应该快到了，我催一下。话音一落，包厢门推开了，送酒的捧着一箱红酒进来，送酒人是老唐。待结了账，老史叫了一声老唐。老唐定睛一看，吃惊地说，哟，原来是你呀。老史急忙走上前，与老唐握手。老史叫老唐留下来喝几杯。老唐说，公司事情多，随时都会叫去送货。老史说，再忙也要吃饭呀。老史把老唐按在身边的座位上。既然老史执意要老唐留下，局长他们当然不好说什么，都很友好地挽留。老唐说，喝就喝吧，我这还是第一次，我当牛做马好不容易在外喝一次，他能把我怎么样！

老唐寡言，酒量却不小。局长他们轮番敬酒，几乎把老唐忽略。老史空下来时，与老唐碰杯，老唐说，你别管我，你们好好喝吧。老唐旁若无人地自饮自酌，酒足饭饱，就起身溜掉。没人发现老唐是什么时候走的，老史发现他不在位，到包厢外找了一下，迎宾小姐告诉他，送酒的老唐早离开了。迎宾小姐也认识老唐，说明在业界老唐有一定的知名度。

当晚老史喝醉了。老婆一边埋怨一边给他热水洗脸。老史脑子有些乱，一会模糊一会清醒，一会是在喝酒现场，一会又是在和老唐论理。声音杂乱无章。他听到乒乒乓乓的声音，不觉刺耳，倒觉得很过瘾。第二天早上，老婆说，楼上那个天杀的，昨晚吃错药了，乒乒乓乓搞了大半宿。老史说，看来那声音是真实的，我一直以为在做梦。老婆说，昨晚我到了他门口最后不敢敲门，那是个疯子。老史说，老唐不是那样的人吧？老婆说，咦，你站人家一边去了！老史头还是有点痛，他不想与老婆争辩，他希望老唐是一个正常人，一个讲道理的善良的人。吃过早饭，老史想出去转转。老婆说，不跟我去买菜？老史说，就你事儿多，咱俩能吃多少？一把青菜几片肉就够了。儿子在北京读完大学后留在北京工作，女朋友找的是老北京，儿子是下定决心在北京扎根了。老史常说，北京有啥好？太大了，地方大了多不方便。老史找出那辆退位多年的自行车，先用水冲洗，然后用抹布擦干水，试着骑了一下，还好使。到了街上，他像个初学者，心里有点害怕。多少年没骑车了？恐怕有二十年了吧。当年在部队回家探亲，偶尔骑一下，转业后，有专车，基本就没接触过自行车了。这自行车是儿子的，儿子一上大学，它就退

- 205 -

役。不觉间老史骑到虞山食品批发城，这里商铺林立，货品摆到道上，拉货车进进出出，十分拥挤。老唐他们公司叫什么名来着？老唐说过没说过，老史都想不起来了。老史将自行车搁在路边，一家一家看过去。来进货的也不少，自行来进货的都是本市及郊区小商铺的店主，对这些店小货不多的店铺，批发商都懒得送。老史在一家糖果瓜子批发店里停下来，老板抬头看他，老史也看老板，双方对视几秒钟，老板很不耐烦地伸出手，作驱赶状，说，出去出去。老史说，你怎么知道我就不进货，万一是个大老板呢？老板哼哼说，你就是天皇老子老子也不做你这单生意，还大老板，像吗？配吗？

　　出了这家店，老史想，我哪点不像老板了？难道我真的很普通平常？他停下脚步，回想了一下自己的面貌和身材，不服气地说，我哪点不像老板？！老史觉得十分委屈，我堂堂一个前副局长就这么被人小瞧！再看这乱纷纷的批发市场，老史对批发商们就有了怨恨，哼，奸商。恨是恨，好歹来了这里，不能就这么走掉。他的目的是奔老唐来的，与批发商无关。他一家家店走过去。

　　哟，是你呀。有人跟老史打招呼。

　　这人老史不认识。这人说，你不就是那个什么局长吗？

　　我姓史。

　　对，你就是文化局的史局长。我住过你楼上。你们当官的从来不把我们放在眼里，所以你不认识我。

　　老史承认自己有这个毛病，不爱跟"别人"打交道，就说对门那家吧，到现在他还不认识。老史常对老婆说，他爱谁谁去。单位里同事对他评价虽高，可是他骨子里有点傲，对待别人都是高高在上。他这个作风在部队就染上了，具体地说是从当连长后开始的。但是对于老唐的蛮不讲理，老史又强硬不起来，想着这事半夜睡不着，他就自言自语地说，要是我年轻十岁，要是依着我当团长的脾气，他十个老唐也别想对我说半个不字。

这么说，这人就是老唐的老板了。老史说，你的房子现在老唐租住着，是吗？你贵姓？老板说，姓唐，房子买回来后就没住过，不是放着就是出租。老史说，你不在那里住，怎么认识我？唐老板说，卖房人说，那房子那地段好啊，楼下还住着文化局史局长呢。我就买了，原来也是打算去住的，这辈子还没跟文化人做过邻居。可是买下后就不想了，房子太旧，而且你并不友好。我三番五次跟你打招呼，你理都不理。后来我跟朋友说，我那房子买亏了，楼下住着史局长，就因为这个，到现在也出不了手，人一听有局长住着，一口回绝了。老史说，你说的这些，我一点没印象。就算有那么回事，我有那么可怕吗？大家各住各的，相安无事嘛。

老史是来找老唐的，自然问起老唐。唐老板说，送货去了，一时半会回不来。你们是邻居，有事也不必找到这里来。

老史说，你是老唐的老板，相当于他的领导，你需要好好教育教育他，他家污水漏到我家厨房厕所了！警察调解过，到现在他还没翻修，污水到现在还在流。唐老板说，清官难断家务事，这个我可管不了。

老史想到口袋里的香烟，递给唐老板一支，唐老板不接，自己掏出香烟。老史不吸烟，不知道唐老板的是不是更高档。吐出烟圈后，唐老板说话了，你的比我的高档，可是我还是看不上。

还有，老史说，昨晚老唐乒乒乓乓地搞了一夜，你帮我告诉他，叫他注意点！

别再说昨晚，一说我就来气。他昨晚误了我多大的事！人家客户等着开席，酒却没送到，后来干脆就没送。你知道那是谁吗？那是最大的客户，这回彻底得罪了！他说他喝醉了，岂有此理！唐老板说得手舞足蹈，看样子想杀人的心都有。

没等唐老板说完，老史就走掉了。快到市场门口，他见到了骑着电动车归来的老唐。老史把他拦下来。老唐说，老板催得急，你想让我丢饭碗啊。昨晚的事，还没完呢。都怪你，劝我喝！老史说，我是一番好心。老唐说，看你那心好的！老史来了脾气，说，你也不能整夜敲打影响我们休息呀。老唐说，我丢了工作你才高兴是不是？

老史无话可说，一迟疑，老唐一溜烟地跑了。老史的话追上去：快点把翻修的事干了！

厨房厕所分别有一盆污水，这是老婆擦洗从楼上流下来的脏水的证据。老史却把它们倒掉了。老婆讽刺说，倒污水倒挺积极的！老史说，你是想让我和老唐打架？老婆说，打架未尝不可，你不是军人出身吗，连老唐也打不过？老史说，要是我还在当团长，试试看！

第二天上面污水又往下流了，老婆一边骂着一边清洗。清洗抹布的污水照样存在一只桶里。她在等着老唐下班。通过这几天观察，老唐下班时间没个准，早的11点，晚时，一两点了。他家的那只狗很机灵，门外稍有动静，就会嚎叫。听声音，那狗挺壮实的，声音里充满了杀气。后来老史想，自己不敢与老唐硬来，可能因为第一次就被他凶恶的狗吓住了。老婆端着污水上楼，老史跟在后面，说，当心他家的狗，狗比人厉害多了。老婆说，我先泼一半在门上，另一半等老唐一开门，就泼到他头上，如果他要冲上来，你就突然发力，一脚踹倒他。老史回想当年，军体拳打得还挺地道的，估计这会儿用起来也不会差到哪里去，特别是对于老唐这样不会武功的人，三拳两脚就能应付。对了，你怎么就知道老唐不会两手？所以呀，先发制人挺重要。

跟在后面的老史心怦怦直跳，他希望老唐不在家，或者在家也不出来应战。就算自己打赢了老唐，传出去也不是什么好事。老婆的情感早在楼下就酝酿好了，她要把心中的怨恨溶入水中，发泄到门上。可能是她的情感太过激烈，无法自控，一桶分作两下水全都泼了上去。污水反弹回来，溅了她一身。听得响动，屋内的狗叫起来，老史急忙在老婆身后隐藏好，并做好了飞腿的准备。但是狗吠了一阵后息声，里面没有任何动静。老史和老婆回撤。水顺着楼道往下流，没得选择，老史两口子只能踩着流水。水流到自家门前,老婆拿来笤帚将水往外赶。

往老唐门上泼脏水的事,没有下文。上回侄儿在他门上撒尿,同样没有下文,是老唐不知道还是不敢回应?老史拿不准。老唐通常回得晚,累了一天,也可能倒头就睡,什么也没发现。老史想,无论老唐知道还是不知道,泼脏水之类下三烂的事不能再干了。

单位里来电话,叫老史去领生活补助。老史说,财务科不是有账号吗?单位人说,这回发现金,不打账号。到了单位才知道,这笔钱是市里发的,公务员都有,级别不同,金额不一样。签字时,老史吓了一跳,竟然有七千。市领导可真是大手笔。大家议论说,这两年全市经济增幅很大,功劳是大家的,发个十万八万的都不为过。老史收好钱,想给老婆报告这一消息。旁边的局长开玩笑说,这笔钱没入账号,大家可以当作自己的私房钱。老史收好手机,觉得应该把这笔"巨款"占为己有。

这些年生活一直平静,想不到冒出个漏水事件来,老史内心隐隐作痛。他把这事件当作病痛,有病痛就应该治。可是,老唐不配合,想治也治不了。手里抓着这笔钱,他有了主意。

花就花吧,就当没发这笔生活补助。这钱本来就是意外之财,意外地花掉不算乱花。老史在路上这么想。

老唐刚送货回来,一头的汗水,近了身,浑身的酸臭,好像一周没洗澡。老唐对老史视而不见,还一手拨开一旁的老史。老史递给老唐香烟,老唐迟疑一下接了点上。老史说,你总是这么忙?老唐点点头,他们开小货车,我只能骑电动自行车,大部分时候蹬三轮,东南西北四面八方,你说他们怎么那么能喝?老史说,这不是好事吧?老唐眼睛瞟向唐老板说,好事全是他的。老史说,你也可以申请开小货车。老唐说,唐老板不让,我承认没有驾照,但我可以学,我才55岁。可小货车并不能到达所有饭馆,很多时候需要人力车电动自行车,所以老板不让我学。老史说，我找你的确有事，还是那事。如果你真的忙，可以把钥匙交给我，我请人做。老唐定睛看老史，表示反对。老史说，我绝对不动你任何东西，动了你厨房，你吃饭问题我可以帮你解决。老唐摇头。老史说，你总不能让我们家天天承受污水吗？你问问自己良心！老唐说，我就一人住着，回去晚了累了澡都懒得洗，能有多少污水流？老史生气说，这也成为理由？我要报警！老唐说，你报过两次了，再报也无妨。老史说，你真是一条癞皮狗。我服你了，这样吧，我请人我监工我出钱！老唐不置可否。

老唐你磨蹭什么呢？

老唐说，你的意见我不采纳，我得干活去了！

老史去到派出所，请求警察做主。警察确实很忙。就那么几个警察，忙不过来。话到嘴边，老史吞下肚子。走出派出所，老史感到束手无策，心想，人民警察不帮他，谁能帮？他又返回去。要求警察批准他开老唐的锁，翻修事宜他全负责。警察说，亏你还是前文化局副局长，这个念头也想得出。老史搔着头，说我已经走投无路了。警察说，这个老唐的确过分。警察答应再来调解。

警察可能真的忙不过来，他们的事儿多，顾不上老史这点民间纠纷，也许就把这事给忘记了。市里在争创全国文明城市，交警不够用，别的警种都抽调上街管车管人管秩序去了。能够成为全国文明城市当然是好事，可是，就全市这个样，比如老唐这样的人大量存在，就算你弄虚作假侥幸获了，也会被人耻笑。老史着急地等了数天，不见警察来，一到晚上就蹲在门口等老唐。只要楼道有声音，他就会打开一条缝看。连等几个晚上，都没等到。而且他发现，厨房厕所不流污水了。有人告诉过他，装修厕所时，泥水未干，就会渗漏，等到内部水分干透，就没事了。老史有点兴奋，再摸摸口袋里那七千元钱，更是庆幸。不过，老史拿这么多私房钱干什么呢？他又不请人吃饭不养情人，用不着。家里正常开支都是非常民主透明的。老婆不赞成他的分析，她说，污水并不是渗透,而是流,上下楼有一条缝甚至一个小洞。这段时间不流,情况有两种,一是老唐不在家,二是老唐根本没洗澡。天凉好个秋,这段时间天气不仅凉还偏冷。听了老婆的分析,老史又犯愁起来。

十余天之后的一个上午,老唐终于出现。但是他头缠白布,臂戴黑纱,手提一个白色包裹,缓缓下楼。老史心软下来,说,你要节哀顺变。老唐点点头,一脸凝重。老史说,家里谁过去了?老唐摇头,不愿回答。目送老唐离开,老史回家告诉老婆。老婆说,那就过一段时间再和他论理吧。

当晚11点,楼上又响起叮叮当当响声,还伴随着人的呜呜哇哇声。非常刺耳。老史说,就是聋子也受不了呀!最后,老史还是忍住了,他想,受害者不止他一个,所有邻居都受到了严重骚扰。他相信,总会有人站出来指责和制止的。果真,就有人喊了:楼上的,发什么神经啊,还让不让人睡?!有人出头,老史来了兴致,他打开门,他想伙同这个勇敢者一起去做老唐的工作。制止声从何而来,老史辨别不了方向,而且那人也只吼了几声就作罢。老史很失望,那人也不过是一草包,只会打雷不会下雨。老唐还在敲击地板墙壁,声音让整个小区沸腾了。老史气愤极了,胆子也跟着大起来,他朝上面吼道:楼上的,别他妈的敲啦,你家死人了吗?老史觉得后面的话一点不解气,他家是死人了。不知何时,老婆站在他身后,他就朝楼上走。老唐疯了一样,他敲打地板还骂着娘,听起来很凄惨。老史说,算了,让他疯吧,他正伤心呢。楼道上就来了好些人,他们发出不满的议论声。老史发布权威消息说,上午我看见老唐戴黑纱了,他家出事了。大伙就不作声了。过了几秒钟有一个小小的声音说,这也不能影响别人啊,再怎么样都应该有公德的吧。于是,大伙指责的议论声又大起来。老史说,散了吧,这个时候指责是没效果的。

老唐不仅不翻修厨房厕所,还隔三差五地敲打地板和墙壁,虽然动静没有以前那么大，但是那个刺耳劲就不用提了。老唐敲打墙壁时间不定，力度大小不定，没有任何规律。老史整夜整夜睡不着，神经变衰弱。他到医院开了安眠药，但是药不是好东西，虽然睡得沉，但是白天头脑总是含含糊糊，没有多少精神。睡不好的人脾气就大，一向好脾气的老史突然就长脾气了。他到街上杂货铺买来一把小斧头，磨得锋利无比。老婆说，你要干什么？老史说，我劈了他。老婆上来抢他手中的斧头，说你不要命了！老史说，他要我的命我就要他的命！老婆力大，一把夺下老史手里的斧头。老婆给老史大哥一家打电话，要求劝劝。下午五点，大哥和侄儿来了。侄儿提了斧头，试了试刀锋，说叔叔磨得还不快。侄儿大学毕业好些年了，一直没有正式工作，看谁都是仇人。

侄儿朝楼上去了，别人劝不住拦不住。已经没办法阻拦了，老史提醒说，他家有一只凶恶的狗。侄儿说，正好，劈了下酒。那门是木门，现在还不换成防盗门的家庭不多了。侄儿几斧头下去，门破了。幽暗中，老唐家露了出来。侄儿伸头进去探视。老史说，门可以破，但绝不可入内。

屋里很乱，侄儿报告说，墙壁破烂不堪，像要全面装修。

快离开时，老史老婆说，老唐家的狗今天没反应。老史说，是这样，也许狗不在家。

原来怕惹出事，现在门破了，老婆心倒强硬起来，说劈得好。

半夜，门响起来，声音很轻很文明。老史提了斧头，问是谁？外面说，我，楼上的老唐。老史说，你干什么？老唐说，开门吧，开了门我有话说。老史说，你想干什么？我当团长出身，我手里有斧头。老唐说，我知道你有斧头，不然我家的门劈不烂。老史说，你身上带武器了吗？老唐说，没有，我空着手。老唐让电筒光线在身上游走。老史通过猫眼观看，确信老唐赤手空拳后，说后退两步。老唐后退，几乎贴到对家的门上了。

室内光线照在楼道上。老唐说，尿撒了，污水泼了，门劈了，接下来还干什么？老史说，一直到你解决好漏水问题为止。

还有，你半夜三更敲打地板墙壁问题！老史老婆站在老史身后，她手里操着衣撑。

老唐竖起大拇指说，以上三个动作你们干得不错。

老唐没有报警，门也没有安新的。白天他去上班时，破大门敞开着。老史站在门外往里看，窗帘拉着的，光线比较暗。老史叫了几声老唐，里面没声响，狗叫的声音都没有。老史忍不住走进去。屋子乱七八糟，泥灰小石块遍地；厕所地面没贴瓷砖，周边有裂缝。污水就是通过裂缝流入楼下的。

门外有声音，老史急忙退出来。

当夜 11 点半，老唐又在制造噪音了。老史爬起来冲上楼大喊，求求你老唐别敲了！老唐说，你们谁也别管，等把王八蛋唐元清揍够。老史冲进屋去抢掉老唐手中的铁锤，说，你干什么，你疯了？你还讲不讲道德？老唐说，他唐元清还讲不讲道德？老史说，反正睡不着，咱俩上夜市搞两盅？老唐说，明天要起早，喝多了误事，一误事就得挨骂挨打挨扣工资。看到了吧，这是唐元清的嘴巴，这是他的手，这是他的脚。他敢骂我，我就抽他，他敢揍我，我就锤他！

细看，墙上有多幅人物画，但都已伤痕累累。

老唐坐在地上。老史说，要不，到我家坐坐？喝喝茶。

老唐随老史下楼。老史泡了最好的普洱茶。老唐声音低沉，眼里不时噙着泪水。

老唐说他一个人过，单位里分的房子前妻和儿子要去了。前妻当年嫌我没本事，带着儿子嫁了一个公务员。其实那公务员也只是一个小科长，本事并不大，但是他旱涝保收，前妻非常满足，尽管小科长对她和儿子并不好，也忍着。儿子大学毕业了，却从不来看我。我一个人孤苦伶仃，就连与我相依为命的狗也给饿死了。唐元清让我去外地，一去十几天，他是有意的，他是在刁难我。他让我办我根本办不来的事。他以此来打骂侮辱我，还逼我长住这套房。

在唐元清公司里干，我是没办法的事。我想过，别的公司又怎么样呢？面临的问题是一样的。以前我住在唐元清货仓里，两个月前，他这套房子空了，他装修了一下厨房厕所，就让我搬进来了。他不收我的房租。他说只要能保证水一直往楼下漏，我就能一直免费住。

老史说，你不是说你先试住，将来买下来吗？

老唐说，我胡说的。

老史说，这么说唐元清是冲我来的。

老唐说，可以这么说。

老史说，我可从来没得罪过他啊，为何遭此暗算？

老唐神秘地冷笑，然后说，我对不住你，怪我贪婪。

老史一夜无眠。第二天，他征求老婆意见，想搬到新房去。老婆说，这房子呢？老史说，可以卖也可以租。老婆想了想，同意了。

楼上污水没再漏下来。老史了解到，老唐尽量不在家里洗澡，一定要洗，就用桶装着，小心地洗，不淋浴，不冲洗地板。

装修公司很快到位。新房装修开工当天，老史买了好烟，一家家邻居去敲门，他说：

我住301，是你们的邻居，准备装修了，以后请多多关照啊！

意外婚礼

早上六点,一挂鞭炮在醒狮小区响起。人们都知道老马家今天办喜事。老马不容易,一个人把儿子拉扯这么大,吃了多少苦受了多少累,现在该是享福的时候了。

八点不到,前来帮忙的人都聚集到老马家。屋子是六十平方米的两居室,比较小,帮忙的人多,屋子里就到处坐着人。老马把主卧室腾出来给马瑞当新房,他心里盘算着过完这个年就搬到表弟的厂保卫科去,那里有一间十五平方米的空房,可以住人也可以帮着表弟看守仓库。婚礼前的准备工作昨天就做好了,今天几乎没事,前来帮忙的亲友就一堆堆地喝茶聊天,只有表弟媳步子移来移去,目光扫来扫去。表弟媳热心能干,马瑞的这个婚事全靠她张罗。老马觉得她很辛苦,当她走到跟前,他说,弟妹,我看都非常好了,你就休息休息吧。表弟媳说,反正没事,我就再检查检查呗。她一会儿看看窗玻璃上的红双喜字,一会儿又摸摸新房里的鸳鸯被。她爱操心,老马就由她了。楼下响了一声喇叭,不久,表弟进门来。表弟爱大声说话,喜欢以他为中心。老马曾多次批评表弟,希望他不要过于张扬,表弟听不进去,他说有钱人都这样，没办法的。老马知道的，表弟虽然开着一个食品厂，但日子并不是外人看来的那么好过，他欠债多着呢，投入多着呢，手上现金少着呢。现在老马晓得了，许多有钱人或者大老板风光都是表面的。表弟拿出好烟散给男人们，然后一屁股坐在老马身边高谈阔论。

马瑞什么时候接新娘回来？表弟说。

中午十二点前应该能到达。

马瑞前天一大早就进沱巴山区了。新娘子周兰萍是沱巴人。按照沱巴习惯，嫁女要摆三天宴席，上下五辈之内都要前来祝贺，还要完成许多传统的婚嫁习俗。

表弟看看表，看看窗外，说，看，下雨了。天这么冷，沱巴山区可能正在下大雪。一结冰，路就难走，一难走就耽搁，一耽搁婚礼就举行不成了。

沱巴山区虽然离桂城不过一百三十公里，但是那里是高寒山区，相比气温相差非常大。表弟的担心是有道理的。

表弟媳没好气地对表弟说，闭上你的乌鸦嘴！

快到中午时，老马招呼亲友们到小区外的小饭店用餐。主桌上特意为马瑞周兰萍留了位子。酒喝到第三杯，饭店门口有个身影闪了一下，表弟眼利，认出那是经向娇，便大喊一声：经向娇来啦！全场静下来，所有目光集中到大门口。经向娇有些扭捏作态，脸上浮出娇羞表情。表弟碰碰老马，说，快把你老婆迎进来。老马的脸也红了，说，别乱说。老马坐在原地不动。表弟说，你都老几十岁的人了，还这么怯弱，她是特地来喝喜酒的，你不去迎接就太失礼数了。亲友们起哄，老马憨憨地笑着去接经向娇。

经向娇坐在老马身边，老马为她倒茶上酒。经向娇推辞说，你知道我喝不了酒。表弟说，今天是什么日子？喝不了也要喝。经向娇说那中午就意思意思一下吧，留点酒量晚上喝，中午大家都别多喝，下午都还有事呢。老马往经向娇碗里夹了几块肉，说快趁热吃。表弟说，看看，我表哥，多么优秀的一个男人，经向娇你就快点离吧，别让表哥再等了，他都等了九年啦！表弟媳瞪着表弟说，不说话能憋死你？！经向娇尴尬地笑着说，没关系，都是我不好。表弟说，我们厂老全的妹妹对表哥早有意思，经向娇你不抓紧时间，表哥就是别人的老公了。老马圆场说，不说这些不说这些，马瑞他们怎么还没回呢？

表弟自告奋勇地给马瑞那边打电话，然后报告说电话处于无法接通状态。老马说，山区信号不好，接不通是正常的。表弟说，都快一点了他们还在山区吗？老马说，对呀，按理说迎亲队伍早该出山区了。几个人分别给前去接亲的人打电话，但都处于无法接通状态。

大雪封路，一定是大雪封路！表弟说，怎么样，应验我的话了吧！

表弟媳说，应验个屁，这离婚礼还有好几小时才开始呢！只要他们出了山，到了平地，婚礼就不会耽误。

表弟媳一说，大家的心又平静下来。

吃过饭，老马和经向娇仍留在座位上。经向娇刚洗过头，淡淡的香味从头上散发开来。老马喜欢这种香味。以前经向娇用洗发水用得比较杂，自从老马说喜欢这种香味后，她就只用这种牌子和香型的洗发水。经向娇头发沿背垂下，浓浓的、乌乌的、亮亮的，是许多同龄人羡慕的那种。今天经向娇的穿着也很讲究，看得老马心怦怦乱跳。老马趁人不注意手放到经向娇搁在桌子下面的手上，经向娇立即握住。两只手在暗处纠缠一阵，经向娇松开来。她问老马，是不是看上老全的妹妹了？老马说，别听表弟瞎说，你是西瓜别的女人是芝麻，我不会傻到丢了西瓜去捡芝麻的程度。经向娇说，你是不是和我在一起腻了，要换人？老马说，没有呀，挺好的，我换什么？经向娇说，我不许你和别的女人来往，不许！听到没有！老马点着头，说我从来没有看上过别的女人，你是所有女人面前的一座高山，她们谁也翻越不过。经向娇说，说得好听，谁知道你成天在想哪个女人。老马说我都等你九年了，再等等又如何。经向娇说，要是还要等九年呢？老马说，再等十年我也等得，我们做一辈子情人好了。九年了我们仍然这么有新鲜感，就是因为没有天天在一起，要是早结了婚，也许离了还不一定呢！

话是这么说，老马内心还是十分渴望和经向娇成家的。老马是一个人，特别是儿子外出上大学的这几年，一到节假日就特别孤单。平时老马与经向娇约个会还相对容易些，节假日里，经向娇就十分的不方便，想给她主动发个信息老马都要分析半天。老马很被动，约不约会，在哪里约会，约会多久，都得由经向娇看她的情况定。经向娇与老公分居十年了，一直离不成。老公易荡荣死活不同意，女儿也以死相逼。那时经向娇对老马说，你再等我三年，女儿初中毕业我就离。女儿初中毕业了她没离成。她说，等到女儿高中毕业吧。可是高中毕业，仍没离成。前段时间经向娇还说，等女儿大学毕业，肯定就离成了。她的话老马现在只是听听，并不当回事。

小三，你这个万恶的小三！经向娇老公易荡荣这么给老马定性。老马不承认自己是小三，他和经向娇相爱是在易荡荣经向娇他们夫妻感情破裂分居一年之后。虽然他们没有办理离婚手续，可实际上他们已经陌如路人。他们的保持完全是为了女儿。结婚不易，离婚也很难。她老公说了，想离婚除非他死掉。旁人劝老马不要那么死心眼，何必在一棵树上吊死。老马想过，但他放不下经向娇。

表弟打来电话问马瑞接老婆回来没有。老马说，我还在饭店，不知道呀。表弟说，多半还困在沱巴山区。明知道这个季节沱巴会下大雪，还要回娘家办酒；要回娘家办也可以，你提前办呀。表弟的牢骚像机关枪一样放个不停，老马说，不要着急，他们就快要回来了。

服务员已清理干净，包厢里只有他俩，懂事的服务员出门时还带上了门。老马胆子就大起来，他一把将经向娇抱在怀里，嘴巴紧贴上去。经向娇说，也不看看地方。

亲热一阵，经向娇推开老马说，我们这是干什么？儿子结婚，我们却躲在这里干这事。私下里，她早就认可了他的儿子，他也认可她的女儿，都以儿子女儿相称。幕后，他们分别为儿女做了许多，像所有父母一样，他们并不想得到子女回报，只求儿女过得顺利。他们曾经设想过，要是他儿子和她女儿能成为一对那该是多么完美的结局。可是这种幻想离现实太远。两孩子相差四五岁，也没什么机会认识。他还知道，女儿很仇视他。他收到过女儿好多封来信，写第一封信她那时还在初二，最后这封信是她在大二上学期。前两封信老马回过，说我跟你妈什么事也没有，只是朋友。如果你强烈反对，我们就不做朋友好了。老马回信后并没有停止跟经向娇交往，女儿发现受骗，接连来信谩骂，谩骂无效最后就求情。从那时起，女儿对经向娇看管得特别严，晚上下个楼也要跟去；"失控"的那些时间，要求经向娇说明理由经过，还要拿出证据。

表弟问老马在哪儿？听说老马仍然跟经向娇在一起，表弟愤怒了，说都什么时候了，你们还躲在包厢里亲热！马瑞周兰萍回不来，我看你婚礼怎么办！

老马看看手机上的时间，说，不是还有时间吗？

时间在哪里？马瑞他们又在哪里？

老马拨马瑞的电话，接不通，拨所有去往沱巴的接亲人的电话都接不通。

不会出什么事吧？经向娇小声地说。

老马心头猛烈紧缩，他自问自答说，能出什么事？不会的。

经向娇说给沱巴乡政府打个电话，看看那边情况，比如是不是真的下着大雪。老马向114要了沱巴乡政府的电话，电话打不通。

应该下了大雪，这就好，这就好。老马说。

怎么就好？经向娇说。

老马说，没出事就好。可以推测，他们是困在沱巴。

新郎新娘不到场，这婚礼无法举行。现在要做两手准备，一是按计划举行婚礼，二是取消婚礼。取消婚礼是件非常麻烦的事，请柬早发出去了，怎么来得及通知亲朋好友们？而且大部分是儿子儿媳的朋友，也无法通知。

实在不行，就叫来者放下红包吃一餐完事。表弟说。

可这算什么呀？

那有什么办法？

都不是个办法。

这件事让大家头痛死了。一向沉稳的老马表现出明显的着急，他对着114大喊大叫，说你们是怎么回事，沱巴线路为什么不通？然后又去指责移动公司。

关键时刻两个女人倒沉得住气，一个是表弟媳，一个是经向娇。沱巴下大雪是没办法的，表弟媳说，就让客人们来好了，既然是亲朋好友，一定会理解和谅解的。经向娇去做老马的思想工作，叫他放一百个心，回来了婚礼就举行，赶不上，就取消，先取消再说。经向娇给百乐门饭店经理打电话，说明情况。饭店经理不同意取消酒席，说损失太大。经向娇说，那菜就按时上桌吧，亲朋好友们吃一个没有新郎新娘的喜酒一定终身难忘。

有什么大不了的呢，无非是得不到亲友们的谅解，被骂一通。经向娇说。回头再选个日子举行婚礼，请亲友们免费吃喝一顿。

家里的电话响起来，老马摘下话筒。

是马家吗？我是沱巴。下大雪了，好大，封路了，所有通讯中断。马瑞周兰萍还在路上，也许又回沱巴了。迎亲和送亲的队伍艰难地行走在雪地里，路好滑，好多人摔伤了，马瑞周兰萍也不例外。我生活在沱巴，每年大雪封山，我都要走出沱巴到县城购买年货，我不怕雪路。我是第一个走出沱巴的，我现在已经到达平地上，这里也不暖和，冷风夹着小雪。我是陪他们走到小半路时甩开他们的，我被他们派出来报信。才走到小半路程，迎亲队伍走不动了，他们分成两派，一派主张继续向前，一派主张退回沱巴。他们正在前进还是已经后退，我不知道。

经向娇抢过电话，说，你叫他们退回去吧，往前走太危险。

如果他们快走出大山了，也让他们退回去吗？

如果是这样，那就太好啦。

大冷天的，老马急得头上冒汗。他要出去透透气。经向娇跟在他后面，说六点半他们仍然赶不上婚礼就取消。老马说，不，六点半他们还不到平地才取消。

从平地到市区只有五十公里，车是通行的，一个小时就够了。表弟派出的小车已经前往平地迎接了。

正说着话，有人喊老马。抬眼一看，是玫瑰区民政局的余局长。老马说，你怎么在这里呢？余局长说，我走亲戚。听亲戚说，你儿子今天讨老婆？老马一时语塞。余局长说，经向娇也在啊，你们早该是一家了。儿子讨老婆不请我喝酒，到时你们俩办喜事可得请我哟。老马说，一定一定。

余局长打着哈哈离开。那时经向娇闹离婚，余局长亲自劝过，还不止一次。上过经家门，也拜访过老马。余局长曾经很不客气地批评过老马，说经向娇闹离婚关键人物是老马，只要老马与她分手，那个家就保住了。后来，也是经过两三年的接触，余局长觉得经向娇跟老马倒是很合适的一对，他反过来劝起经向娇的老公易荡荣来。易荡荣有一次对余局长大打出手，被公安关了三天。余局长并没死心，一有机会就劝易荡荣尽快放手，早放手早幸福。周围人人都知道的一个道理，易荡荣就是不知道，也许他知道，就是不放手。有人打了一个非常恰当的比方，说，牛已经跑了，你光拿着牛绳有什么用呢！

小区里有小桥流水，还有花园亭子，老马对经向娇说我们到亭子里坐坐。经向娇说，不太好吧？孤男寡女的人家说闲话。老马说，我们都九年了，谁还会说闲话？在那个亭子里你又不是没和我坐过。经向娇说，好吧。老马在前面带路，经向娇跟在后面。亭子四周是花花草草，还有几棵高大的树木，亭子就像建在山野里。他们俩在亭子里约会的次数已经数不清了，在人少的夜晚，他俩相互倚靠。亭子呈六边形，最初时，亭子里有两对年轻恋人，分别占着两边。老马他们进来后，年轻恋人就离开了。年轻恋人的家就在附近，这个小区绿化最好，他们喜欢这里的恋爱环境。但是，老马却对他们说，年轻人应该去大公园，应该去大剧院，小区是中老年人的憩园。年轻恋人就很听话地离开，从此没再来过。亭子里通常只有老马和经向娇。先期到达的中老年人，一见他俩也会主动让开。

经向娇老公易荡荣知道亭子是老马他们的约会老地点，有那么几回过来抓了现场。易荡荣吵吵嚷嚷的，做出要拼命的样子。小区里的人都知道他们的事，过来先看看热闹，然后就数落她老公的不是，劝她老公不要冲动。她老公说，你们还讲不讲公道？我都被戴上绿帽子了，你们不同情我，却还要说我。有人说，你头上光光的，什么帽子也没戴。没有人帮他，他孤立无援，就只好打经向娇。可是，有老马在，她老公丝毫行动不了。离婚的事经向娇拿他没办法，但她只要想约会，他拿她也没办法。有办法的只有女儿。女儿才是最大的障碍。她老公时常利用这一点，并且利用得非常充分。经向娇在乎女儿，女儿一生气一威胁，经向娇就会妥协。

老马抬头看自家窗玻璃上的红双喜字，脸上红一阵白一阵。双喜字剪得很有艺术，也不常见，这都出自经向娇之手。早年经向娇画过画，还到北方学过剪纸艺术。知道经向娇能剪得一手好剪纸的人，都会在需要的时候来请她。但是这么漂亮的红双喜又有什么用呢？婚礼举行时，新郎新娘不在现场那该多么的遗憾。几年前这座城市的报纸上刊登过一则消息，好像是冰雪灾害的那年冬天，有一个电力工人因为战斗在抢险第一线，而缺席了婚礼。婚礼是在郊县乡下办的。老马记得那个郊县乡下的婚礼没太多的讲究，就是说没有什么严格的仪式，亲友到场了，放过鞭炮，收过红包就大吃大喝。缺了谁都没关系。而马瑞他们的婚礼不一样，中间有许多节目，前来吃喜酒的亲友都期待看到这些节目。新人不在场，这些节目就无法演出。

绝对不能缺，缺了是终生遗憾。

经向娇坐在他的旁边，她也默不作声，她知道老马在想什么。

老马给表弟打电话，问有什么消息没有。表弟说，我隔不了十分钟就给那边打电话，马瑞他们的仍然不通；重新派出的车辆现在已经到达沱巴山区脚下。路上结着冰，越往里走，路越陡，冰更厚。车辆就停在山脚虚位以待。那个沱巴信使呢？回沱巴去了。

马瑞他们的情况山外人一无所知。

不多久，表弟来电话，说经向娇老公易荡荣急于找老马，人都到家里了。老马说，他来干什么？表弟说，还能干什么，搞破坏呗。老马叫表弟态度要端正要和蔼，一定要做到打不还手骂不还口，要好烟好茶地招待。表弟说，我们检查过了，他身上没带凶器和炸药。他现在就坐在客厅沙发上，一副高高在上的德性。老马说，那我就更不能见他了。我要躲他远远的。今天是马瑞大喜日子，已经不顺了，不能再不顺。

老马对经向娇说，我们离开吧，这个地方他知道，等下肯定会找上来的。经向娇说，我们上哪儿？老马说，上哪儿都行，就是不能与他打照面。

两人快步走出小区后，往左边走，走了三四十米，登上一辆公交车。车到桂清河大桥站他俩下车。冬天的河水瘦小了许多，裸露的河床一天天加宽，有不少市民带着小孩在河床上游玩。我们去捉小鱼小虾。老马说。

河卵石下还有不少水，往河中心走水越多越深。小鱼小虾就躲在石头下面，当你手探下去，你就有可能摸到小鱼小虾。搬开石头时，小鱼小虾四下逃窜，也是捕捉的好机会。这样的事，每年冬天老马都要干，而经向娇是第一次。她感到很好玩，就学着老马捕鱼。

经向娇的手机这时响了，她老公要找她谈谈。她说，谈什么？没什么谈的！她老公说，这回可有得谈了。你过来吧，或者我过去吧。经向娇用目光征求老马的意见，老马说，那就和他谈，谁都知道是谈不出结果的,但只要把他稳住别闹事,举行完马瑞周兰萍的婚礼就是胜利。

他们打车返回。她老公已经回家去了。经向娇住的地方与老马相隔不到两站路,她让的士停下老马下车后,径直回家。

不到半小时,经向娇又回到老马家门前。她向老马招手,神神秘秘的。老马不知道她葫芦里卖的什么药,就坐着不动。表弟碰碰老马说,你老婆来了,在叫你。经向娇脸上红扑扑的,好像一个怀春的少女。她上气不接下气,说,他同意了,他同意离婚了,易荡荣同意离婚了。老马说,你再重复一遍。她又说了一遍。老马说,真的?她点着头吞咽口水。老马说,这下可好了,这下太好了。他终于想通了。

他们的对话被耳尖的表弟听到了,表弟传话说,经向娇离婚啦!声音传到屋子里,在场的亲友欢呼雀跃。老马把经向娇拉进屋,表弟媳带头向他们抛撒彩纸屑。欢闹一阵,老马冷静下来,说,他不会是一时冲动吧?经向娇说,不是。九年来他从没说过一次离婚。老马说,他要什么条件?经向娇说,他没说。他为什么要条件?我们又没欠他的。老马说,虽说没欠他的,但是如果他提出什么条件,我们还是要认真考虑对待的。老马回到屋子里去翻找户口本,并把身份证从钱包里抽出来跟户口本放在一起。说,你们一离我们紧接着就结。经向娇说,好。我们结了婚,住哪里?老马说,就住家里。马瑞周兰萍一间,我们老两口一间。老马看看屋子,说,这屋是小了点,委屈你了。经向娇说,没事,哪天我们稍稍整一下就成。老马说,别说哪天了,现在就整吧。

老马动手整理。他把墙上那幅山水画取下来,说,这里将挂我们的结婚照。他又将衣柜拉开,说,我的衣服全收起来,给你的衣服腾地方。早知道他同意离婚,上回弄马瑞的新房时就应该把这间房也装修一下。

站在门口的表弟说,你永远都走不出小农意识。我曾经是怎么建议的?叫你搬出来,整个屋子彻底装修,你不听。就算你们不结婚,住在装饰一新的屋子里有什么不好,那是多么惬意的事。

老马说，对对对，我欠考虑。

表弟说，现在你就别忙乎了，改天把家里前次没有装修的地方全弄一遍。

老马觉得表弟讲得有道理。

经向娇手机响了，是一个陌生电话，她到一边去接。一接，再次乐开花。

谁呀？老马说。

民政局的余局长，易荡荣也给余局长打电话了，说同意离婚。

这事就没假的了。

易荡荣还对余局长说了，过了这个周末就跟我去办离婚手续。

下周一，我就跟在你们后面，易荡荣一出来，我就进去。老马说。

就快到傍晚六点，沱巴山区仍没有消息。表弟派出的车继续守候在那里。不过，大家分析，马瑞他们一定返回村子了。返回去，也许是无奈而最好的选择。

马瑞他们的婚礼是不可能进行了。婚礼现场怎么办呢？

经向娇说，我倒有个主意，这个主意在易荡荣同意离婚后就闪出来了。不过，这个主意有点过分，你们可能会不同意。

什么主意？

马瑞周兰萍的婚礼举行不了，马其强和我的婚礼不是可以进行吗？

这是个好主意呀。

不好。

有什么不好？

都还没离婚结婚呢。

这有什么区别？先举行婚礼，再去办理离婚结婚手续，顺序虽然变了，可实质的东西没变。就这么定了。大家赶快准备！

经向娇试穿了一下周兰萍的婚礼服，还算合身；老马呢，本来今晚就要穿一套新西服。换上新衣，作了些简单化妆，一对新人便呼之欲出。作为一对中年新郎新娘,能打扮到这样子很不错了。

酒店水牌上新郎新娘名字由马瑞周兰萍立即换成马其强经向娇。两人站在酒店门前迎客。表弟媳负责做解释工作,来客刚开始时很吃惊,继而就开心地笑了。客人们都非常乐意吃这场意外的喜酒。

婚礼办得非常成功,婚礼上的节目丰富多彩。主持人能在非常短的时间内随机应变,令人佩服。原准备闹新房的客人都不准备去了,他们觉得去闹一对中年夫妇的新房比较尴尬。他们尽情地喝酒,准备一醉方休。

一圈酒敬下来,老马和经向娇都有几分醉意。今天的结果也许就是天赐的,老马想。替他们高兴的亲朋好友们排着队前来回敬。老马连干几杯后,酒劲上头来。他不能再干了,可是他不能不干,每一杯敬酒都是发自内心的祝贺。能说会道的表弟哪儿去了?表弟就在旁边,他跟着大家起哄,丝毫没有救表哥的意思。

高兴的事,醉了就醉了吧。

醉了怎么入洞房?

都什么年纪了,还在乎这个晚上。喝!

这不像自己结婚,倒像参加别人的婚礼。老马头脑晃晃悠悠,一下在角色中,一下又跳到角色外。经向娇喝得也不少。硬喝起来,经向娇酒量其实很大的。来客走桌窜位地互敬,场面乱哄哄的,到处都是说酒话碰酒杯的人。

看着实在不行了,表弟一声令下,两个精壮小伙子将老马驾出酒场。上了车,老马摸一把身边,空的,正想叫喊,表弟媳扶着经向娇走过来了。经向娇一坐下,老马就一头倒在她的怀里。

家里灯火辉煌,前期回来的亲戚正在说说笑笑。他们已得到消息,马瑞周兰萍一行人返回了沱巴,准备明天挖冰开出一条路来。表弟说,好几十公里呢,就是挖一个礼拜也别想开出一条路。现在没什么事了,就让他们好好地在沱巴待着,等冰雪融化再出山吧。

老马喝得太多，脑子不好使，但他心里明白，他大声说，前面一切听表弟的安排。下面听我的，我要和老婆睡觉了。

　　亲友们嘻嘻哈哈地离去。

　　但是屋里仍落下一个人。这个人好面熟。这个人什么时候进来的，什么时候坐在这里，没人注意。

　　你是谁？怎么还不走？老马醉眼蒙眬地说。

　　那人不说话，冷冷笑着。

　　经向娇给他倒了一杯茶，说，易荡荣，来，请你喝一杯喜庆糖茶。

　　老马甩甩脑袋，看清了不可一世的易荡荣。老马讨好说，今天没请你喝酒，怠慢了，改天补上。你有什么附加条件请说吧。

　　我的条件你已经接受并完成了！你再不死心，天理不容。现在我要把老婆接回家……

　　经向娇被拖走后，小区安静下来。老马的酒醒去大半，他关掉屋里所有的灯，沮丧地躲进黑暗中。